大江健三郎
文集

おおえ
けんざぶろう

優美的安娜贝尔・李
寒彻颤栗早逝去

萎たしアナベル・リイ
総毛立ちつ身まかりつ

[日] 大江健三郎／著

许金龙／译

人民文学出版社

著作权合同登记号　图字　01—2021—7513

ROTASHI ANNABEL LEE SOKEDACHITSU MIMAKARITSU
by OE Kenzaburo
Copyright © 2007 OE Kenzaburo
All rights reserved.
Originally published in Japan .
Chinese (in simplified character only) translation rights arranged with
OE Kenzaburo，Japan
through THE SAKAI AGENCY.

图书在版编目(CIP)数据

优美的安娜贝尔·李 寒彻颤栗早逝去/(日)大江健三郎著;许金龙译.—北京:人民文学出版社,2022
(大江健三郎文集)
ISBN 978-7-02-016177-5

Ⅰ.①优… Ⅱ.①大…②许… Ⅲ.①长篇小说—日本—现代 Ⅳ.①I313.45

中国版本图书馆 CIP 数据核字(2020)第 047306 号

责任编辑	陈　旻
装帧设计	李思安
责任印制	任　祎

出版发行	人民文学出版社
社　　址	北京市朝内大街 166 号
邮政编码	100705

印　　刷	三河市鑫金马印装有限公司
经　　销	全国新华书店等

字　　数	125 千字
开　　本	880 毫米×1230 毫米　1/32
印　　张	9.625　插页 3
印　　数	1—6000
版　　次	2009 年 1 月北京第 1 版
印　　次	2022 年 3 月第 1 次印刷

书　　号	978-7-02-016177-5
定　　价	45.00 元

如有印装质量问题,请与本社图书销售中心调换。电话:010-65233595

"大江健三郎文集"编委会名单

（按姓氏拼音排列）

顾　问：
　　陈众议　　　刘德有　　　莫　言　　　铁　凝

统　筹：
　　黄志坚　　　李　岩　　　谭　跃　　　肖丽媛　　　臧永清

主　编：
　　许金龙

编　委：
　　陈建功　　　陈　旻　　　陈晓明　　　陈喜儒　　　程　巍
　　川村凑　　　次仁罗布　　崔曼莉　　　丁国旗　　　董炳月
　　高旭东　　　侯玮红　　　黄乔生　　　李贵苍　　　李　浩
　　李建英　　　李敬泽　　　李修文　　　李永平　　　梁　展
　　刘魁立　　　刘悦笛　　　栾　栋　　　彭学明　　　平野启一郎
　　邱春林　　　邱雅芬　　　施爱东　　　史忠义　　　王　成
　　王小王　　　王亚民　　　王奕红　　　王中忱　　　尾崎真理子
　　翁家慧　　　吴　笛　　　吴晓都　　　吴义勤　　　吴岳添
　　吴正仪　　　吴之桐　　　小森阳一　　徐则臣　　　徐真华
　　许金龙　　　严蓓雯　　　阎晶明　　　杨　伟　　　叶　琳
　　叶　涛　　　叶兴国　　　于荣胜　　　沼野充义　　赵白生
　　赵京华　　　中村文则　　诸葛蔚东　　朱文斌　　　宗仁发
　　宗笑飞

代 总 序

大江健三郎——从民本主义出发的人文主义作家

许金龙

在中国翻译并出版"大江健三郎文集",是我多年以来的夙愿,也是大江先生与我之间的一个工作安排:"中文版大江文集的编目就委托许先生了,编目出来之后让我看看是否有需要调整的地方。至于中文版随笔·文论和书简全集,则因为过于庞杂,选材和收集工作都不容易,待中文版小说文集的翻译出版工作结束以后,由我亲自完成编目,再连同原作经由酒井先生一并交由许先生安排翻译和出版……"

秉承大江先生的这个嘱托,二〇一三年八月中旬,我带着与人民文学出版社外国文学编辑室负责人陈旻先生共同商量好的编目草案来到东京,想要请大江先生拨冗审阅这个编目草案是否妥当。及至到达东京,并接到大江先生经由其版权代理人酒井建美先生转发来的接待日程传真后,我才得知由于在六月里频频参加反对重启核电站的群众集会和示威游行,大江先生因操劳过度引发多种症状而病倒,自六月以来直至整个七月间都在家里调养,夫人和长子光的身体也是多有不适。即便如此,大江先生还在为参加将从九月初开始的新一波反核电集会和示威游行做一些准备。

在位于成城的大江宅邸里见了面后,大江先生告诉我:考虑到上了年岁和健康以及需要照顾老伴和长子光等问题,早在此前一年,已经终止了在《朝日新闻》上写了整整六年的随笔专栏《定义集》，在二〇一三年这一年里，除了已经出版由这六年间的七十二篇随笔辑成的《定义集》之外，还要在两个月后的十月里出版耗费两年时间创作的长篇小说《晚年样式集》(*In Late Style*)，目前正紧张地进行最后的修改和润色，而这部小说"估计会是自己的'最后一部长篇小说'"。对于我们提出的小说全集编目，大江先生表示自己对《伪证之时》等早期作品并不是很满意，建议从编目中删去。

在准备第一批十三卷本小说（另加一部随笔集）的出版时，本应由大江先生亲自为小说全集撰写的总序却一直没有着落，最终从其版权代理人酒井先生和坂井春美女士处转来大江先生的一句话：就请许先生代为撰写即可。我当然不敢如此僭越，久拖之下却又别无他法，在陈旻先生的屡屡催促之下，只得硬着头皮，斗胆为中国读者来写这篇挂一漏万、破绽百出的文章，是为代总序。

在这套大型翻译丛书即将出版之际，我想要表达发自内心的深深谢意，也希望亲爱的读者朋友们与我一同记住并感谢为了这套丛书的问世而辛勤劳作和热忱关爱的所有人，譬如大家所敬重和热爱的大江健三郎先生，对我们翻译团队给予了极大的信任和支持；譬如大江先生的版权代理商酒井著作权事务所，为落实这套丛书的中文翻译版权而体现出良好的专业素养和极大的耐心；譬如大江先生的好友铁凝女士（大江先生总是称其为"铁凝先生"），为解决丛书在翻译和出版过程中不时出现的问题而不时"抛头露面"，始终在为丛书的翻译和出版保驾护航；譬如同为大江先生好友的莫言先生，甚至为挑选这套丛书的出版社而再三斟酌，最终指出"只有人民文学出版社才是最合适的选择"；譬如亦为大江先生好友的陈众议教授，亲自为组建丛书编委会提出最佳人选，并组织各语种编委解决因原作中的大量互文引出的困难；譬如翻译团队的所有成员，无一不在兢兢业业地辛勤劳作；譬如这套丛书的责编陈旻先生,以其值得尊重的专业素养,极为耐心和负责且高质量地编辑着所有译文;又譬如我目前所在的浙江越秀外国语学院,为使我安心主编这套丛书而提供了良好的工作环境并协助成立"大江健三郎文学研究中心"……当然,由于篇幅所限,我不能把这个"譬如"一直延展下去,惟有在心底默默感谢为了这套丛书曾付出和正在付出以及将要付出辛勤劳作的所有朋友、同僚。感谢你们!

另外,为使以下代序正文在阅读时较为流畅,故略去相关人物的敬称,祈请所涉各位大家见谅。

一、从民本主义出发

1.古义人:一个日本婴儿的乳名及其隐喻

日本四国岛松山地区的大濑村是座依山傍水的小山村,建于峡谷中一块纺锤形盆地。这座小村庄位于内子町之东,石锤山西南,为重峦叠嶂所围拥。小山村只有一条东西走向的街道,与从村边流淌而下的小田川大致平行。由于河流的上游和下游分别为群山所遮掩,盆地里的小村庄看似被山峦和森林完全封闭,状呈口小腹大的瓮形。一九三五年一月三十一日,一个小生命就在这个村子里的大江家呱呱坠地,曾外祖父随即为襁褓中的婴儿取了"古义人"这个含有深意的乳名。

所谓"古义人"之"古义",缘起于日本江户中期古学派大儒伊藤仁斋(一六二七年八月——七〇五年四月)的居所兼授学之所"古义堂"。在位于京都堀川岸边的那所小院里,伊藤仁斋写出了其后成为伊藤仁斋学系重要典籍的《论语古义》《孟子古义》和《语孟字义》等论著,继而与其子伊藤东涯共同创建了名震后世的堀川学派,陆续拥有弟子多达三千余人。这位古学派大儒(或曰堀川派创始人)肯

3

定不会想到,《孟子古义》等典籍及其奥义,会经由自己学系的后人,传给乳名为古义人的婴儿——五十九年后获得诺贝尔文学奖的大江健三郎,并被其内化为自己的道德观和伦理观,成为静静流淌于其文学作品底里的一股强韧底流,而"古义人"这个儿时乳名,则不时以"义""义兄"和"古义"以及"古义人"等人物命名,不断出现在《万延元年的Football》(1967)、《致令人眷念之年的信》(1987)、《燃烧的绿树》(三部曲)(1993—1995)和"奇怪的二人配"六部曲(2000—2013)等诸多小说作品中。譬如长篇小说《别了,我的书!》开首第一句便开门见山地表示:"虽说已经步入老年,可长江古义人还是因暴力原因身负重伤后第一次住进了医院。"为了更清晰地暗示读者,作者大江特意在日文原版正文第一行为"長江古義人"这几个日文汉字加了旁注"ちょうこうこぎと"。这里的"ちょうこう"是固有名词,指涉中国的"长江",而"こぎと",则是"古義人"之音读,在日语中与"古義堂"谐音,作者借此清晰地告诉读者,文本内外的古义人经由曾外祖父和古义堂所接受的民本思想,其源头在于长江所象征的中国。关于"古义人"这个名字的缘起,大江本人曾在《大江健三郎口述自传》里作如此回忆:

> 古义人的名字中,就融汇了这个学派的宗师伊藤仁斋的古学思想。我从阿婆那里只听说,曾外祖父曾在下游的大洲藩教过学问。他处于汉学者的最基层,值得一提的是,他好像属于伊藤仁斋的谱系,因为父亲也很珍惜《论语古义》以及《孟子古义》等书,我也不由得喜欢上了"古义"这个词语,此后便有了"奇怪的二人配"这三部曲①中的Kogi②,也就是

---

① 在写作《大江健三郎口述自传》时,大江已发表同以长江古义人为主人公的《被偷换的孩子》《愁容童子》和《别了,我的书!》这三部长篇小说,后三部长篇小说《优美的安娜贝尔·李 寒彻颤栗早逝去》《水死》和《晚年样式集》尚未创作和发表,故此处有"三部曲"之说。
② Kogi为"古义"的日语读音。

古义这么一个与身为作者的我多有重复的人物的名字。①

"古义"这个字词所承载的民本思想,与其后接受的日本战后民主主义思想以及经大江本人丰富和完善过后的人文主义思想一道,浑然形成大江健三郎之宏大博深且独具特色的文艺思想——勇敢战斗的人文主义和果敢前行的悲观主义。

2.由莫言引发的思考和回溯

大江的曾外祖父与孟子学说结下的不解之缘,要从其家族所从事的造纸业说起。大江的故乡大濑村所在地区的经济主要依靠农业和林业支撑,历史上曾是全国木蜡的主要产地,这里还生产利用森林中的黄瑞香树皮制作的纸浆,用以生产优质和纸。日本学者黑古一夫教授曾多次前往此地做田野调查,他认为"江户时代的大江家以武士身份采购山中特产,到了明治仍然继承祖业从事造纸业"②。其实,大江家作为批发商除了收购山中的柿干等山货外,从江户时代传承下来的造纸业才是其主业,自山民手中收集黄瑞香树皮并在河水中浸泡过后,将从中撕下的真皮加工为特殊纸浆,再向内阁造币局提供这种特殊纸浆以供其制造纸币。当时,日本全国一共只有几家作坊能够生产这种特殊纸浆原料。战后,由于货币用纸发生了变化,便不再使用这种纸浆原料。

为了更好地经营祖传产业,大江的曾外祖父年轻时曾前往大阪(或是京都),在古学派大儒伊藤仁斋学系开办的学堂里研习儒学,更准确地说,是研习孟子的相关学说,尤其是其中的民本思想和易姓

---

① 大江健三郎著,许金龙译《大江健三郎口述自传》,贵州人民出版社,二〇一九年三月,第10页。
② 黑古一夫著,翁家慧译《大江健三郎传说》,中国广播电视出版社,二〇〇八年三月,第22页。

革命思想。二〇〇八年二月二十一日下午,在东京都郊外小田急沿线的成城宅邸里,大江对来自中国的老朋友莫言这样解释曾外祖父专程学习儒学的原委:

> 曾外祖父年轻时曾在大阪的新兴商人间开办的私塾里学习孟子的相关学说。在当时的日本,普遍认为孔子的《论语》有利于天皇制,因而比较欢迎《论语》,同时认为孟子学说中含有反天皇制的因素,便对孟子及其学说持反对态度。不过也有个例外,那就是江户时期的儒学家伊藤仁斋对孟子持肯定态度,认为后世诸家大多根据其时的统治阶层利益来阐释儒学,比如对朱子学也是如此,这就越来越背离了儒学的真义,所以需要回到原典中去寻找古义,想要以此为据,用以构建自己的思想体系,他还写了一本题为《孟子古义》的研究类专著。相较于宣扬孔子及其《论语》的私塾古义堂所授教材《论语古义》,曾外祖父选择了《孟子古义》的学术观点,并将这些观点传给了儿时的我。早在孩童时代,我就觉得《孟子古义》中的"古义"是个好词,就接受了这其中的"古义"这个词语。①

在被莫言的同行者问及"你的曾外祖父是个商人,为什么要去学习儒学?"时,大江则这样对他的老朋友莫言解释道:

> 当时的日本商人都认为,经商是为得利,而若想得利,首先便要有义。若是不能义字当头,即便获利,也不会长久。本着这个义利观,曾外祖父就专程前去学习儒学中的"义",却不料被儒学的博大精深所深深震撼,更是与《孟子古义》中有关易姓革命的理论产生共鸣,在学习结束后,就带着据说是伊藤仁斋手书的"義"字挂轴回到家乡,却不再经商,而是在村里挂上那个"義"字挂轴,就在那挂轴下教授村里人学习儒学。再往后,就去邻近的大洲藩教授儒学去了。

---

① 根据二〇〇八年二月二十一日下午大江健三郎与莫言对谈现场所录文字整理而成。

莫言的访问引出大江对自身家学渊源的关注和回溯,那次访谈结束后,或许是认为自己未能更为透彻地向莫言阐释古学派的义利观,两年后的二〇一〇年三月,大江在刊于《朝日新闻》的专栏文章里,如此引用了三宅石庵①在怀德堂发表的讲义:

> 所谓利,是人的合理之判断,无外乎"正义"——义——的认识论之延长。实际上,商人绝不应考虑利用彼等职业追求利益,而应考虑从"义"这种道德原理出发之伦理性活动。义在客观世界中被转为行动之际,利无须努力追求亦不为欲望所乱便会"自然"呈现。"利者,纵然不使刻意相求,利亦将如影随形也。"②

这显然是日本近世儒学教育家对《易经》中"利者,义之和也"的解读,典出于《易经》"为乾之四德"中"元者,善之长也。亨者,嘉之会也。利者,义之和也。贞者,事之干也"。孟子在《孟子·梁惠王上》中亦曰:"王!何必曰利?亦有仁义而已矣。王曰'何以利吾国?'大夫曰'何以利吾家?'士庶人曰'何以利吾身?'上下交征利而国危矣。"我们也可以将孟子向梁惠王所作谏言,理解为孟子学说在《易经》义利观的基础上所做的寓言式诠释。

3.大江对"古义"的再阐释

与莫言的访问时隔大约一年半后的二〇〇九年十月六日,在台北举办的第二届"大江健三郎文学学术研讨会"上,大江对莫言、朱天文、陈众议、小森阳一、许金龙、彭小妍等中日两国作家和学者更为详尽地讲述了曾外祖父学习儒学的背景:

---

① 三宅石庵(1665—1730),日本江户中期的儒学家,曾任怀德堂第一任堂主。
② 大江健三郎著,许金龙译《定义集》,贵州人民出版社,二〇一九年三月,第280页。

……我在孩童时代有个名为"古义人"的乳名。我的曾外祖父是中国哲学的研究者。……伊藤仁斋作为研究日本近世的中国哲学的学者而广为人知,他运用中国古典的正统解读法,写了"古义"(系列)的论著,准确地说,是《论语古义》和《孟子古义》等论著。

江户时代,有着基于近世的领导人和政治家的中国哲学意识形态。日本一直存在来自中国朱子的朱子学传统,及至日本近世,就出现了两个不同于朱子学的、对于古典的理解。其一,是作为学者而出现的著名的荻生徂徕这个人物,他主张把中国哲学真正视作古老的文本,遵循文本的本义进行解读。他的这种解读就成了武士和知识阶层的哲学,当德川幕府封建体制崩溃、发生明治维新、发生叫作明治维新的革命之际,就成了赋予日本知识分子力量的思想来源之一。……不过在这同一时期,另有一个对民众传授中国哲学的人,传授与政府的、权力方的解读相悖的中国哲学的人,此人就是伊藤仁斋。我的曾外祖父学习了这种中国哲学,便在自己的房间里挂起从先生那里得到的字幅,那上面有了不起的大人物手书的"義"字。曾外祖父将其悬挂起来,就在那下面教授我们那里的人学习中国哲学。曾外祖父说,这么大的字幅,是伊藤仁斋亲手所书。

这里需要介绍一下大江所说的、在日本以天皇为中心的意识形态之下,孔子与孟子学说在日本社会受容与传承的际遇迥然相异——"普遍认为孔子的《论语》有利于天皇制,因而比较欢迎《论语》,同时认为孟子学说中含有反天皇制的因素,便对孟子及其学说持反对态度"。以此观照孔孟学说东传日本的历史,孔子学说在圣德太子时期便奠定了儒家正统的地位,演变为天皇制伦理的法理基础和伦理基础,而孟子学说,则由于民贵君轻的基本政治伦理天然违背了天皇制自上而下的尊卑观,从而成为东传日本之儒教的异端。这种尊孔抑孟的主流意识形态,直至伊藤仁斋的出现,才得到反思和受到批判。

4.不受历代天皇欢迎的孟子及其学说

《论语》早在三世纪后半叶便开始传往日本,公元二八五年,"百济博士王仁由于阿直歧的推荐,率治工、酿酒人、吴服师赴日,并献《论语》十卷、《千字文》一卷,这就是汉文字流入日本之始。其后继体天皇时(513—516)百济五经①博士段杨尔、高丽五经博士高安茂、南梁人司马达赴日,又钦明天皇时(554)五经博士王柳贵、易博士王道良等赴日,这可以说是以儒教为中心之学术文化流入日本之始"②。如果说这大约三百年间的儒学传入是时断时续的涓涓细流,那么到了七世纪,即中国的隋唐时期、日本的推古天皇时期,这涓涓细流就成了奔腾于日本本土文化这个河床中的汹涌洪流,广泛而持久地滋润着干涸的本土文化。在这个时期,有史可考的日本第一位女天皇炊屋姬,也就是推古天皇,为了抗衡把持朝政的权臣苏我马子,故而册封自己的侄儿、已故用明天皇的儿子厩户皇子为皇太子,这位皇太子便是后世盛传的圣德太子。其对内实施了一系列改革,对外则不断派遣遣隋使和遣唐使,如饥似渴地吸收和消化来自中国的先进文化,这其中就包括从中国大量引入的儒学和佛教文化。圣德太子更是学以致用,很快便基于儒佛文化亲自拟就并于六〇四年颁布旨在对官吏进行道德训诫的《十七条宪法》,试图以此为基础建立以天皇为核心的中央集权体制。该《宪法》除去第二条之"笃信三宝"和第十条之"绝忿弃嗔"取自佛教经典外,其余各条尽皆出自儒学经典和子史典籍。北京大学哲学系的朱谦之老先生曾对此做过清晰的梳理:

---

① 五经为《诗经》《尚书》《礼记》《周易》和《春秋》这五部典籍,是我国保存至今的最为古老的文献,也是我国古代儒家的主要经典。
② 朱谦之著《日本的朱子学》,人民出版社,二〇〇〇年十二月,第4页。

第一条"以和为贵"本《礼记·儒行》及《论语》"礼之用和为贵"；"上和下睦"本《左传》成公十六年"上下和睦"与《孝经》"民用和睦，上下无怨"。第三条"君则天之，臣则地之"本《左传》宣公四年"君天也"与《管子》；"天覆地载"本《礼记·中庸》"天之所复，地之所载"；"四时顺行"本《易·豫卦》"天地以顺动，故日月不过而四时不忒"；"上行下靡"本《说苑》。第四条"上不礼而下不齐"本《韩诗外传》及《论语》"道之以德，齐之以礼，有耻且格"。第五条"有财之讼，如石投水，泛者之讼，似水投石"，本《文选》李潇远《运命论》"其言如以石投水，莫之逆也"。第六条"无忠于君，无仁于民"本《礼记·礼运》"君仁臣忠"；"惩恶劝善"本《左传》成公十四年。第七条"人各有任，掌宜不滥，其贤哲任官"，本《尚书·咸有一德》之"任官惟贤材"；"克念作圣"本《尚书·说命篇》。第八条"公事靡盬"本《诗经·唐风·鸨羽》，《鹿鸣之什·四牡》之"王事靡盬"。第九条"信是义本"本《论语》"信近于义"。第十条"彼是则我非"本《庄子》；"如环无端"本《史记·田单传》。第十二条"国靡二君，民无二主"，本《礼记·坊记》"天无二日，土无二主"及《孟子》。第十五条"背私向公，是臣之道矣"，本《韩非子·五蠹》篇"自环者谓之私，背私谓之公"，与《左传》文公六年"以私害公非忠也"；"千载以难待一圣"本《文选·三国名臣传序》。第十六条"使民以时，古之良典"本《论语·学而》篇"节用而爱人，使民以时"。①

由此可见，无论在形式上还是内容上，《论语》和"五经"都对《十七条宪法》带来巨大影响，从而为建立以天皇为核心的中央集权体制做了前期准备。当然，我们在这里需要关注的是，这部宪法引入《论语》者有四，而引入《孟子》者则为一。也就是说，在大规模引入中国儒学的初期阶段，或许是对于孟子有关易姓革命的民本思想不甚了解，圣德太子还是对孟子表示出了敬意，尽管在《宪法》中的参

---

① 朱谦之著《日本的朱子学》，人民出版社，二〇〇〇年十二月，第5—6页。

考和引用大大少于孔子的《论语》。

圣德太子去世后,孝德天皇在大化二年(646)颁布《改新之诏》,史称大化改新,提出"公民公地",将皇族和大贵族的土地收归天皇所有,"确立天皇的最高土地所有权及以天皇为中心的中央集权制。儒学的天命观及与之相联的符瑞思想成为革新的重要理论基点"[①],由此正式成立中央集权国家,并将大和之国名更改为日本国。随着神话传说故事《古事记》(712)和编年体史书《日本书纪》(720)的问世,日本历代天皇越发强调皇权天授、万世一系,及至明治维新后由伊藤博文起草并实施的《大日本帝国宪法》,更是借助日本传统中对天皇的尊崇,以法律形式确认天皇秉承皇祖皇宗"天壤无穷之宏谟"的神意,继承"国家统治大权"的上谕,其权力神圣不可侵犯,从而被赋予国家元首和统治权的总揽者之地位[②],集统治权、军权和神权于一身。于是,"民为贵,社稷次之,君为轻",强调主权在民、人民福祉才是政治活动之最大目的等孟子的政治主张,便不可避免地与日本历代统治阶层的利益发生了猛烈碰撞。至于孟子所提"贼仁者谓之贼,贼义者谓之残。贼残之人,谓之一夫。闻诛一夫纣矣,未闻弑君也"[③]等易姓革命的政治主张,更是为日本历代统治阶层所不容,不但代表皇室利益的公家不容,即便是代表幕府利益的武家也决不能接受。于是,在孔子自被奈良朝奉为"文宣王"(768)并享有王者至尊的一千余年间,孟子非但不能享受亚圣的荣光,就连其著述《孟子》也不得输入日本,致使坊间四处流传,不可将《孟子》由唐土带回

---

① 刘宗贤、蔡德贵著《当代东方儒学》,人民出版社,二〇〇三年十二月,第155页。
② 请参阅收录于《日本国宪法》之《大日本帝国宪法》,讲谈社学术文库2201,第61—77页。
③ 引自伊藤仁斋著《孟子古义》第34—35页之《孟子·梁惠王下·2》相关内容。

日本，否则将会在回航途中遭遇海难……这大概就是大江健三郎对莫言所说的"普遍认为孔子的《论语》有利于天皇制，因而比较欢迎《论语》，同时认为孟子学说中含有反天皇制的因素，便对孟子及其学说持反对态度"的历史背景和政治背景了吧。

5. 以民意代天意的民本思想

这种尊孔抑孟的现象到了幕府时代也没有任何改变，"作为军事独裁政权的幕府政权一直提倡武士道及尚武精神，而儒家的伦理道德思想在武士道形成过程中成为一个重要的思想来源，统治者及其思想家们利用儒学阐释武士道，汲取了儒学忠、勇、信、礼、义、廉、耻等道德观念，依其统治利益所需改造儒学，冀以充实武士道"①。尤其到了德川幕府时期，"出于加强思想统治，维护并发展幕府政治、经济制度的需要，在国家意识形态方面，由佛儒并用转向独尊儒家思想学说，把儒学定为官学，同时强行禁止'异学'。……倡'大义名分'，把纲常伦理绝对化的程朱理学作为占统治地位的主导思想"②。这里有两点需要注意：一是"依其统治利益所需改造儒学，冀以充实武士道"；二是"把纲常伦理绝对化的程朱理学作为占统治地位的主导思想"。前者是说幕府根据其统治利益所需而任意"改造"儒学，用以"充实武士道"；后者则表明被幕府选中的、可供其"改造"的儒学或曰官学，便是"把纲常伦理绝对化的程朱理学"了。由此可见，经过种种"改造"的这种所谓儒学，就只能是遭到严重篡改的"儒学"，为统治阶层的伦理纲常保驾护航的"儒学"了。这种儒学，便是大江口中的"来自中国朱子的朱子学"，也就是被权力中心所指定的官学。为了

---

① 刘宗贤、蔡德贵著《当代东方儒学》，人民出版社，二〇〇三年十二月，第156页。

② 同上，第167页。

对抗这种官学,"及至日本近世,就出现了两个不同于朱子学的、对于古典的理解。……有一个对民众教授中国哲学的人,教授与政府的、权力方的解读相悖的中国哲学的人,此人就是伊藤仁斋"①。

大江在这里提及的伊藤仁斋是江户时期古学派中具有代表性的重要学者,而伊藤仁斋所在的"古学派是日本儒学的重要派别,也是官学朱子学的反对派。古学派学者认为只有古代儒学才具有真义,汉唐以后的儒学全是伪说。他们尊信三皇、五帝、周公、孔子,以古典经典为依据,冀望从古典中寻找作用于社会的智慧源泉,重新构建不同于朱子学、阳明学的思想体系,实际是希望以复古的名义打破当时朱子学的一统天下。古学派的先导者是山鹿素行,另外两个著名人物分别是堀川学派的伊藤仁斋、萱园学派的荻生徂徕。他们在思想意识形态上具有共同的特点,政治上代表被闲置的贵族及中小地主阶级等在野民间势力"②。这里说的是在德川时代中期,占全国人口百分之八十多的农民附属于大小藩主,而这大大小小的藩主又附属于大名,各大名则附属于"大将军"德川幕府。随着德川幕藩制在政治方面和经济方面开始出现危机,其封建体制开始瓦解,近代思想也便从中逐渐萌发并发展起来,就这个意义而言,与朱子学对抗的古义学的出现和发展,也就是历史的必然了。尤其在享保年间,日本全国的农村经济因商业高利资本的侵入而衰落之际,风起云涌的农民暴动在震撼德川幕府封建统治基础的同时,也给维护封建等级制度和伦理纲常的朱子学带来沉重打击。正是在这种背景下,"初奉宋儒,……及年三十七八始出己见"的伊藤仁斋叛出朱子学,转而在《论语》和《孟子》等古典中寻找真义,认同孟子"天视民视,天听民

---

① 根据"大江健三郎文学学术研讨会"台北会议录音整理而成的资料。
② 刘宗贤、蔡德贵著《当代东方儒学》,人民出版社,二〇〇三年十二月,第164页。

听",即以民代天、以民意代天意的民本思想,主张以仁义为王道,所以仁者之上位,虽说是天授,其实更是人归。对于失去民心民意、引发天怒人怨的残暴之君,则认为其已被以民意为象征的天道所抛弃,从而可以对其放伐。

6.以革命颠覆不义的理想主义呼声

在详细阐释孟子的放伐理论时,伊藤仁斋更是在《孟子古义》里缜密地为孟子如此辩护道:

> 孟子论征伐。每必引汤武明之。及其疑于弑君者。乃曰闻诛一夫纣矣。未闻弑君也。盖明汤武之举。仁之至。义之尽。而非弑也。……何者。道也者。天下之公共。人心之所同然。众心之所归。道之所存也。传曰。桀放于南巢。自悔不杀汤于南台。纣诛于牧野。悔不杀文王于羑里。夫天下非一汤武也。向使桀纣自悛其恶。则汤武不必征诛。若其恶如故。则天下皆为汤武。不在彼则在此。不在此必在彼。纵令彼能于南巢牧野之前。得杀汤武。然不改其恶。则天下必复有如汤武者。出而诛之。虽十杀百戮。而卒无益。故汤武之放伐。天下放伐之也。非汤武放伐之也。天下之公共。而人心之所同然。于是可见矣。孟子之言,岂非万世不易之定论乎。宋儒以汤武放伐为权变。非也。天下之同然之谓道。一时之从宜之谓权。汤武放伐即道也。不可谓之权也。①

在当时看来,伊藤的宣言是何等的大胆。如果说在中国的历史上,易姓革命早已屡见不鲜,素有改朝换代之说的话,那么在日本这个所谓天皇万世一系的国度里,伊藤仁斋的以上话语可谓大逆不道了。所谓弑君,用日语表述便是"下克上",明显包括"犯上作乱"和"以下犯上"等道德和伦理层面的指责,但是伊藤仁斋在纣王被杀这

---

① 伊藤仁斋著《孟子古义》卷一,第35页。

件事上，却全然不做这种语义上的认可，倒是完全依孟子所言，认为武王伐纣是诛杀贼仁贼义之独夫而非弑君，可作为正义行为予以认可和鼓励，因为"夫天下非一汤武也。向使桀纣自悛其恶。则汤武不必征诛。若其恶如故。则天下皆为汤武"，更是强调汤武放伐是天下之同然的"道也"，而不是宋儒（或曰维护幕府等级制度的朱子学）所批评的从宜之"权变"。

伊藤仁斋笔下的"道"，其后被暴动之乡的年轻商人所接受、所宣传、所传承，并取其宗师伊藤仁斋居所兼私塾的古义堂之"古义"二字，为自己的曾外孙命名为"古义人"。这个乳名为"古义人"的孩子多年后在作品里借小说人物之口讲述了这个乳名的背景："宴会将近结束时，大黄突然说起古义人这个名字的由来。当然，这是以笛卡尔的西欧思想为原点的，然而并不仅仅如此。在与大阪——当时的大阪——有着贸易往来关系的这块土地上，不少人曾前往商人们学习儒学的学校怀德堂。古义人的名字中，就融汇了这个学派的宗师伊藤仁斋的古学思想。"[①]至于伊藤仁斋在上文中提及汤武放伐时所认定并高度评价的"道"，时隔大约四百年之后，大江在《万延元年的Football》里做出了这样的回应：

> 关于武装暴动的原因，那位与我有书信往来的老教员乡土史家，既未否定，亦未积极肯定我母亲的意见。他具有科学态度，强调在万延元年前后，不仅本领地内，即使整个爱媛县内也发生了各类武装暴动，这些力量和方向综合在一起的矢量指向维新。他认为本藩惟一的特殊之处，就是万延元年前十余年，藩主担任寺院和神社的临时执行官，使本藩的经济发生了倾斜。此后，本藩向领地城镇人口征收所谓"万人讲"日钱，

---

① 大江健三郎著，许金龙译《被偷换的孩子》，译林出版社，二〇〇八年十月，第109页。

向农民征收预付米,接着是"追加预付米"。乡土史家在信末引用了一节他收集的资料:"夫阴穷则阳复,阳穷则阴生,天地循环,万物流转。人乃万物之灵长,若治政失宜,民穷之时,岂不生变乎!"这革命启蒙主义中有一股力量。①

在这里,大江借小说人物之口说出"人乃万物之灵长,若治政失宜,民穷之时,岂不生变乎!"其以革命颠覆不义的理想主义呼声,显然来自《孟子·梁惠王下》的相关内容及其在日本的传承者伊藤仁斋的影响。不仅如此,大江还把以上经其改写的话语定义为"革命的启蒙主义",而且特意指出其中蕴藏着"一股力量"。更具体地说,这既是对孟子"贼仁者谓之贼,贼义者谓之残。贼残之人,谓之一夫。闻诛一夫纣矣,未闻弑君也"等易姓革命主张的认同,也是在借伊藤仁斋对此所做的解读而赋予故乡暴动历史以正当性和合理性,让所有暴动者及其同情者据此获得伦理上的支撑——"夫天下非一汤武也。向使桀纣自悛其恶。则汤武不必征诛。若其恶如故。则天下皆为汤武"。显然,故乡的历史暴动史实与先祖传播的孟子有关"民本"和"革命"思想融汇在了一起,森林中的农民暴动叙事所体现的朴素村落政治观和斗争史,恰恰是"民本"古义与"革命"的现代左翼思潮相结合的表现,更是大江在未来的人生中接受战后民主主义思想的伦理基础。

二、暴动之乡的森林之子

1.大濑村的暴动历史

作为大江文学的重要构成部分,大江的革命想象不仅萌发于曾

---

① 大江健三郎著,邱雅芬译《万延元年的Football》,人民文学出版社,二〇二一年四月,第88页。

代 总 序

外祖父《孟子古义》之家学影响,无疑也受到故乡暴动历史世代口耳相传的浸染,将边缘与中心的权力抗衡内化为一种本土化的体悟。大江的"古义人"乳名和其接受孟子民本思想以及易姓革命思想的土壤,恰恰是故乡大濑村这块历史上暴动频发的土地,正如大江在北京的一次讲演中所言:

> 而我,则在边缘地区传承了不断深化的自立思想和文化的血脉。对于来自封建权力以及后来的明治政府中央权力的压制,地方民众举行了暴动,也就是民众起义。从孩童时代起,我就被民众的这种暴动或曰起义所深深吸引。……我曾写了边缘的地方民众的共同体追求独立、抵抗中央权力的长篇小说《万延元年的 Football》。这部小说的原型,就是我出生于斯的边缘地方所出现的抵抗。明治维新前后曾两度爆发起义(第二次起义针对的是由中央权力安排在地方官厅的权力者并取得了胜利),但在正式的历史记载中却没有任何记录,只能通过民众间的口头传承来传续这一切。……与中心进行对抗的边缘这种主题,如同喷涌而出的地下水一般,不断出现在此后我的几乎所有长篇小说之中。①

那么,作为大江革命想象的原型,故乡大濑村的革命暴动,是如何在德川幕府和其后的明治政府中央权力及其各级官吏等代理人的压制下被频频触发的呢?这些革命原型又与大江自身的文学建构有着何种关联?

当然,由于官方长年以来的持续遮蔽或改写,我们已经很难从官方记载中查阅并还原当年的暴动起因以及过程等完整信息了。大江本人在其作品以及讲述中所提供的信息亦缺乏完整性和系统性,更

---

① 大江健三郎著,许金龙译《北京讲演二〇〇〇》,《中华读书报》,二〇〇〇年十月十八日。

由于其小说的虚构性，小说叙事的史料价值也有待考鉴。与此同时，通过口耳相传的民间文学形式以及亲身参与了暴动文化之传播的老人们，亦随岁月流逝而日渐减少，其所提供的信息亦有模糊不清之处。所幸笔者在当地做田野调查时，曾获得一份非公开出版的方志。结合当地老人的回忆以及大江本人的讲述或文字记叙，得以大致瞥见当地暴动的肇因和状貌。这份由内子町志编撰委员会编写的《新编内子町志》第七节之《农民暴动》这个章节里有一个题为"大洲藩农民暴动（骚動）"的列表2-7：

年　号	公元	暴动名称
寬保元年	1741	久万山騒動
延享四年	1747	御藏騒動
寬延三年	1750	内子騒動
宝曆十一年	1761	麻生騒動
明和七年	1770	藏川騒動
明和八年	1771	麻生騒動
寬政元年	1789	柳沢騒動
文化六年	1809	阿藏騒動
文化七年	1810	横峰騒動
文化十三年	1816	大洲紙騒動
文化十三年	1816	村前騒動
文政十一年	1828	菅田騒動
天保八年	1837	柳沢騒動
天保八年	1837	横峰騒動
文久二年	1862	小薮騒動
文久三年	1863	宇和川騒動
慶応二年	1866	奥福騒動
明治四年	1871	廃藩置県騒動

明治四年	1871	郡中騷動
明治四年	1871	臼杵騷動

　　　　　　——以上为发生于大洲藩或与藩相关联的暴动。其资料来源于影浦勉「伊予農民騷動史話」「愛媛鼎史」『大洲市誌』和「高橋文書」。①

　　这份列表清晰标注了大濑村所在的大洲藩地区,自一七四一年至一八七一年这约一百三十年间,发生被官方蔑称为"骚动"的暴动共计二十次。也就是说,暴动平均每六年半便会爆发一次。这里需要说明的是,图表所列远不及实际曾经发生的暴动次数,譬如一七八八年肇始于大江家所在小山村的大濑暴动,就未能列入其中。在这片范围有限的区域内,如此高频度(有的地方甚至重复数次)发生暴动的原因不一而足,不过其主因不外乎来自各级官府的压榨、商人投机、官商勾结、粮食歉收、物价(尤其是粮食价格)高涨等等,这一点从大米和大豆在一八六一年至一八七〇年这十年间的涨幅便可略见一斑(2-8):

年　号	公元	大米	大豆
文久元年	1861	205 錢	218 錢
二年	1862	250 錢	272 錢
三年	1863	290 錢	260 錢
元治元年	1864	400 錢	364 錢
慶応元年	1865	650 錢	540 錢
二年	1866	2000 錢	1140 錢
三年	1867	1800 錢	869 錢
明治元年	1868	6000 錢	5700 錢

---

① 内子町志编撰委员会著《新编　内子町志》,一九九六年十月,第161页。

| 二年 | 1869 | 12000钱 | 10000钱 |
| 三年 | 1870 | 14500钱 | 21000钱 |

——以上为一石粮食之价格。其资料由知清吉冈文书所作。①

正如大江自述的"明治维新前后曾两度爆发起义(第二次起义针对的是由中央权力安排在地方官厅的权力者并取得了胜利)"②，即列表2-7分别发生于一八六六年的奥福暴动③和一八七一年的废藩置县暴动。从列表2-8可以看出，在大江经常提及的这两场暴动前后短短十年时间内，大米价格从一八六一年的二百零五钱猛涨至一八七〇年的一万四千五百钱，同期的大豆价格则从二百一十八钱猛涨至二万一千钱，前者涨至七十点七倍，后者更是狂涨至九十六点三倍。按照这个势头，未能列入的一八七一年(即发生废藩置县暴动之年)的涨幅估计越发让人心惊肉跳。至于物价何以如此疯涨的主要原因大致如下：首先是江户末期农民阶层开始分化，大量贫困农民为借钱度日而将农地转手他人，只能依靠佃耕勉强糊口；其二则是巧取豪夺了大量土地的地主和富商与藩府加强勾结，通过向藩府提供金钱而获得更多特权，转而利用这些特权变本加厉地盘剥贫困农民；再就是大厦将倾的德川幕府在政治上开始出现崩溃迹象，在经济方面则出现全国性物价高涨，尤其是猛涨的大米价格更使得贫困农民和底层民众的生活越发艰难；第四，雪上加霜的是，在庆应二年

---

① 内子町志编撰委员会著《新编 内子町志》，一九九六年十月，第190页。
② 大江健三郎著，许金龙译《北京讲演二〇〇〇》，《中华读书报》，二〇〇〇年十月十八日。
③ 一八六六年七月十五日发生在包括大江健三郎故乡大濑村在内的奥筋地区的、规模达万余人的农民暴动。因暴动领导人名为福五郎(亦有福太郎、福二郎、福次郎之说)，当地人便取奥筋中的奥以及福五郎中的福，将该暴动称之为奥福暴动。

(1866），遭遇了前所未有的大歉收，与藩府素有勾结的投机商人乘机将大米价格猛涨。正如大江在作品里所总结的那样："人乃万物之灵长，若治政失宜，民穷之时，岂不生变乎！"于是，这一年的七月十五日，大江家所在的大濑村便爆发了名为"奥福骚动"的大暴动，前后历时三天，至十七日时共计波及三十余村庄，参与者多达一万余人。

这次暴动的经纬大致如下：该年七月某日，大濑村村民福五郎（亦有福太郎、福二郎、福次郎之说）因家中无粮，向村吏提出借用村中存米，随即遭拒，却发现村吏将米借给来村里出差的医生成田玄长，便与村吏发生激烈争执。福五郎由此痛恨贪图暴利的商人，决定发动村民一同上访，同村的神职人员立花丰丸于是承担其参谋，以福五郎之名撰写檄文并广泛散发于周围数十村庄，呼吁大家奋起暴动，不予合作之村庄则予烧毁！早已对为富不仁的富商心怀怨恨的数十村庄的农民纷纷加入暴动队伍。七月十五日晚间，赞成福五郎主张的大濑村村民捣毁村里的酒铺，在福五郎号令下开往内子镇，中途参加者络绎不绝，至十六日暴动队伍已达三千余人，当天在内子镇打砸店铺约四十间，继而在五十崎打砸店铺约二十间。及至十七日，共有三十个村庄、一万余人参加暴动。大洲藩府急遣信使往江户幕府报警，同时不断派人游说福五郎等三四位暴动头领，至当日晚间，福五郎等人被说服，继而解散暴动队伍。在参加暴动的农民相继回村后，三位暴动头领遭到抓捕，其中大濑村的福五郎以及同村的立花丰丸其后死于狱中……

诸如此类的暴动景象，通过世代的传述，在民间文学的传承下，从历历在目的口头讲述，化为跃然纸上的文学形象。这些暴动记忆和历史人物原型，促动大江以大濑为革命对峙的中心向压迫性体制发出挑战，而将暴动革命历史传承给大江的媒介，正是阿婆这位民间文学的讲述者,暴动革命故事则作为元文本化入大江对于村庄暴动的文学虚构之中。

2.阿婆的暴动故事元文本

为儿时大江栩栩如生地讲述奥福其人和奥福暴动这段历史的人,是大江家里名为毛笔的阿婆。多年后,《读卖新闻》记者尾崎真理子采访时曾提及大江面对阿婆栩栩如生的讲述而心神荡漾的过往:"那个'奥福'物语故事,当然也是极为有趣,非同寻常。据说您每当倾听这个故事时,心口就扑通扑通地跳。由于听到的只是一个个片段,便反而刺激了您的想象。"①于是大江便这样对记者回忆了当年的情景:

> 是啊,那都是故事的一个个片段。阿婆讲述的话语呀,如果按照歌剧来说的话,那就是剧中最精彩的那部分演出,所说的全都是非常有趣的场面。再继续听下去的话,就会发现其中有一个很大的主轴,而形成那根大轴的主流,则是我们那地方于江户时代后半期曾两度发生的暴动,也就是"内子骚动"(1750)和"奥福骚动"(1866)。尤其是第一场暴动,竟成为一切故事的背景。在庞大的奥福暴动物语故事中,阿婆将所有细小的有趣场面全都统一起来了。
>
> 奥福是农民暴动的领导者,他试图颠覆官方的整个权力体系,针对诸如刚才说到的,其权力及至我们村子的那些权势者。说是先将村里的穷苦人组织起来凝为强大的力量,然后开进下游的镇子里去,再把那里的人们也团结到自己这一方来,以便聚合成更强大的力量。那场暴动的领导者奥福,尽管遭到了滑稽的失败,却仍不失为一个富有魅力的人。我就在不断思考奥福这个人的人格的过程中,度过了自己的少年时代。②

---

① 大江健三郎著,许金龙译《大江健三郎口述自传》,贵州人民出版社,二〇一九年三月,第8页。
② 同上,第8—9页。

代总序

……

是祖母和母亲讲述给我并滋养了我的成长的乡村民间传说。在写作《万延元年的 Football》时,我的关心主要集中在那些叙述一百年前发生的两次农民暴动的故事。

祖母在孩提时代,和实际参与这些事件的人们生活在同样的社会环境里,所以,她所讲述的民间故事,常常会添加进她当年亲自见过的那些人的逸闻趣事。祖母有独特的叙事才能,她能像讲述以往那些口耳相传的民间故事那样讲述自己的全部人生经历。这是新创造的民间传说,这一地区流传的古老传说也因为和新传说的联结而被重新创造。

她是把这些传说放到叙述者(祖母)和听故事的人(我)共同置身其间的村落地形学结构里,一一指认了具体位置同时进行讲述的。这使得祖母的叙述充满了真实感,此外,也重新逐处确认了村落地形的传说/神话意义。[①]

病迹学(Pathographie)研究成果表明,儿时的生长环境对于成人后的价值取向和审美取向都将产生重要影响,这对于川端康成和三岛由纪夫来说如此,对于大江健三郎来说也并不例外。在"心口扑通扑通地跳"着倾听阿婆讲述奥福故事的过程中,少儿大江的情感却在不知不觉间开始倾向遭到压榨的暴动者一方,从而产生了与弱势群体共情的义愤,以至于"在不断思考奥福这个人的人格的过程中,度过了自己的少年时代"。然而,这种感情倾向却面临一个无法回避的尴尬,那就是在日本这个国度里,被称为"骚动"的农民暴动明显带有被官方蔑视的语感,而暴动本身更是被认为是"下克上"的大不敬,亦即中文语感中的"以下犯上"和"犯上作乱"之负面语义。这显然是儿时大江的情感所不愿接受的,正是在这种情感冲突的背

[①] 大江健三郎著,王中忱译《在小说的神话宇宙中探寻自我》,引自《我在暧昧的日本》,南海出版公司,二〇〇五年十一月,第 7—8 页。

景下,经由曾外祖父传承的易姓革命思想和民本思想才开始具有意义,才能为暴动之乡的这个小童提供了伦理上的支撑,用以抗拒"下克上"所带来的道德和伦理层面的负面指责,从而"在不断思考奥福这个人的人格的过程中,度过了自己的少年时代"之际,顺理成章地"在边缘地区传承了不断深化的自立思想和文化的血脉",将《孟子古义》中的易姓革命思想和民本思想内化为自己的道德观和伦理观,为其于日本战败后接受战后民主主义作了道德、伦理和理论上的前期准备。

另一方面,由于阿婆"在孩提时代,和实际参与这些事件的人们生活在同样的社会环境里,所以,她所讲述的民间故事,常常会添加进她当年亲自见过的那些人的逸闻趣事",而且阿婆"给我讲述(奥福)故事中的人物。故事情节只是一些片段,所以能够激发我勾连故事的能力。奥福是本地农民起义的故事中一个无法无天而且非常可爱的人物,用我后来遇到的语言来说是一个 trickster①"②,故而在引发少儿大江倾听兴趣的同时,还培养了其进行再创作的能力。

如果说,经由曾外祖父传承的《孟子古义》中的易姓革命思想和民本思想,从道德和伦理上支撑少儿大江"在边缘地区传承了不断深化的自立思想和文化的血脉"的话,那么,熟稔戏剧演出的阿婆用"独特的叙事才能"对儿时大江讲述当地暴动故事,在培养其勾连故事之能力的同时,亦为大江进行了一场文学启蒙,使得"从孩童时代起,我就被民众的这种暴动或曰起义所深深吸引。……我曾写了边缘的地方民众的共同体追求独立、抵抗中央权力的长篇小说《万延元年的 Football》。这部小说的原型,就是我出生于斯的边缘地方所

---

① 意为神话和民间传说中的精灵、既有社会秩序的破坏者。
② 大江健三郎著,王成译《我的小说家修炼法》,中央编译出版社,二〇一九年十一月,第6页。

出现的抵抗",而且"与中心进行对抗的边缘这种主题,如同喷涌而出的地下水一般,不断出现在此后我的几乎所有长篇小说之中"!由此可见,从发表于一九六七年的《万延元年的Football》到晚近创作的长篇小说《优美的安娜贝尔·李 寒彻颤栗早逝去》(2007)以及《晚年样式集》(2013),随处可见的有关历史暴动叙事,既是大江的儿时记忆,也是其文学母题,还是其抗拒权力中心、用以构建根据地/乌托邦的重要依据。当然,这种叙事策略也使得其文学中的历史维度具有越来越开阔的空间。

3."我在文学作品中构建的根据地/乌托邦确实源自毛泽东"

仍然是在大江文学的历史叙事空间里,早在大江的少年时代,曾有两个于日本战败后从中国遣返回故乡大濑村的退伍老兵帮助大江家修缮房屋,在小憩期间,这两个退伍老兵盘膝而坐,聊起侵华期间所执行的杀光、烧光和抢光之三光政策,让少年大江第一次知道"皇军"在中国期间犯下的累累战争罪行,在其为之深感愧疚和惊恐不安的同时,也对战争时期的军国主义教育之虚伪有了更为深刻的认识。这两位老兵还说起在中国战场攻打八路军根据地时狼狈情状,他们告诉在一旁倾听的少年:八路军的根据地大多建在地势险要之处。由于八路军与中国老百姓是鱼水之情,所以攻打根据地的日军部队尚未到达目的地,就有发现日军行踪的老百姓向八路军通风报信,于是八路军便在根据地设好埋伏,待日军进入伏击圈后就枪炮大作,打得日军如何丢盔弃甲、如何死伤狼藉、如何狼狈逃窜……

村里这两个退伍老兵的无心之言,却在少年大江的内心掀起巨浪:如果本地历史上多次举行暴动的农民也像八路军那样,在家乡深山老林里的险要处构建根据地的话,那么家乡的历史会如何演变?日本的历史是否会是另一种模样?带着这个久久萦绕于心的思考,大江在东京大学仔细且系统地研读了《毛泽东选集》四卷本,尤其关注第一卷里《中国的红色政权为什么能够存在?》。这篇文章是毛泽东于一九二八年十月五日所作,在第六章《军事根据地问题》中第一次提及"根据地"并做了如下阐释:

> 边界党还有一个任务,就是大小五井和九陇两个军事根据地的巩固。……这两个地形优越的地方,特别是既有民众拥护、地形又极险要的大小五井,不但在边界此时是重要的军事根据地,就是在湘鄂赣三省暴动发展的将来,亦将仍然是重要的军事根据地。巩固此根据地的方法:第一,修筑完备的工事;第二,储备充足的粮食;第三,建设较好的红军医院。把这三件事切实做好,是边界党应该努力的。①

所谓"根据地"是军事术语,而且从以上引文中可以发现其历史并不悠久,是军事对峙中处于弱势的红军为更好地保护己方有生力量而于险峻之处据险而守,同时争取时间和空间发展和壮大己方力量。中国第一次国内革命战争时期由红军创建的根据地如此,抗日战争时期由八路军所建的根据地也是如此,同时辅以游击战、麻雀战、坚壁清野、储存粮食、建立伤兵医院以及灵活运用"敌进我退、敌驻我扰、敌疲我打、敌退我追"等游击战术,与强敌进行周旋。

在东京大学就读期间学习了《毛泽东选集》中有关根据地的相关论述后,大江开始将这些论述与家乡的暴动史乃至日本的近代史联系起来加以思考。当然,历史不可复制,故而大江开始考虑在自己的文学作品中构建根据地,构建以中国革命模式复制的根据地。于是,"暴动"和"根据地"字样开始频繁出现在大江的小说文本里。譬如在不足十万字的小长篇《两百年的孩子》中译本里,如果用电脑检

---

① 毛泽东著《毛泽东选集》(第一卷),人民出版社,一九九一年六月第二版,第53—54页。

索"暴动"/"一揆",可以发现共有二十二处。对"逃散"进行检索,则有五十三处。两者相加,总共七十五处。这里所说的"逃散",是指在日本的中世和近世,农民为反抗领主的横征暴敛而集体逃亡他乡。这种逃亡有两个特征,一是数个、数十个村庄集体逃亡;二是这种有时多达数千人、数万人的逃亡,往往伴随着与领主武装的战斗。同样使用电脑检索的方法对《两百年的孩子》进行检索,还可以发现含有"根城"和"根据地"的表述各有二十处,一共四十处。这里所说的"根城",在日语中主要有两个语义,其一为主将所在城池或城堡;其二则是暴动民众的据守之地,或是盗贼的巢穴。"根据地"的语义为"军队等队伍为修整、修养或补给而设立的据点",在大江的文学词典里,这个单词显然源于中国第一次国内革命战争时期创建的根据地,抗日战争期间用以抵御侵华日军、争取抗战胜利的根据地;当然,这也是大江赖以在小说中构建根据地/乌托邦的原型。

二〇〇六年八月,笔者曾在东京对大江做过一次采访,现摘录其中涉及"根据地"的内容引用如下:

> 许金龙:您于一九七九年发表了长篇小说《同时代的游戏》,相较于中国传统文化中桃花源式的那种逃避现实的理想,这部作品中的乌托邦则明显侧重于通过现世的革命和建设达到理想之境。从这个文本的隐结构中可以发现,您在构建森林中这个乌托邦的过程中,不时以中国革命和建设为参照系,对以毛泽东为首的老一辈革命家所进行的艰苦卓绝的长征、建立根据地并通过游击战反击政府军的围剿、发展生产以提高物质生活水平等给予了肯定,也对江青等"四人帮"在"文化大革命"中祸国殃民的举止表示了谴责,同时也在思索中国在革命和建设过程中遇到的一些问题以及解决方法,试图从中探索出一条由此通往理想国的具有普遍意义的通途。当然,您在自己的文学世界里建立根据地的尝试,《同时代的游戏》显然不是第一次,也不会是最后一次。其实,

早在《万延元年的 Football》中,甚至更早的《掀芽打仔》等作品中,就已经出现了"根据地"的雏形。我想知道的是,您在文本中构建的根据地/乌托邦是否是以毛泽东最初创建的根据地为原型的? 当然,您在大学时代学习过毛泽东的著作,那些著作里有不少关于根据地的描述,您是从那里接触到根据地的吗?

大　江:正如你所指出的那样,我在文学作品中构建的根据地/乌托邦确实源自毛泽东的根据地。而且,我也确实在毛泽东的著作中接触过根据地,记得是在《毛泽东选集》第一卷的前半部分。

许金龙:是在《中国的红色政权为什么能够存在?》那篇文章里?

大　江:是的,应该是在这篇文章里。围绕根据地的建立和发展,毛泽东在文章里做了很好的阐述。不过,我最早知道根据地还是在十来岁的时候。战败后,一些日本兵分别被吸收到国民党军队和共产党的八路军里。参加了八路军的日本人就暗自庆幸,觉得能够在中国的内战中存活下来,而参加国民党军队的日本人却很沮丧,担心难以活着回日本。他们之所以这么想,是因为在侵华战争中,他们分别与八路军和国民党军队打过仗,说是国民党军队没有根据地,很容易被打败,而八路军则有根据地,一旦战局不利,就进入根据地坚守,周围的老百姓又为他们提供给养和情报,日本军队很难攻打进去。后来在大学里学习了毛泽东著作后,我就在想,我的故乡的农民也曾举行过几次暴动,最终却没能坚持下来,归根结底,就是没能像毛泽东那样建立稳固的根据地。可是日本的暴动者为什么不在山区建立根据地呢? 如果建立了根据地,情况又将如何? 这是我一直在思考的问题,并且在作品中表现了出来。①

在以上引文中提及的长篇小说《同时代的游戏》第五章所叙述的故事发生在明治初年,村庄=国家=小宇宙这个共同体决心独立

---

① 大江健三郎与许金龙对谈:《大江健三郎将访中国,深受鲁迅及毛泽东影响》,《环球时报》,二〇〇六年九月一日。

于"大日本帝国",准备抗击帝国陆军的讨伐。长期以来,人们根据共同体的创始者破坏人通过梦境传达的指示,利用山里的特产木腊与海外进行贸易的盈余做了大量的战争准备,构筑起巨大的堤堰,蓄水淹没自己的村庄,并在堤坝上用沥青写上"不顺国神,不逞日人"的标语,以示与天皇治下的"大日本帝国"决裂的决心,同时进行坚壁清野,在山上的森林里储存粮食,建起野战医院,把壮年男女武装起来组织成游击队,还建立兵工厂以制造武器……除此以外,有人还考虑以各种语言致信各国,呼吁世界上被压迫的民族团结起来,说是"尤其是致中国的信,真想面交很快就将与大日本帝国军队开始全面战争的中国共产党军队"①。

在这些准备工作大致就绪后,政府派遣的"大日本帝国陆军混成第一中队"也临近了。这支武装到牙齿的正规军常年在这一带镇压农民暴动,现在受命前来攻打这个共同体,以将其纳入天皇统治下的"大日本帝国"势力范围。由于这一带山高林密,又是连日滂沱大雨,部队便艰难地沿着略微平坦一些的河滩溯流而上。在村庄这个共同体派出的侦察人员发现"皇军"已临近时,水库里的水也蓄到了最高水位,于是,村庄=国家=小宇宙的人们点燃预先埋置的炸药炸开堤堰,开始了长达五十天之久的、抗击"大日本帝国"陆军的游击战。

呼啸而下的洪水瞬间便吞噬了混成第一中队的所有官兵及其携带的军马。政府第一次派遣来的军队遭到了全军覆没的彻底失败。于是,其后又派遣了由一位作战经验丰富的大尉率领的中队前来攻打。共同体由此正式开始了抗击"皇军"的游击战争。

---

① 大江健三郎著,李正伦等译《同时代的游戏》,作家出版社,一九九六年四月,第232页。

当大尉率领的部队占领村庄时,却发现这是座空无一人的村庄,甚至看不到一条狗。也就是说,共同体实行了最为彻底的坚壁清野。部队在这个被废弃的村子里,连洁净的水都找不到一口,便派出小部队寻找水源,却被游击队打了埋伏。于是,被缴了枪械后释放回来的士兵报告说,游击队就在这山中的森林里。到了夜间,共同体放出的老狼以及野狗让士兵们感到惊恐,而游击队设置的、可以切割下双腿的陷阱,更是让士兵们不敢轻易进入山林。

不久,大尉便开始了他的第一次搜山清剿,部队排成横列,每隔五米站上一个士兵。而游击队方面则在转移非战斗人员的同时,由青壮村民组成若干三人战斗小组,利用有利地形埋伏下来,相机射击某一个搜山士兵,然后再将其两侧的士兵引诱过来一并射杀,使得"皇军"遭受巨大伤亡,不得不铩羽而归。

大尉指挥的第二次大规模战斗,是吸取前次横向搜山失败的教训,命令士兵纵向攻入森林深处,以破解"堪称游击战之基础的原始森林的神秘力量",并伺机破坏密林里的兵工厂,却被共同体的孩子们以迷路游戏的方式引入迷魂阵……当"皇军"士兵们被诱入伏击圈后,"游击队员从藏身之处用西洋弓射出的箭没有声音,突如其来的袭击防不胜防。森林里的大树很高,日光像雾一般从枝叶的缝隙泻下,难以计数的蝉发出震耳的蝉鸣,弓箭的声音根本听不到。埋伏者瞄准出现在树枝所限的狭窄空间处的敌人,箭无虚发。在惟蝉鸣可闻的巨大静默里,大日本帝国军队的士兵中有十二人中箭身亡,另有十二人身受重伤。没有一个士兵发现新设置的兵工厂"[①]。

由于游击队控制了水源,大尉怀疑水源被施放了毒药,不敢再使

[①] 大江健三郎著,李正伦等译《同时代的游戏》,作家出版社,一九九六年四月,第253—254页。

用那里的泉水,转而组织运输队从山外连同粮食一同运往驻地,从而加重了运输队的负担,致使行动迟缓,被游击队在途中趁天黑夜暗之机混入运输队,"结果是担任护卫的士官和两个士兵扔下运粮队逃跑了。于是,大量粮食就被运进了密林里游击队的帐篷"①。

在大尉审问游击队的俘虏时,这些俘虏提供的信息更是让大尉心智混乱。第一个俘虏状似老实地交代说:"这个抵抗战争是从整个中国以及藏在长白山山脉的朝鲜反日游击战传过来,组织了共同战线,甚至不久就有援军到达,实际上自己就是负责和海外联系的负责人……"②在他的话语中,不时还"夹杂着一些他瞎编乱造的中国话和朝鲜话"③。第二个俘虏的交代更是玄乎,说是把森林里新发现的矿物质送到德国加以精炼,以其为原料,即将研制出新型炸弹,如果炸弹中的化学物质出事,"半个森林就可能一扫而光"④……

在屡屡失败的压力下,大尉决定用最狠毒的手段镇压这些"为了反抗大日本帝国而钻进森林"⑤的顽固山民,那就是运来大量汽油,准备火烧森林,"漆黑之夜充血的眼珠上,也许映现出了他们追赶着躲避大火而东奔西跑的半裸的女人们,也许映现出他们自己正在强奸或杀人的自我影像。直到此刻为止毫无趣事可言的战争,使他们的意识浓缩为一个观念——战争就是血腥欲望的爆发,他们今天晚上得出了这个结论,并且决定今后一定照此实行。不久之后,在转战于中国和南洋各地时,他们的这个血腥欲望果然就得到满足了"⑥。

---

① 大江健三郎著,李正伦等译《同时代的游戏》,作家出版社,一九九六年四月,第260页。
② 同上,第263页。
③ 同上,第263页。
④ 同上,第264页。
⑤ 同上,第266页。
⑥ 同上,第271页。

面对火烧森林的严峻局面，共同体在疏散了儿童后便集体投降了，其中大约一半人口得到的却是大尉的如下话语："你们是真正地对大日本帝国发动叛乱、掀起内战的人，你们犯下的叛国罪行必须受到应得的处罚，我以军事法庭的名义宣布你们的死刑！"在进行了五十天的抵抗之后，共同体中的大约一半村民被血腥屠杀了，死在大日本帝国的淫威之下……幸运的是，共同体的半数儿童却随着徐福式的大汉逃离了杀戮，踏上寻找希望的远方。

4."我在小说里想要表现的确实不是绝望"！

从以上梗概的隐结构中不难看出，对于《同时代的游戏》第五章中关于创建根据地和开展游击战的内容，中国的读者都会比较熟悉，准确地说，应是"似曾相识"。在《毛泽东选集》第一卷之《中国的红色政权为什么能够存在？》、第六章《军事根据地问题》中，毛泽东早在一九二八年就曾准确地指出："巩固此根据地的方法：第一，修筑完备的工事；第二，储备充足的粮食；第三，建设较好的红军医院。"[①] 大江在《同时代的游戏》中修筑水淹敌军的水库，正是第一条所说的工事，而且还是大型工事。而预先储备粮食以及抢夺敌军运粮队，则是第二条的完美体现。对于设立野战医院以及转送难以救治的伤员这一措施，我们完全可以理解为是对第三条"建设较好的红军医院"的模仿和再现。至于文本中更为具体的彻底疏散人口、切断敌军水源、深夜放狼以及野狗骚扰敌人、引诱敌军深入密林以便相机袭击等内容，恐怕中国的中学生都可以将其精准地概括为"坚壁清野""诱敌深入""敌进我退，敌驻我扰，敌疲我打"……这些战术是战争中弱

---

① 毛泽东著《毛泽东选集》(第一卷)，人民出版社，一九九一年六月第二版，第53—54页。

势一方因地制宜地抗击强势一方的战术,在中国战争史上最早提出以上战术的是朱德,而根据国内战争的严峻局面对此予以总结并将其上升到理论和战略高度的则是毛泽东。尤其在抗日战争期间,八路军和新四军依据这个战略战术不断发展壮大,创建、依托根据地展开游击战,最终为赢得抗日战争做出了自己的贡献。

另一方面,从《同时代的游戏》这个文本中有关"尤其是致中国的信,真想面交很快就将与大日本帝国军队开始全面战争的中国共产党军队""这个抵抗战争是从整个中国以及藏在长白山山脉的朝鲜反日游击战传过来,组织了共同战线"等等表述,清楚地表明其作者大江健三郎非常了解中国共产党领导的八路军、新四军所进行的抗日战争及其战略、战术,这个了解既有少年时代的记忆,也有大学时代对毛泽东相关军事理论的学习,恐怕还与大江于一九六〇年夏天对中国进行为时一月有余的访问时所接受的相关影响有关。由此可见,大江在写作《同时代的游戏》这部小说前,曾充分接受中国有关根据地和游击战的影响,因而当其考虑在政治和文化意义上的边缘之地,也就是故乡的森林里构建根据地/乌托邦时,大量引入了中国式游击战的因素也就不足为奇了。

由此我们可以确定,作者大江健三郎在构建位于边缘的森林中这个根据地/乌托邦的过程中,确实在以中国革命和建设的模式为参照系,对以毛泽东为首的老一辈革命家所进行的艰苦卓绝的长征、建立根据地并通过游击战反击政府军围剿、发展生产以提高物质生活水平等给予了充分肯定,同时也在思索中国在革命和建设过程中遇到的一些问题及其解决方法,希望从中探索出一条由此通往理想国的具有普遍意义的通途,并试图在自己文本里设计出一个更具普遍性的乌托邦。

在此后出版的《致令人眷念之年的信》《两百年的孩子》《愁容童

子》《别了,我的书!》以及《水死》和《晚年样式集》等长篇小说中,大江对权力中心改写乃至遮蔽边缘地区弱势群体之历史的做法进行了无情的嘲讽,借助森林中口耳相传的神话/传说和历史复制乃至放大遭到政府遮蔽的山村和森林里的历史,把那座神话/传说的王国进一步拓展为森林中的根据地/乌托邦——超越时空的"村庄=国家=小宇宙",清晰地提出了文化人类学意义上的边缘与中心的概念,使其"得以植根于我所置身的边缘的日本乃至更为边缘的土地,同时开拓出一条到达和表现普遍性的道路"①。这种从边缘和历史出发的叙事策略显然与"马克思主义批评理论一直在努力使文学批评具有历史维度"的主张高度契合,因为这种主张"认为需要返回历史,把历史当作重要的出发点来理解文化生产、批评概念、意识形态、政治和社会的范畴"②。就这个意义而言,大江在小说文本中频频引入暴动历史以展开边缘叙事也就不难理解了。这里还有一个需要关注的地方,那就是从这一时期开始,大江在表述森林中那些神话/传说和历史时,清醒地意识到在日本这个封建意识和保守势力占据强势的国度里,包括森林中那些山民在内的弱势者的历史,一直被强势者所改写、遮蔽甚或抹杀。譬如发生在大江故乡的几次农民暴动,就完全没有被记载在官方的任何文件中。为了抗衡强势者/官方所书写的不真实历史,大江以《同时代的游戏》和其后的《M/T与森林中的奇异故事》《致令人眷念之年的信》和《优美的安娜贝尔·李 寒彻颤栗早逝去》等晚近小说为载体,从"根据地"民众的记忆而非官方记载中,把故乡的神话/传说乃至当地历史中一些具有重大意义的部分

---

① 大江健三郎著,许金龙译《我在暧昧的日本》,引自《我在暧昧的日本》,南海出版公司,二〇〇五年十一月,第96页。
② 张京媛著《新历史主义与文学批评·前言》,《新历史主义与文学批评》,北京大学出版社,一九九七年,第2—3页。

剥离、复制乃至放大出来,试图以此在某种程度上还原历史真实,回归历史原貌,进而抗衡官方书写或改写的不真实历史。

我们还需要注意的是,这种根据地/乌托邦叙事在大江的文学作品中也是在"与时俱进"——最初近似于中国国内革命战争时期和抗日战争时期的军事根据地,譬如《同时代的游戏》里的根据地和游击战;当其长篇小说《愁容童子》中的边缘性特征被中心文化逐步解构之后,在故乡森林里建立根据地的基本条件便不复存在,于是在《别了,我的书!》中,大江就通过因特网建立新型根据地,将根据地建立在边缘地区那些拥有暴动历史记忆的边缘人物的内心里,同时吸收和团结共同传承历史记忆的年轻人;及至在《水死》中,大江更是将抨击的矛头直接指向国家权力的象征:以修改历史教科书的形式强奸一代代青少年的日本文部科学省高级官员……

儿时的暴动记忆就这样在大江健三郎的诸多小说中不断变形,作者据此在绝望中发出呼喊,试图由此探索出一条通往希望的小径,正如大江在一次接受采访时所说的那样,"我在小说里想要表现的确实不是绝望"①!

三、一九六〇年的访华:由民本主义向人文主义嬗变

一九六〇年初夏时节,这个世界正处于躁动和不安之中——在亚洲的韩国,推翻李承晚政权的学生运动轰轰烈烈;在非洲,被西方大国长期殖民的诸多国家正全力争取民族独立,以摆脱殖民统治;在南美洲的古巴,反美浪潮一浪高过一浪;在拉美地区,同样正在兴起

---

① 大江健三郎与许金龙对谈:《我在小说里想要表现的确实不是绝望》,《作家》,二〇二〇年八月号,第54页。

争取民族独立的群众运动;在苏联,则因美国U2间谍飞机事件而怒火冲天;也是在这个时期,东西方首脑会谈正式决裂。六十年代冷战背景下的左翼反文化(counter culture)运动,更是使得全球青年先后掀起运动狂潮。众所周知,当时的日本更不是桃花源,反对《日美协作与安全保障条约》的全国性群众运动如火如荼,年轻学生们在这场运动风潮中纷纷走上街头。

一九六〇年,大江健三郎年届二十五岁,在校期间曾参加被称为"安保斗争"前哨战的"砂川斗争"。这里所说的"砂川斗争",是指一九五五年以农民、工会会员和学生为主体的日本民众反对美军扩建军事基地的群众斗争,也是日本社会在战后迎来的第一场大规模反战运动。在此后的一九六〇年一月十九日,日本政府与美国正式签署经修改的《日美协作与安全保障条约》(简称为《日美安全保障新条约》),以取代日美两国政府于一九五一年与《旧金山和约》一同签署的《日美安全保障条约》。在国会审议过程中,有人对条约中"为了维持远东地区的和平安全"之"远东"的范围表示质疑时,时任外相的藤山爱一郎表示这个范围"以日本为中心,菲律宾以北,中国大陆一部分,苏联的太平洋沿海部分"。藤山对《日美安全保障新条约》之"范围"的解释,几乎立刻就引发人们对战前和战争期间的所谓"大东亚共荣圈"的痛苦记忆,不禁怀疑日本政府是否试图再次侵略包括"中国大陆一部分"的亚洲诸国。不同于砂川斗争时期以学生为主体的抗议活动,这时不仅学生对政府的意图产生怀疑,就连绝大部分民众也都对此产生了怀疑,从而相继投身到反对缔结《日美安全保障新条约》的群众运动中来。大江健三郎此时刚刚从东京大学毕业,在文坛上已经小有名声,却从不曾淡忘将人文主义传授给自己的渡边一夫教授所引用的丹麦语法学家克利斯托夫·尼罗普之名言"不抗议(战争)的人,则是同谋",当然也必然地出现在了这数百万的示威群众之中。

二〇〇六年九月,在访问中国社会科学院的主题演讲中回忆当年这场大规模抗议活动时,大江表示"当时我认为,日本在亚洲的孤立,意味着我们这些日本年轻人的未来空间将越来越狭窄,所以,我参加了游行抗议活动。正是在这个过程中,我和另一名作家被作为年轻团员吸收到反对修改安保条约的文学代表团里"①。这里所说的文学代表团,是以野间宏为团长的日本第三次访华文学代表团。在这个大动荡的历史时期,在反对签署《日美安全保障新条约》的大规模游行示威活动中,青年作家大江健三郎开始了他的第一次出国之旅,与"另一名作家"开高健一同对尚未与日本恢复外交关系的中国进行了为期三十八天的访问。大江参加的这个访华团全称为"访问中国之日本文学家代表团",团长为野间宏(作家),团员计有龟井胜一郎(文艺评论家)、松冈洋子(社会评论家)、竹内实(随团翻译)、开高健(青年作家)、大江健三郎(青年作家),另有担任代表团秘书长的白土吾夫(时任日中文化交流协会事务局主任)。访问结束后,白土吾夫公布了一行七人计三十八日访华之旅的大致日程。这里需要说明的是,应该是顾虑到复杂的日本国内情势,出于安全考虑,这个日程并未列入当时被视为敏感的内容,譬如六月一日,日本文学代表团在广州参观毛泽东于一九二四年创办的农民运动讲习所;六月十六日,周恩来总理突然出现在代表团所在的王府井全聚德烤鸭店,对从东京大学毕业不久的大江健三郎进行慰问;六月十七日,代表团全体成员怀着悲痛心情,为悼念六月十五日晚间在国会大厦被警察殴打致死的东京大学女生桦美智子,前往人民英雄纪念碑

---

① 大江健三郎著,李薇译《北京讲演二〇〇六》,引自《大江健三郎文学研究》,百花文艺出版社,二〇〇八年七月,第1页。

敬献花圈并由团长野间宏致悼词……

就在日本文学代表团访华期间,反对岸介信政府签署《日美安全保障新条约》的日本民众在东京连日举行大规模示威抗议,六月五日,多达六百五十万示威者参加抗议活动;六月十日,为阻止美国总统艾森豪威尔于九月十九日访日,示威群众在羽田机场团团包围为艾森豪威尔如期访日打前站的总统秘书 James Hagerty,致使其最终被美军直升机救出;六月十五日,五百八十万示威群众参加反对《日美安全保障新条约》签字和阻止美国总统访日的活动;当天晚间,七千余名示威学生冲入国会,与三千名防暴警察发生激烈冲突,东京大学女生桦美智子被殴打致死,示威群众与政府之间的矛盾进一步激化;六月十六日,焦头烂额的岸信介政府请求艾森豪威尔延期访日,最终被迫取消访日安排。在条约即将生效的当天夜晚,三十三万示威群众再次包围国会,试图阻止条约生效。然而,声势浩大的日本安保斗争终究未能阻止条约自动生效,却也迫使岸信介内阁于六月二十三日下台,艾森豪威尔总统则终止访日。这里需要重点提请注意的是,随着岸介信内阁的倒台,其准备修改于一九四七年生效的《日本国宪法》第九条的计划也随之束之高阁,为日本战后持续维护和平宪法、走和平发展道路打下了良好基础。正因为如此,大江才能在半个多世纪后自豪地表示:"在战后这七十年间,日本人拥有和平宪法,不进行战争,在亚洲内部坚定地走和平发展的道路,也就是说,在战后这七十年里,我们一直在维护这部民主主义与和平主义的宪法。其中最大的一个要素,就是有必要深刻反省日本如何存在于亚洲内部,包括反省那场战争,然后是面向和平……在战后这七十年里,日本没有发动战争,关于这一点,日本人即便得到积极评价也是可以理解的。"[1] "反省"是上述话语的关

---

[1] 大江健三郎与许金龙对谈:《我在小说里想要表现的确实不是绝望》,《作家》,二〇二〇年八月号,第54页。

键词,也是大江从人文主义者渡边一夫那里继承、坚守并内化了的道德和伦理——"保持具有人性的反省……因为我们已经决定将这种反省置于正面而去思考"①。当然,和平宪法第九条能维系至今日,也是有赖于大江等当年参加反对签署《日美安全保障新条约》的这一批抗议者以及后来者,尤其是民众组织"九条会"长年间的不懈努力。

就在这如火如荼的抗议活动中,青年作家大江健三郎受邀参加以老一辈作家野间宏为团长的日本文学代表团,前往中国进行为期一月有余的访问,以获得中国对这场大规模群众抗议运动的支持。在羽田机场与新婚刚刚三个来月的妻子由佳里以及作家安部公房等朋友话别时,大江特地叮嘱妻子:为了使八十年代少一个因对日本绝望而跳楼自杀的青年,因此不要生孩子。时隔三十八天后,还是在羽田机场,刚刚结束中国之旅回到日本的大江却对前来机场迎接的妻子说:还是生一个孩子吧,未来还是有希望的。那么,这一个来月的中国之旅到底发生了什么,竟使得大江的态度发生如此之大的变化?而且,发生变化的仅仅是对待生孩子的态度吗?我们不妨回顾一下大江访华的大致经过。

在这一个多月的访问中,代表团一行先后访问了广州、北京、上海和苏州等地,与中国各界进行了广泛接触和交流,参观了工厂、机关、人民公社、学校、幼儿园、展览馆等,并多次参加声援日本人民反对《日美安全保障新条约》的集会和游行。在此期间,大江应邀为《世界文学》杂志撰写了特邀文章《新的希望之声》,表示日本人民已经回到了亚洲的怀抱,并代表日本人民发誓永远不背叛中国人民的深情厚谊。此外,他还在一篇题为《北京的青年们》的通信稿中表

---

① 大江健三郎著《解读日本当代的人文主义者渡边一夫》,岩波书店,一九八四年,第79—80页。

示,较之于以人民大会堂为首的十大建筑,万里长城建设者的子孙们话语中的幽默和眼睛中的光亮,更让他对人民共和国寄以希望。大江发现,无论是历史博物馆讲解员的眼睛,钢铁厂青年女工的眼睛,郊区青年农民的眼睛,还是光裸着小脚在雨后的铺石路面上吧嗒吧嗒行走着的少年的眼睛,全都无一例外地清澈明亮,而共和国青年的这种生动眼光,大江在日本那些处于"监禁状态"的青年眼中却从不曾看到过。这个发现让大江体验到一种全新的震撼和感动,一如他在同年十月出版的写真集里所表述的那样:"我在这次中国之行中得到的最为重要的印象,是了解到在我们东洋的一个地区,那些确实怀有希望的年轻人在面向明天而生活着。我不认为他们中国年轻人的希望就会原样成为日本人的希望。我同样不认为他们中国年轻人的明天会原样与日本人的明天相连接。不过,在东洋的这个地区,那些怀有希望的年轻人面向明天的姿态却给我带来了重要的力量。"①

当然,更让大江为之震撼和感动的,是中国人民在真诚和无私地支持日本人民反对修改《日美安全保障新条约》。六月中上旬,东京连日来爆发了数百万人参加的大规模示威活动,而在上海和北京,大江一行则先后参加了一百二十万人和一百万人规模的示威游行,以声援日本国内的抗议活动。或许是出于保护大江健三郎这个青年作家的考虑吧,白土吾夫的日程记录里没有列入周恩来总理得知东京大学女生桦美智子于十五日夜晚被警察殴打致死的消息后,于十六日放下手中工作特地前来慰问大江健三郎事宜——这一天,周恩来总理及其随从人员赶到王府井全聚德烤鸭店的二层,就桦美智子在国会大厦被警察殴打至死、另有千余示威者被逮捕一事,向正在与赵

---

① 大江健三郎著,许金龙译「中国の若い人たち、子供たち」,『写真 中国の顔』,現代教養文庫,一九六〇年十月,第146页。

树理等人同桌就餐、尚不知情的大江健三郎表示慰问。四十六年后，在回忆当时的情形时，大江这样说道：

> 在门口迎接我们一行的周总理特别对走在最后的我说：我对于你们学校学生的不幸表示哀悼。总理是用法语讲这句话的。他甚至知道我是学习法国文学专业的。我感到非常震撼，激动得面对着闻名遐迩的烤鸭连一口都没咽下。
>
> 当时，我想起了鲁迅的文章。这是指一九二六年发生的三·一八事件。由于中国政府没有采取强硬态度对抗日本干涉中国内政，北京的学生和市民组织了游行示威，在国务院门前与军队发生冲突，遭到开枪镇压，四十七名死者中包括刘和珍等鲁迅在北京女子师范大学教授的两名学生。……我回忆着抄自《华盖集续编》中的一段话，看着周总理，我感慨万分，眼前这位人物是和鲁迅经历了同一个时代的人啊，就是他在主动向我打招呼……鲁迅是这样讲的：
>
> "我目睹中国女子的办事，是始于去年的，虽然是少数，但看那干练坚决，百折不回的气概，曾经屡次为之感叹。至于这一回在弹雨中互相救助，虽殒身不恤的事实，则更足为中国女子的勇毅，虽遭阴谋秘计，压抑至数千年，而终于没有消亡的明证了。倘要寻求这一次死伤者对于将来的意义，意义就在此罢。
>
> "苟活者在淡红色的血色中，会依稀看见微茫的希望；真的猛士，将更奋然而前行。……"
>
> 那天晚上，我的脑子里不断出现鲁迅的文章，没有一点儿食欲。我当时特别希望把见到周总理的感想尽快告诉日本的年轻人。我想，即便像我这种鲁迅所说的"碌碌无为"的人，也应当做点儿什么，无论怎样，我要继续学习鲁迅的著作。[①]

[①] 大江健三郎著，李薇译《北京讲演二〇〇六》，引自《大江健三郎文学研究》，百花文艺出版社，二〇〇八年七月，第2—3页。

在大江的头脑里,血泊中的桦美智子与血泊中的刘和珍叠加在了一起,化为"虽殒身不恤"的女子英雄。中国人民的真诚支持,周恩来总理的亲切慰问,陈毅副总理的会见,尤其是其后第五天(即六月二十一日)晚间,毛泽东主席于上海接见日本文学代表团时所表示的"像日本这样伟大的民族,是不可能长期接受外国人统治的。日本的独立与自由是大有希望的。胜利是一步一步取得的,大众的自觉性也是一步一步提高的"①等勉励,给了日本文学代表团中最年轻的大江以极大的震撼和感动。多年后,大江曾对笔者表示:早在大学时代,自己就已熟读《毛泽东选集》四卷本,对其中的《湖南农民运动考察报告》《星星之火,可以燎原》《实践论》和《矛盾论》尤为熟悉,所以毛主席在会谈中的不少话语刚刚被翻译出来,自己便随即知道这些话语出自《毛泽东选集》哪一卷的哪一篇文章。会见结束后,毛主席等中国领导人站在门口,与日本朋友一一握手话别。当时,从东京大学毕业不久的青年作家大江照例排在日本代表团的队尾,终于轮到大江上前告别时,毛主席一手握住大江的手,用另一只手指点着大江说道:你年轻,你贫穷,你革命,将来你一定会成为伟大的革命家。这段话语其实是毛主席在会见期间对日本客人所说内容的一部分,大意是一个成功的革命家必须具备几个条件:一是要贫穷,穷则思变,才会参加革命;二是要年轻,否则很可能在革命成功之前就已经牺牲;三是要有革命意志,否则就不会参加革命。多年后当大江获得诺贝尔文学奖并接受德国一家媒体采访之际回想起了毛主席的这段话语,便对这家媒体不乏幽默地表示:毛泽东主席曾于一九六〇年预言自己将会成为伟大的革命家,现在看来,毛主席只说对了一半——自己虽

---

① 白土吾夫著「中国訪問日本文学代表団の三十八日の旅」,『写真 中国の顏』,現代教養文庫,一九六〇年十月,第178页。

未能成为伟大的革命家,却也成了伟大的小说家。在二〇〇八年八月接受另一次采访时,大江对采访者回忆道:与毛主席握手时,感到毛主席的手掌非常大,非常绵软,非常温暖,这种感觉已经连同毛主席当时所说的话语一道,早已固化在自己的头脑里,在每年临近六月二十一日的时候,就会提前嘱咐妻子订购茉莉花,因为日本原本没有这个物种,是从中国移植到日本来的,所以并不多见。及至到了二十一日这一天,自己就会停下所有工作,面对那盆订购来的茉莉花,缅怀一九六〇年六月二十一日夜晚聆听毛泽东主席和周恩来总理教诲时的情景。讲述这段话语的这一天恰巧也是六月二十一日,大江便对采访者指着花盆中绿叶掩映的小小白色花蕾如此说道:

> 今天,我妻子买来三盆白色的茉莉花(把"茉莉花"念成了"毛莉好"),是从中国移植来的,就摆在客厅的中央。花开得非常可爱,经常传来阵阵幽香。我想起自己二十五岁的时候,中国领导人在上海接见了我。我记得自己在见到毛主席和周总理之前,前方有一条狭长的走廊,走廊两旁开满了洁白的花。花的浓郁幽香从两侧沁入鼻腔(用左、右手的食指分别指向两个鼻孔),我们就沿着茉莉花曲曲折折地向前深入。走廊的尽头就是毛泽东主席、周恩来总理、陈毅副总理,还有当时的上海市负责人柯庆施。在我的记忆中,毛泽东主席、周恩来总理、陈毅副总理,还有茉莉花,都是紧紧联系在一起的。这就是亚洲伟大的人物给我留下的最美好的记忆。我和帕慕克见面时,经常对他说:"帕慕克,你记着,我是毛泽东主席的一位朋友!"(大笑起来)其实也不能算朋友,但我见过他!①

鲁迅的启示,周恩来总理的慰问,毛泽东主席的勉励,不可避免地为大江的人生观带来重大影响。这种影响首先显现在回国时在羽

---

① 大江健三郎与许若文对谈:《卡创作了一个灵魂,并思索着诗歌……》,《当代作家评论》,二〇〇九年第一期,第95页。

田机场对新婚妻子由佳里所说的那番话语——"还是生一个孩子吧,未来还是有希望的"。这种对未来抱持希望的积极变化当然也反映在了其后的创作态度中。相较于初期作品中在"铁屋子"里发出的"含着大希望的恐怖的悲声",在相继发表于《文学界》一九六一年一月号和二月号的中篇小说《十七岁少年》和《政治少年之死》中,大江简直就是在呐喊了。这两部短篇小说为姐妹篇,前者叙述了一个十七岁少年为摆脱孤独和焦躁,受雇于右翼分子,成为所谓"纯粹而勇敢的少年爱国者"。后者仍然以独白的口吻,叙述这个十七岁的主人公在忠君的迷幻中,"为了天皇而刺杀"了反对封建天皇制的"委员长"。这两部无情抨击封建天皇制之虚幻、右翼团体之虚伪的姐妹篇一经发表,随即受到右翼团体的威胁。在右翼的巨大压力下,刊载该作品的《文学界》没有征得大江本人同意,便在该刊三月号上发表谢罪声明。从此,《政治少年之死》在日本被禁止刊行,直至二〇一八年七月被收入讲谈社版"大江健三郎全小说"之前的这半个多世纪里,未能被收录在大江的任何作品集里。对于标榜言论自由和出版自由的日本这个所谓的民主国家,这个事实本身不能不说是个绝妙讽刺。当然,这两篇作品的创作对于大江本人来说也是一个历史性转折,此后,作为一名知识分子,大江总是有意识或下意识地站在边缘角度,开始用审视甚至批判的目光注视着权力和中心,越来越靠近鲁迅所坚持的批判立场。

　　这次访问中国给大江带来的另一个重大影响,就是亲眼看到了革命获得成功的中国,并了解到中国革命的全过程。这已经不是此前空泛的革命想象,而是一个实实在在的成功范例,是中国自古以来的以民为本的最佳实践范例,是使得亿万民众得以摆脱战乱、贫困和屈辱,逐步走向富裕与和平的最佳实践范例。无疑,这是人道主义(由于人道主义和人文主义同出法语"humanism"之词源,我们当然可以认为这也是人文主义)在中国这片辽阔土地上获得的巨大成功。这个范例之所以成功,在很大程度上取决于在革命初期,毛泽东等革命家在实践中摸索和总结出"以农村包围城市,最终夺取全国胜利"的革命道路。中国革命的这个成功经验给了青年作家大江健三郎以极大启示,在思考故乡的暴动历史时便有了一个很好的参照系,同时开始考虑将这个策略移入自己的文学创作之中。也是在这一时期,在中国宏大革命愿景的反衬下,大江开始觉察自己"陷入了作为作家的危机,因为,我在自己写作的小说里看不到积极的意义……自己未能在作品中融入积极的意义并向社会推介。我意识到了这个问题,开始怀疑将自己人生的时光倾注到作家这个职业中是否值得"①。也就是说,为了迎合高度商业化的新闻界,刚刚踏足文坛的青年作家大江不得不接二连三地创作"有趣的小说"而非具有"积极的意义"的小说。倘若不如此,就可能像诸多崭露头角不久便被高度商业化的媒体短期使用后无情抛弃的新作家那样退出文坛。然而,无论是少年时代接受的战后民主主义教育,还是大学时代学习的欧洲人文主义,尤其是这次访问中国、亲眼看见人文主义在中国获得巨大成功后引发的诸多思考,都让大江开始怀疑是否值得用自己的整个人生来迎合新闻界的商业价值取向而不断写作以往那种"有趣的小说"。答案当然是否定的,因为这些"有趣的小说"对于深陷艰难困境的人类个体乃至群体完全不具备人文主义价值!大江由此开始有意识地把故乡的山林作为根据地/乌托邦,借《万延元年的Footabll》中的农村暴动叙事抗衡官方话语体系中的"明治维新百年纪念活动";尤其在《两百年的孩子》里,运用转换时空的科幻手法,

---

① 大江健三郎著,许金龙译《作为〈广岛札记〉的作者》,引自《广岛札记》,翁家慧等译,中国广播电视出版社,二〇〇九年,第1页。

让自己三个孩子的分身往来于以往、现在和未来,让他们目睹历史上的暴动,并经历未来日本复活国家主义之际,孩子们在故乡的山林中找到具有共产主义特征的、彼此友爱的乌托邦。这个故事的梗概大致如下:

三个小主人公决定在暑假结束前,再进行最后一次冒险,而这次冒险的目的地,则是八十年后的当地山林。当他们来到未来之后感到震惊的是,原本茂密的大森林由于人为原因而开始颓败,在他们无意中闯入一座超大型建筑物附近时,却因未携带所谓输入个人详细信息的ID卡,而被戒备森严的保安队关在屋子里,其后送交县知事进行讯问。这时他们才知道,县知事正在这里举办一个大型集会,奇怪的是,出席集会的那些动作整齐划一、鱼贯而入的少男少女们穿戴的却是迷彩服和贝雷帽。后来他们在农场/根据地询问千年老树遭焚毁之事时了解到一个让他们不寒而栗的事实:在所谓"国民再出发"的口号下,未来的日本政府"掀起了精神纯化运动"的国家宗教,利用被修改的宪法烧毁国家宗教之外的所有教会、寺院和神社,以取消人们原先无论是基督教、佛教还是神道教的宗教信仰,试图从精神上对国民进行高度控制。作为具体措施,则强制性地要求人们必须随身携带输入个人详细信息的ID卡。同样可怕的是,政府动员了全国百分之九十的青少年参加了这场运动,并让这些少男少女头戴贝雷帽、身穿迷彩服,组建为一支规模庞大、组织严密的准军事组织……

显而易见,大江是在借助专门为孩子们创作的这部小说教导他们和她们如何与过往的历史进行对话,如何了解历史事件在其发生之时意味着什么,如何理解该历史事件对于当下甚或未来具有怎样的意义。

或许是担心在这部小说里对孩子们提出的预警不够充分,还不足以引起孩子们的足够重视和警觉,大江在其后第三年出版的长篇小说《别了,我的书!》里,更是借用与其在文本内的分身"长江"之日语发音相谐的"征候"来表征自己的工作:"我要做的工作,是在某些事件发生之前,就收集其细微的前兆。在那些前兆堆积的前方,一条无可挽救的、不可返回的、通往毁灭方向的道路延伸而去。……我所要写作的'征候',则要以全世界为对象,预先摸索出它前进的方向和道路。"①而且,这位由民本主义出发的人文主义作家为了让大多数孩子们都能阅读到这些"征候",特意提出要把记载这些"'征候'的书架调到适当的高度,以便十三四岁的孩子谁都能打开箱子阅读其中资料。因为,惟有他们才是我所期待的阅读者,而且,有关'征候'的我的想法,也都是试图唤起他们颠覆记录于其中的所有毁灭的标志的想法"②。大江将自己的人文主义课程对孩子们阐释得非常清晰且浅显易懂:他要将通往"无可挽救的、不可返回的、通往毁灭方向的道路"之"征候"和"预兆"告知孩子们,以期让他们产生"想法",去颠覆"其中的所有毁灭的标志",以便"创造出明亮、生动、确实体现出人的尊严的未来",而非"充满黑暗、恐怖和非人性的未来"③!我们可以将这段话语视作大江对孩子/新人的热切期许,还可以将其视为大江及其文学的人文主义核心价值观。

当然,未来也不是全无希望。还是在那片森林里,在两百年前农民举行暴动的旧址上,从南美以及亚洲各国来到此地的劳动者们以农场为基础,重新建立起了"龋根据地"。在这个根据地里,"由于成

---

① 大江健三郎著,许金龙译《别了,我的书!》,译林出版社,二〇〇八年十月,第318页。
② 同上。
③ 大江健三郎著,许金龙译《走的人多了,也便成了路!》,引自《大江健三郎文学研究》,百花文艺出版社,二〇〇八年七月,第21—22页。

年人在农场和食品加工厂里忙于工作,孩子们便依据'龆根据地'从创始之初便传承下来的志愿工作制度过着集体生活。有趣的是,这里的语言是混有日语和父母祖国语言的各种话语,而孩子们则只使用自己的语言……"[1]

或许有人会认为故事并不能代表现实,更不可能是未来的真实再现,对于二〇六四年那个未来所显现出来的可怕前景,我们大可不必在意。遗憾的是,东京大学学者小森阳一教授肯定不会同意这样的看法。在讨论《两百年的孩子》这个故事里未来的可怕前景时,小森教授表示,大江在作品里描绘的可怕未来,实际上现在已经开始出现——日本政要不顾曾遭受侵略战争伤害的亚洲各国人民反对,接连参拜供奉着甲级战犯的靖国神社;日本政府强行通过所谓国旗国歌法,要求学校的教职员工和所有学生在开学和毕业仪式上起立,在国歌声中向国旗致礼,而不愿向那面曾侵略过亚洲诸国的国旗敬礼者,轻则影响升职,重则被开除公职,在右翼政客石原慎太郎任东京都知事期间,这种处分更是严厉,据小森教授说,他的几个朋友已经因此而被开除公职;就在前几年,日本数十位国会议员在美国报纸上刊载大幅广告,说是不存在慰安妇问题,还恬不知耻地说什么那些慰安妇是自愿卖淫者,其收入有时甚至超过日本军队里的将军;更让人忧虑的是,日本保守派正在竭力修改和平宪法,尤其是这部宪法中的第九条有关日本永久性放弃战争、不成立海陆空三军的条款,试图为全方位复活国家主义清除最大的障碍。日本筑波大学学者黑古一夫教授的观点与小森教授相近,他认为日本的政治主导权始终掌握在保守派手中,他们期望从根本上改变日本战后开始实施的民主主义,复活战前的价值观……

---

[1] 大江健三郎著,许金龙译《两百年的孩子》,百花文艺出版社,二〇〇七年九月,第254页。

综上所述,大江所描述未来社会的阴暗前景,就不是毫无根据的空穴来风了,而是基于对现实的忧虑甚或预警。为了大多数人的希望,大江通过《两百年的孩子》这个故事,以艺术手法为人们展示了以往(被官方遮蔽了的暴动史)、现在(日本当下试图修改和平宪法的政治现状甚或准备违宪参战)和未来(日本几十年后极可能出现全面复活国家主义的阴暗前景),并借法国诗人、哲学家和评论家保尔·瓦莱里之口,向我们表明了历史、当下和未来的关系。尽管未来的前景是黯淡的,但是这位老作家也明确地告诉人们,情况并没有糟糕到绝望的地步,那里毕竟还有一群心地善良的人在农场/根据地里坚持自己的操守,抵制来自官方的高压,烧毁严重侵犯人权的ID卡,以各种方式不让孩子们参加那个准军事组织,等等。至于如何在了解历史的基础上创造美好的未来,不妨以大江在北大附中结束演讲时的一段话语来提供一种参考:

>　　你们是年轻的中国人,较之于过去,较之于当下的现在,你们在未来将要生活得更为长久。我回到东京后打算对其进行讲演的那些年轻的日本人,也是属于同一个未来的人们。与我这样的老人不同,你们必须一直朝向未来生活下去。假如那个未来充满黑暗、恐怖和非人性,那么,在那个未来世界里必须承受最大苦难的,只能是年轻的你们。因此,你们必须在当下的现在创造出明亮、生动、确实体现出人的尊严的未来,而非前面说到的那个充满黑暗、恐怖和非人性的未来。我憧憬着这一切,确信这个憧憬将得以实现。为了把这个憧憬和确信告诉北京的年轻人以及东京的年轻人,便把这尊老迈之躯运到北京来了。之所以这么做,是因为已然七十一岁的日本小说家,要把自己现在仍然坚信鲁迅那些话语的心情传达给你们。①

---

① 大江健三郎著,许金龙译《走的人多了,也便成了路!》,引自《大江健三郎文学研究》,百花文艺出版社,二〇〇八年七月,第21—22页。

对于这段话语中出现的通往"充满黑暗、恐怖和非人性的未来"之可能性,大江无疑是悲观的,却决不是绝望的,更是在鼓励中国和日本的孩子们"必须在当下的现在创造出明亮、生动、确实体现出人的尊严的未来",坚定不移地憧憬着孩子们通过自己的努力,将免于陷入"充满黑暗、恐怖和非人性的未来",并且借助鲁迅的话语引导孩子们"希望是本无所谓有,无所谓无的。这正如地上的路;其实地上本没有路,走的人多了,也便成了路"。由此可见,大江既是果敢前行的悲观主义者,更是勇敢战斗的、由民本主义升华的人文主义者。

四(上)、源自鲁迅的"始自于绝望的希望"

1.初识鲁迅

在论及大江文学中的世界文学影响时,学界一直关注来自拉伯雷及其鸿篇巨制《巨人传》、但丁及其不朽长诗《神曲》(全三卷)、布莱克及其神秘长诗《四天神》和《弥尔顿》、萨特及其存在主义代表作《自由之路》、巴赫金及其狂欢化和大众笑文化系统之论著、艾略特及其长诗《荒原》和《四个四重奏》、奥登及其短诗《美术馆》、本雅明及其论著《论历史哲学纲要》等作家、诗人和学者以及他们的作品之影响,却很少有人注意到鲁迅和他的文艺思想在大江文学生涯中的存在和重要意义。其实,早在少年时期、学生时代乃至成为著名作家之后,大江都一直在阅读着鲁迅,解读着鲁迅,以鲁迅的文学之光逆行于精神困境和现实阴霾中。

正如大江在晚年间(二○○九年一月十七日)对铁凝和莫言追忆其所传家学时所言:"我的妈妈早年间是热衷于中国文学的文学少女……"①大江的母亲,彼时的日本女青年小石非常熟悉并热爱中

---

① 大江健三郎、莫言、铁凝著,许金龙译《中日作家鼎谈》,《当代作家评论》,二○○九年第五期,第52页。

国现代文学。在一九三四年的春日里，小石偕同对中国古代文化颇有造诣的丈夫大江好太郎由上海北上，前往北京大学聆听了胡适用英语发表的演讲。在北京小住期间，这对夫妇投宿于王府井一家小旅店，大江的父亲大江好太郎与老板娘的丈夫聊起了自己甚为喜爱的《孔乙己》，由此得知了茴香豆的"茴"字竟然有四种写法。在人生的最后一天，大江好太郎将这四种写法连同对"中国大作家鲁迅"的敬仰之情，一同播散在自己的三儿子大江健三郎稚嫩和好奇的内心底里，使其随着岁月的流逝在爱子的内心不断萌发和成长。

二〇〇八年二月二十一日下午，仍然是在位于小田急沿线的成城别墅区的大江宅邸，大江对来访的老友莫言讲述家世时曾如此提及自己邂逅鲁迅的缘起：

……那是一九四四年十一月的一个冬日，是父亲在世的最后一天，恰逢一个传统节气，当时自己家里的经济条件还算不错，不少孩子依循旧俗到家里来讨点儿小钱，父亲坐在火盆旁喝酒，把零钱放在手边，邻居的孩子用草绳裹着的棒子在屋里叭叭叭地跳上一圈以示驱鬼，父亲就给几个小钱以作酬谢。冬日里天气很冷，自己陪坐在父亲身边，没人来的时候就陪父亲聊天。父亲便说起中国有个叫作鲁迅的大作家非常了不起。自己由此知道，父母曾于整整十年前的一九三四年经由上海去了北京，住在东安市场附近，小旅店老板娘的丈夫与父亲闲聊时得知眼前这位日本人喜欢阅读鲁迅作品，还曾读过《孔乙己》，便告知作品里的茴香豆的茴字有四种写法，并把这四种写法教给了父亲。父亲在世的这最后一天很长一段时间里，自己一直在倾听父亲讲述鲁迅及其小说《孔乙己》。父亲介绍了鲁迅这位"中国大作家"及其小说《孔乙己》之后，也说起了"茴香豆"的"茴"字的四种写法，边说边随手用火钩在火盆的余烬上一一写下四个不同的"茴"字，使得第一次听说鲁迅和《孔乙己》的自己兴奋不已，"觉得鲁迅这个大作家了不起，《孔乙己》这部小说了不起，知道这一切以及茴香豆的茴字有四种写法的父亲也很了不起，遗憾的是自己现在只记得其中三种写法,却无论如何也记不得那第四种写法了"。母亲后来告诉自己,父亲当晚回房睡觉时,说是以前认为老大老二有出息,现在想来是看错了,以后健三郎肯定会有大出息,自己讲到鲁迅的时候,健三郎眼睛都是直的,都放出光来,这孩子对学问抱有强烈的欲望,其他几个孩子却没这种感觉,这孩子将来不会是普通人……

从以上这些文字可以看出,一九三五年一月三十一日出生的健三郎是在将近十岁时第一次听说鲁迅及其作品的,当时的情景连同对父亲的追忆一同深深地印在自己的记忆里,为其后阅读和理解鲁迅创造了条件。根据大江的口述,当年在上海小住期间,大江好太郎和小石夫妇购买了由鲁迅等人于一九三四年九月十六日刊发的《译文》杂志创刊号,那是一本专门翻译介绍和评论外国优秀文学作品的杂志,由鲁迅本人和茅盾等优秀翻译家承担翻译任务。在后来的漫长岁月里,那本杂志就成了母亲爱不释手的书刊之一。再后来,这本创刊号就成了其爱子大江健三郎的珍藏。

大江夫妇还在上海一家旧货铺各为自己选购了一只红皮箱。一大一小这两只红皮箱陪伴他们走完了其后的生涯,最终进入他们的爱子大江健三郎晚年创作的长篇小说《水死》,成为该小说具有隐喻意味的重要道具。

在中国旅行期间,这对夫妇正孕育着一个小小的生命,那就是在他们回到日本后不久便呱呱坠地的大江健三郎。诞下健三郎之后,母亲小石"一直没能从产后的疲弱中恢复过来",于这一年的年底前往东京的医院住院治疗,其间收到正在东京读大学的同村好友赠送的、同年一月出版的《鲁迅选集》(岩波文库版,佐藤春夫、增田涉译)。七十多年后,大江面对北大附中初一年级和高一年级近千名新生回忆儿时情景时曾这样说道:"母亲是一个没什么学问的人,可是她的一个从孩童时代起就很要好的朋友却前往东京的学校里学习,母亲以此作为自己的骄傲。此人还是女大学生那阵子,对刚刚被介绍到日本来的中国文学比较关注,并对母亲说起这些情况。我出生那一年的年底,母亲一直没能从产后的疲弱中恢复过来,那位朋友便将刚刚出版的岩波文库本赠送给她,母亲好像尤其喜欢其中的《故乡》。"①十二年后的春天,当健三郎由小学升入初中之际,作为贺礼,从母亲那里得到在战争期间被作为"敌国文学"而深藏于箱底的这部《鲁迅选集》,由此开始了对鲁迅文学从不曾间断的、伴随自己其后全部生涯的阅读和再阅读,并将这种阅读感悟内化为自己的价值取向,不断显现于从处女作《奇妙的工作》(1957)直至最后一部长篇小说《晚年样式集》(2013)等诸多作品之中。

2."我从十二岁开始阅读鲁迅作品"

一般读者阅读大江文学,初时可能会感到大江的小说天马行空、时空交错,从而很难将其统合起来。如果坚持读下去,最好多读几本大江小说,就会发现这其中有一个似曾相识的共性,那就是作者始终立足于边缘,不懈地对权力和中心提出质疑甚或挑战,为处于边缘的民众大声呐喊。换句话说,特别是对于熟悉中国现代文学的读者而言,在阅读大江小说或是解读大江文本之际,经常会隐约感觉到鲁迅的在场。二〇〇六年八月里的一天,笔者陪同中国社科院外文所所长陈众议教授前往位于东京郊外的大江宅邸,协调其将于翌月访华的日程安排。处理完工作后,出于研究者的职业习惯,笔者便对大江提出了自己的困惑:在您的小说文本中总能隐约感觉到鲁迅的在场,最初阅读鲁迅作品时您大概多大岁数?您阅读的第一批鲁迅作品都

---

① 大江健三郎著,许金龙译《走的人多了,也便成了路!》,引自《大江健三郎文学研究》,百花文艺出版社,二〇〇八年七月,第14页。

有哪些？哪些作品让您欢悦？哪些作品让您难受？哪些作品让您长久铭记？您是从哪里得到那些鲁迅作品的？……

大江坐在专属于他的单人沙发上，照例安静地低着头在笔记本上记录下所有问题，然后抬起头来回答说：自己从不曾想过这个问题，也从不曾有人提过这个问题，在记录的过程中，自己已经在回忆并且思考这些问题了。现在有的问题可以回答，有的问题则因为年代久远，记忆已经模糊不清，需要进一步调查过后，待去北京访问期间再一并作答。现在可以回答的问题如下：自己确实读过鲁迅作品，而且早在少年时代就开始阅读，至于具体是几岁开始阅读鲁迅作品，还需要进一步回忆。第一批阅读的鲁迅作品有《孔乙己》《故乡》《药》《社戏》《狂人日记》……

为了更好地梳理当时情景，这里需要用对谈的形式还原这次谈话的经过和大致内容：①

许金龙：我知道您在儿时就从母亲那里接受了鲁迅、郁达夫等中国作家的影响，这从您的一些作品和谈话里可以感觉出来。我还注意到您在一九五五年写了一首题为《杀狗之歌》的自由体诗，也就是被您称为"像诗一样的东西"的习作，这首自由体短诗只有几行，全文是这样的：

> 为了杀掉足以咬死你的大狗
> 你首先要摸弄自己的睾丸
> 再让你想杀死的狗嗅那手掌
> 在狗上当之际，乘机打杀
> * 发出含着大希望的恐怖的悲声
> 狗（A）

---

① 大江健三郎与许金龙对谈：《大江健三郎将访中国，深受鲁迅及毛泽东影响》，《环球时报》，二〇〇六年九月一日。

抑或你(B)

死去

或者你们结婚(C)

＊ ……鲁迅《野草》①

您在这里引用了《呐喊》中《白光》的这样一句话:发出"含着大希望的恐怖的悲声"。从您的这处引用可以看出,您在很年轻(或者很小)的时候就接触了鲁迅文学,我想知道的是,您最初阅读鲁迅作品是在什么时候?您又是在哪里接触到这些作品的?

大　江:现在回想起来,应该是在很小的时候开始阅读的。一下子说不清当时的具体年龄了,大概是在十二岁左右吧。《孔乙己》中有一段文字给我留下了非常深刻的印象,就是"我从十二岁起,便在镇口的咸亨酒店里当伙计"。这里所说的镇子,就是经常出现在鲁迅小说中的鲁镇。记得读到这段文字时,我就在想:"啊,我们村子里成立了新制中学,真是太好了! 否则,刚满十二岁的自己就去不了学校,而要去某一处的酒店当小伙计了。"②这一年是一九四七年,读的那本书是由佐藤春夫、增田涉翻译的《鲁迅选集》。当时读得并不是很懂,就这么半读半猜地读了下来。是的,我是从十二岁开始阅读鲁迅作品的。

关于这本书的来历还有一个故事。我是一九三五年一月出生的,母亲生下我以后,她的身体一直到年底都难以恢复。母亲当时有一个儿时的朋友在东京读大学,这个喜欢中国文学的朋友便送了母亲一本书,就是刚刚被介绍到日本来的鲁迅的作品,记得是岩波文库本。母亲好像尤其喜欢其中的《故乡》。两年后,也就是一九三七年,这一年的七月发生了卢沟桥事件,十二月发生了日本军队进行大屠杀的南京事件,于是即

---

① 诗文中米花注为大江本人所注。或是出于笔误等原因,作者将典出于《白光》的"含着大希望的恐怖的悲声",误认为典出于《野草》。

② 大江健三郎小学毕业前,因家中贫困,母亲无力将其送到镇上的中学里继续读书,便在邻近的镇子找了一家店铺,打算等大江小学毕业后就送其去做不领工资的实习小伙计。

便在我们那个小村子,好像也不再能谈论中国文学的话题了。母亲就把那册岩波文库本《鲁迅选集》藏在了小箱子里,直到战争结束后,我作为第一届根据民主主义原则建立的新制中学的学生入学时,母亲才从箱子里取出来作为贺礼送给我。

许金龙:您当时阅读了哪些作品?还记得阅读那些作品时的感受吗?

大　江:有《孔乙己》《药》《狂人日记》《一件小事》《头发的故事》《故乡》《阿Q正传》《白光》《鸭的喜剧》和《社戏》等作品。其中,《孔乙己》中那个知识分子给我留下了非常深刻的印象,孔乙己这个名字也是我最初记住的中国人名字之一。要说印象最为深刻的作品,应该是《药》。在那之前,我叔叔曾从我父亲这里拿了一点儿本钱,在中国的东北做过小生意,把中国的小件商品贩到日本来,再把日本的小件商品贩到中国去。有一次他来到我们家,灌装了一些中国样式的香肠,悬挂在房梁上,还为我们做了中国样式的馒头,饭后还剩下几个馒头就放在厨房里。晚饭过后就问起我正在读的书,听说我正在阅读鲁迅先生的《药》后,他就吓唬我说:你刚才吃下去的就是馒头,作品里那个沾了血的馒头和厨房里那几个馒头一模一样。听了这话后,我的心猛然抽紧了,感到阵阵绞痛(用双手用力做拧毛巾状)。这是我有生以来第一次感受到这种内心的绞痛,不停地呕吐着,把晚饭时吃下去的东西全给吐了出来。

当时我很喜欢《孔乙己》,这是因为我认为咸亨酒店那个小伙计和我的个性有很多相似之处。《社戏》中的风俗和那几个少年也很让我着迷,几个孩子看完社戏回来的途中肚子饿了,便停船上岸偷摘蚕豆用河水煮熟后吃了。这里的情节充满童趣,当时我也处在这个年龄段,就很自然地喜欢上这其中的描述。当然,《白光》中的那个老读书人的命运也让我难以淡忘……

许金龙:鲁迅在日本留学期间,曾接触尼采、克尔凯郭尔、叔本华以及易卜生等所谓"神思宗之至新者"的思想,尤其通过尼采和克尔凯郭尔这两位存在主义先驱,鲁迅发现了尼采提出的"近世文明之伪与偏",以及克尔凯郭尔主张的"发挥个性,为至高之道德",其后就在这种影响下写出了《野草》等作品。当然,法国的现代存在主义与这种思想也是相通的。我想了解的是,您在阅读和接受鲁迅影响的同时,是否把其中与存在主义相通的某些要素也一并吸收了过来,然后在大学里自然也是必然地选择了萨特和存在主义?

大　江:我不知道鲁迅先生在日本留学期间曾接触克尔凯郭尔等人的思想。你刚才说到我在阅读鲁迅作品的同时,把其中与存在主义相通的某些要素也一同吸收过来,并在此基础上选择了萨特和存在主义,关于这种说法,我从不曾听人说起过,当然,我本人也从未做过这样的联想。但是,这是一个很有意思的提法。现在细想起来,鲁迅确实和克尔凯郭尔并肩站在黑暗的、深不见底的绝望之海上寻找着希望……

许金龙:您可能没有注意到,其实在鲁迅和克尔凯郭尔这两位先驱者的身后,还有一位戴着用黑色玳瑁镜框制成的圆形眼镜的日本老人,正与这两位先驱者一同站在黑暗的、深不见底的绝望之海上寻找着希望……

大　江:(大笑)……

许金龙:说到绝望与希望这一话题,我想起了您于去年十月出版的《别了,我的书!》。这是《被偷换的孩子》三部曲中的第三部长篇小说。在这部小说的红色封腰上,我注意到您用白色醒目标示出的"始自于绝望的希望"这几个大字。如果我没有说错的话,这是您对鲁迅的"绝望之为虚妄,正与希望相同"在当下所做的最新解读。当然,在您对这句话的解读中,希望的成分显然更多一些,更愿意在绝望中主动而积极地寻找希望。

大　江:(大笑)是的,这句话确实源自鲁迅先生的"绝望之为虚妄,正与希望相同",不过,在解读的同时,我融进了自己的一些看法。我非常喜欢《故乡》结尾处的那句话——"希望是本无所谓有,无所谓无的。这正如地上的路;其实地上本没有路,走的人多了,也便成了路"。我的希望,就是未来,就是新人,也就是孩子们。这次访问中国,我将在北京大学附属中学发表演讲,还要与孩子们一起座谈。此前我曾在世界各地做过无数演讲,可在北京面对孩子们将要做的这场演讲,会是这无数演讲中最重要的一场演讲。

许金龙:从一九五五年到二〇〇五年,这期间经历了整整五十年,跨越了您的整个创作生涯。从您在一九五五年那习作中所做的引用,到二〇〇五年《别了,我的书!》腰封上所标示的"始自于绝望的希望",是否可以认为,您对鲁迅的阅读和吸收贯穿于您这五十年间的创作生涯?另外,您目前还在阅读鲁迅吗?还是儿时那个版本吗?

大 江:我对鲁迅的阅读从不曾间断,这种阅读确实贯穿了我的创作生涯。不过,儿时阅读的那个版本因各种原因早已不在了,现在读的是筑摩书房的《鲁迅文集》,是竹内好翻译的。(说完,急急前往书房抱回一大摞白色封套的鲁迅译本,将其放在客厅书架上让我们观看)……①

由此可见,从少年时代因战后义务教育法的实施感到庆幸而与《孔乙己》中的"小伙计"产生共情,到青年时期面对日本社会复杂现实的绝望而借助《白光》发出了诗学的"悲声",鲁迅文学对于大江的整个创作生涯而言,已然语境化于大江所处的社会现实,且内化到了其"暗境逆行"的文学基调中。

3.大江文学起始点上的鲁迅

前面引文中的《杀狗之歌》里的米花注是大江本人打上去的,其实,这段话源出于《鲁迅全集》第一卷《呐喊》中的《白光》一文,说的是一个屡试不中的老读书人在迷幻中奔着城外的白光而去,"游丝

---

① 许金龙著《大江健三郎与中国》,《传记文学》,二〇二〇年第八期,第47—49页。

似的在西关门前的黎明中,战战兢兢地叫喊"出的无奈、绝望却又"含着大希望的恐怖的悲声"①。这就直观地说明,鲁迅的影响历史性地出现在了大江文学的起始点上,始自于少年时期对鲁迅的阅读和理解,使得大江此后在东京大学就读期间,不自觉地接受了鲁迅文学中包括与存在主义同质的一些因素,从而在其接触萨特学说之后,几乎立即便自然(很可能也是必然)地接受了来自存在主义的影响。当然,在谈到这种融汇时,必须注意到一个不可忽视的重要因素——鲁迅在绝望中寻找希望的有关探索与萨特的自由选择,其实都与人道主义传统有着密不可分的内在联系,因为这两者共有一个源头——丹麦宗教哲学家、存在主义哲学创始人索伦·克尔凯郭尔及其学说:人是哲学研究的对象,不单单是客观存在,要从个人的"存在"出发,把个人的存在和客观存在联系起来。

  用短诗所引"含着大希望的恐怖的悲声"来表现大江当时的心境是比较贴切的。这首《杀狗之歌》的创作背景是这样的:在二次世界大战的最后阶段,少年大江所在村庄的所有狗都被集中在山谷中的洼地上屠宰,用剥下的狗皮制成皮衣和皮帽,用以装备侵占中国东北的关东军,使其得以度过当地的严寒。待杀的狗中就有大江家那条狗,大江带着弟弟眼看着整日跟随自己的爱犬被无情打杀却无力解救,只是下意识地把手指放在口里咬着,一直咬出了鲜血还浑然不觉。最让少年大江气愤的是,那个杀狗人面对狂吠不止的狗并不正面打杀,而是先把手伸到裤子里摸弄一下睾丸,再将那手掌伸到将要打杀的那只狗的鼻子前,于是狗立即安静下来,只是一味地嗅着那手掌上的睾丸气味。此时,杀狗人便乘机抡起藏在身后的木棒砸向狗

---

① 鲁迅著《白光》,《鲁迅全集》第一卷,《呐喊》,人民文学出版社,二〇一九年十二月,第575页。

的脑袋,一只又一只的狗就这样倒在了血泊之中:

> 我最初受到的负面冲击,就发生在战争临近结束的时候。有一天,一个杀狗的人来到我们村,把狗集中起来带到河对岸的空场去,我的狗也被带走了。那个人从早到晚一整天都在打狗杀狗,剥下皮再晒干,然后拿那些狗皮到满洲去卖,也就是现在的中国东北。当时,那里正在打仗,这些狗皮其实是为侵略那里的日本军人做外套用的,所以才要杀狗。那件事给我童年的心灵留下了巨大的创伤。①

引发大江这段儿时记忆的,据说是大江从朋友石井晴一处听说,东大附属医院里用于试验的百来条狗每到傍晚时分便一起狂吠。也是在这一时期,日本政府为扩建军事基地而强征东京郊外的砂川町农田,并动用警察镇压当地农民的反抗。于是,大批学生和工会人员为声援农民而前往示威,这其中也包括血气方刚的大江和他的同学们。在谈到那时的情景时,大江曾在一篇文章中写道:我出生在日本,这是一件多么不幸的事啊! 这种阴郁的声音在我的身体内部开始发出任性而微小的余音。当时我刚刚进入大学,并参加了示威活动。显然,儿时的痛苦记忆与现实生活中的无奈和徒劳感,使得大江对医院里那些等待被宰杀的狗产生了某种程度的共情,觉得自己和同学们乃至日本的青年人何尝不是围墙中等待被宰杀的狗?! 四十五年后的二〇〇〇年九月,面对中国社会科学院的数百名学者,已是诺贝尔文学奖获得者的大江健三郎这样回忆当时的情形:

> 在那段学习以萨特为中心的法国文学并开始创作小说的大学生活里,对我来说,鲁迅是一个巨大的存在。通过将鲁迅与萨特进行对比,我对于世界文学中的亚洲文学充满了信心。于是,鲁迅成了我的一种高明

---

① 大江健三郎与莫言对谈,庄焰译《二十一世纪的对话——大江健三郎 VS 莫言》,引自《我在暧昧的日本》,南海出版公司,二〇〇五年十一月,第22页。

代总序

而巧妙的手段,借助这个手段,包括我本人在内的日本文学者得以相对化并被作为批评的对象。将鲁迅视为批评标准的做法,现在依然存在于我的生活之中。①

如果说,萨特让这位学习法国文学专业的大学生感同身受地体验到了墙壁、禁闭、徒劳和恶心的话,那么,作为其参照系的鲁迅则让大江在发出"恐怖的悲声"的同时,还让他"含着大希望"。那么,这是一种什么样的希望呢?我们不妨来看看鲁迅在文本中的表述:

"假如一间铁屋子,是绝无窗户而万难破毁的,里面有许多熟睡的人们,不久都要闷死了,然而是从昏睡入死灭,并不感到就死的悲哀。现在你大嚷起来,惊起了较为清醒的几个人,使这不幸的少数者来受无可挽救的临终的苦楚,你倒以为对得起他们么?"

"然而几个人既然起来,你不能说决没有毁坏这铁屋的希望。"

是的,我虽然自有我的确信,然而说到希望,却是不能抹杀的,因为希望是在于将来……②

尽管由于认识上的局限,大江当时发出的这种"含着大希望的恐怖的悲声"还很微弱、无力和被动,却历史性地使得鲁迅与萨特作为东西方文学的一对坐标同时进入大江文学的起始点,并由此贯穿了这位作家的整个创作生涯,在不同创作时期发挥着不同程度的影响,最终在其长篇小说六部曲里达到高潮。

写下这首《杀狗之歌》半个多世纪后的二〇〇九年十月,大江在台北的"大江健三郎文学学术研讨会"上做小组点评时,如此回忆了自己从青年至老年的不同时期对"含着大希望的恐怖的悲声"这段

---

① 大江健三郎著,许金龙译《北京讲演二〇〇〇》,《中华读书报》,二〇〇〇年十月十八日。
② 鲁迅著《呐喊自序》,《鲁迅全集》第一卷,《呐喊》,人民文学出版社,二〇一九年十二月,第440页。

话语的不同解读：

> ……许金龙先生的论文非常深刻而且正确地表述了我少年时期是如何接触鲁迅的,这令我感到非常怀念。同时,也使我重又回忆自己、审视自己一直都在阅读的鲁迅文学。其实,在很长一段时间内,我并没有真正读懂自己持续阅读的鲁迅文学。……后来才发现,实际上自己在年轻时并没有读懂鲁迅。在《呐喊》这部作品中,鲁迅表示要在绝望中寻找希望,发出"含着大希望的恐怖的悲声"。我认为这是鲁迅思想中最难以理解的部分。绝望中蕴含着希望,这一点我非常理解。但是,所谓"恐怖的悲声"却是在我十几岁到三十五岁这段时期所无法理解的。此后,患有智力障碍的孩子出生了。三十岁、四十岁、五十岁的时候,我在自己的人生道路上、在绝望中寻找着希望并发出了"恐怖的悲声"。六十岁以后,直到现在七十多岁,我才得以理解,在恐怖的绝望的呐喊中蕴含着巨大的希望。这是非常重要的。年轻时,我就在鲁迅作品中读到发出"含着大希望的恐怖的悲声"。随着年龄的增长,而后我发现,这两件事其实是一样的。十五六岁的时候,我非常真实地发出了"含着大希望的恐怖的悲声",却并不是抱有很大的希望。到了现在这个年纪才发现,其实这种悲声本身就蕴含着巨大的希望。刚才,许先生在论文中对我作品的评价是:《优美的安娜贝尔·李 寒彻颤栗早逝去》表达了最深沉的恐惧,却也表现出了最大的希望。其实,这也是我正在思考的问题。①

尽管年少时初识"含着大希望的恐怖的悲声"却难解其中奥义,基于儿时痛苦记忆且糅合鲁迅深奥话语的《杀狗之歌》毕竟写了出来,为其后改写为剧本《野兽们的叫声》做了前期准备。一九五六年九月,由《杀狗之歌》改编而成的这个独幕话剧《野兽们的叫声》获东京大学学生戏剧剧本奖。一九五七年五月,也就是写下《杀狗之歌》

---

① 大江健三郎著,许金龙试译,根据"大江健三郎文学学术研讨会"台北会议录音整理而成的资料。

两年后,剧本《野兽们的叫声》再次被大江改写为短篇小说《奇妙的工作》,投稿于校报《东京大学新闻》并获该年度的五月祭奖,其后被推荐为芥川文学奖候补作品。这部短篇小说一经发表,便连同其作者大江健三郎一同引起广泛关注,多年后,大江这样回忆当时的情景:《奇妙的工作》在校报上发表是一个契机,文艺报刊因此而向我约稿,我就这样开始了自己的创作生涯。

在鲁迅和萨特这对东西方存在主义作家的共同影响下,在传授人文主义精神的导师渡边一夫教授的引导下,二十二岁的大江健三郎于一九五七年正式登上文坛,"作为渡边的人文主义的弟子,我希望通过自己身为小说家的工作,使那些用语言进行表达的人及其接受者,从个人的以及时代的痛苦中得以平复,并医治他们各自心灵上的创伤"。

4."鲁迅先生说,决不绝望!"

写下这篇"处女作"五十二年后的二〇〇九年一月,大江面对北京大学数百名学生回忆创作这部小说的背景时表示:

> 作为一名二十二岁的东京的学生,我却已经开始写小说了。我在东京大学的报纸上发表了一篇短篇小说,叫作《奇妙的工作》。
>
> 在这篇小说里,我把自己描写成一个生活在痛苦中的年轻人——从外地来到东京,学习法语,将来却没有一点希望能找到一个固定的工作。而且,我一直都在看母亲教我的小说家鲁迅的短篇小说,所以,在鲁迅作品的直接影响下,我虚构了这个青年的内心世界。有一个男子,一直努力地做学问,想要通过国家考试谋个好职位,结果一再落榜,绝望之余,把最后的希望都寄托在挖掘宝藏上。晚上一直不停地挖着屋子里地面上发光的地方。最后,出城到了城外,想要到山坡上去挖那块发光的地方。听到这里,想必很多人都知我所讲的这个故事了,那就是鲁迅短篇集《呐喊》里《白光》中的一段。他想要走到城外去,但已是深夜,城

门紧锁,男子为了叫人来开门,就用"含着大希望的恐怖的悲声"在那里叫喊。我在自己的小说中构思的这个青年,他的内心里也像是要立刻发出"含着大希望的恐怖的悲声"。我觉得写小说的自己就是那样的一个青年。如今,再次重读那个短篇小说,我觉得我描写的那个青年就是在战争结束还不到十三年,战后的日本社会没有什么明确的希望的时候,想要对自己的未来抱有希望的这么一个形象。①

一个农村出身的青年,从偏远山村来到东京学习法语,却难以在这个大都市里找到一份固定工作,便将自己毕业即失业的黯淡前景投射于《白光》中屡试不中的读书人陈士成,用自己的作品发出"含着大希望的恐怖的悲声",直至整整五十年后的二〇〇九年才发现,其实"在恐怖的绝望的呐喊中蕴含着巨大的希望",在这个"巨大的希望"支撑下,大江逐渐走入了鲁迅思想的深邃之处。这篇小说的发表给初出茅庐的大江带来了喜悦和希望——"我觉得自己已经成了一个真正的小说家,并决心今后要靠写小说为生。在此之前,我还要靠打工、作家教以维持在东京的生活"②。然而,当自己兴冲冲地赶回四国那座大森林中,"把登有这篇小说的报纸拿给母亲看"时,却使得母亲万分失望:

你说要去东京上大学的时候,我叫你好好读读鲁迅老师《故乡》里最后那段话。你还把它抄在笔记本上了。我隐约觉得你要走文学的道路,再也不会回到这座森林里来了。但我还是希望你能成为像鲁迅老师那样的小说家,能写出像《故乡》结尾那样美丽的文章来。你这算是怎么回事?怎么连一片希望的碎片都没有?③

---

① 大江健三郎著,翁家慧译《真正的小说是写给我们的亲密的信》,《文汇报》,二〇〇九年一月二十二日。
② 同上。
③ 同上。

接着,这位母亲情真意切地谆谆教诲自己的儿子:

> 我没上过东京的大学,也没什么学问,只是一个住在森林里的老太婆。但是,鲁迅老师的小说,我都会全部反复地去读。你也不给我写信,现在我也没有朋友。所以,鲁迅老师的小说,就像是最重要的朋友从远方写来的信,每天晚上我都反复地读。你要是看了《野草》,就知道里头有篇小说叫《希望》吧。[1]

当天晚间,无颜继续留在母亲身边的大江带着母亲交给自己的、收录了《希望》的一本书,搭乘开往东京的夜班列车,借着微弱的脚灯开始阅读《野草》,就像母亲所要求的那样,当作"最重要的朋友从远方写来的信"阅读起来,在感叹"《野草》中的文章真是精彩极了"[2]的同时,刚刚萌发的自信却化为了齑粉……

当然,来自母亲的影响只能是大江接受鲁迅的契机和基础。对于一个着迷于萨特的法国文学专业的学生来说,鲁迅在《野草》等作品中显现出来的早期存在主义思想,那种"我只觉得'黑暗与虚无'乃是'实有',却偏要向这些作绝望的抗战"[3]的思想,恐怕也是吸引大江的一个重要原因。尤其是《过客》里极具哲理的文字,竟与大江心目中其时的日本社会景象惊人一致,而鲁迅思想体系中源自尼采和克尔凯郭尔这两位存在主义前驱者的阴郁、悲凉的因素,与萨特的存在主义中有关他人是地狱等思想亦比较近,这就使得大江必然地将鲁迅和萨特作为一对参照系,并进而"对于世界文学中的亚洲文学充满了信心"[4]。当

---

[1] 大江健三郎著,翁家慧译《真正的小说是写给我们的亲密的信》,《文汇报》,二〇〇九年一月二十二日。
[2] 同上。
[3] 鲁迅著《致许广平》,《鲁迅全集》第十一卷,人民文学出版社,二〇一九年十二月,第467页。
[4] 大江健三郎著,许金龙译《北京讲演二〇〇〇》,《中华读书报》,二〇〇〇年十月十八日。

然，对于大江来说，鲁迅无疑是早于萨特的先在。只是囿于认识的局限，学生时代的大江对鲁迅面向"黑暗和虚无"而展开的"绝望的抗战"等思想理解得并不很透彻，这就使得《奇妙的工作》和《死者的奢华》等早期作品中多见禁闭、徒劳、无奈、恶心、孤独等元素，即便在《人羊》等同期作品中有少许反抗，这种反抗也显得被动、消极和软弱无力。当然，这种状况终究还是开始了变化——《揪芽打仔》原稿中的小主人公"我"最终死于村民的残酷追杀之下，这个结局却让大江想起了母亲的批评——"怎么连一片希望的碎片都没有？"于是将这个结尾改为开放性结局，让"我"在森林里暂时逃脱村民们的追杀，在山林中跌跌撞撞地向着不知方向的前方继续跑去。这处改写，在给这篇小说留下绝望中的希望之际，也为大江此后的创作奠定了方向。一如晚年间的大江在参观鲁迅博物馆后回忆当年情形时所言：

……在我的老年生活还要继续的这段时间里，我想我还是会和鲁迅的文章在一起。从鲁迅博物馆回来的路上，我再次认识到了这一点。至少我现在能够理解，为什么母亲会对年轻的我所使用便宜的、廉价的"绝望""恐惧"等词语表现出失望，却没有简单地给我指出希望的线索，反倒让我去读《野草》里的《希望》。隔着五十年的光阴，我终于明白了母亲的苦心。

……我想起了鲁迅先生说的"绝望之为虚妄，正与希望相同"。身患重病，又面临异常绝望的时代现状，鲁迅先生还是说，决不绝望！而且，也决不用简单的、廉价的希望去蒙蔽自己或他人的眼睛。因为那才是虚妄。[①]

由此可见，尽管面对着存在主义这一源于西欧哲学的精神命题，

---

① 大江健三郎著，翁家慧译《真正的小说是写给我们的亲密的信》，《文汇报》，二〇〇九年一月二十二日。

大江仍然一直站在东亚世界的宏阔视野和历史特殊性中,思考着自己与鲁迅文学的关联。鲁迅的存在主义倾向及其牵连的世界文学/哲学脉络,也与大江对法国存在主义传统的反思存在着更为深层的纠葛。从鲁迅与大江的存在主义纽带来看,二者的文学亦可被视作西方存在主义思潮在东亚不同时期、不同政治社会语境下的文学诠释。或许鲁迅深感自己的绝望呐喊终将消声于中国后帝国时代的精神"绝地",而与之相比,感受着鲁迅对于希望性力量的投注,大江选择占据偏远的故乡村庄这片日本帝制伦理斜阳之外的"飞地",来以它的新生神话和反抗史诗刺破绝望,并以积极前行的伦理(affirmative ethics)践行着从"绝地"到"飞地"的穿越,力图重构希望的轮廓。

四(下)、发自于边缘的呐喊

1."救救孩子"与"向尚未出生的孩子们敞开心扉"

在其后的写作中,大江对于绝望和希望的思考通过另一种形式体现出来——在长篇小说《同时代的游戏》等小说里,对权力中心改写乃至遮蔽边缘地区弱势群体的历史之做法进行无情的嘲讽,借助森林中口耳相传的神话/传说和历史复制乃至放大遭到政府遮蔽的山村森林里的历史,把那座神话/传说的王国进一步拓展为森林中的根据地/乌托邦——超越时空的"村庄=国家=小宇宙",运用人类文化学意义上的边缘与中心的概念,使其"得以植根于我所置身的边缘的日本乃至更为边缘的土地,同时开拓出一条到达和表现普遍性的道路"①。

---

① 大江健三郎著,许金龙译《我在暧昧的日本》,引自《我在暧昧的日本》,南海出版公司,二〇〇五年十一月,第96页。

发表于一九七九年的《同时代的游戏》中的"五十日战争"期间，村庄＝国家＝小宇宙的民众通过坚壁清野和麻雀战等多种战法与"无名大尉"指挥的"大日本帝国皇军"进行了殊死战斗,尽管这场力量极为悬殊的五十日战争最终以失败告终,很多村民为此牺牲了生命,作者却意味深长地在战争临近结束时,让"年龄不同的孩子们组成的这个队伍,年长的背着年小的,或者牵着他们的手,虽然都是孩子,却懂得不让敌军发觉,在那位大汉的带领之下,小心翼翼地朝原生林的更深处走去"①,以致在其后由日军"无名大尉"主持的极为严酷的军事审判中没有一个孩子遭到杀戮。在这里,作者意犹未尽地进一步指出:"五十日战争结束之后,人们把带领村庄＝国家＝小宇宙二分之一的孩子进入森林深处的大汉,比作带领童男童女去创建新世界的徐福。"②显然,作者大江想要借此告诉他的读者,村庄＝国家＝小宇宙的人们尽管在五十日战争中失败并遭到日本军队的屠戮,但是他们的孩子们却逃离了"大日本帝国皇军"的屠刀,跟随徐福式的人物经由森林深处前往远方构建新的世界。或许,在大江的写作预期中,他的隐含读者将会为这些得到拯救的孩子未被黑暗势力所吞噬而感到庆幸,与此同时,他和他的隐含读者在这里或许还会产生一个带有倾向性的预期,那就是逃脱被吃掉之厄运、随同徐福式的人物前往远方"创建新世界"的孩子们,一定不会再去吃人,而"没有吃过人的孩子,或者还有？"③的美好心愿,则会在这个"新世界"里得以实现。

---

① 大江健三郎著,李正伦等译《同时代的游戏》,作家出版社,一九九六年四月,第252页。
② 同上。
③ 鲁迅著《呐喊》《狂人日记》,《鲁迅全集》第一卷,人民文学出版社,二〇〇五年十一月,第454页。

比上述尝试更为积极的,是大江在《奇怪的二人配》这三部曲中所做的进一步尝试——比如在《被偷换的孩子》里,借助沃雷·索因卡笔下的女族长之口喊出:"忘却死去的人们吧,连同活着的人们也一并忘却!只将你们的心扉,向尚未出生的孩子们敞开!"①这一小段话语会立刻让人联想到《狂人日记》的最后一句话语——"救救孩子……"②因为惟有孩子,尤其是尚未出生的孩子,才象征着新生,象征着未来,象征着纯洁,这新生、未来和纯洁中就可能会有希望,就可能会有光明,就可能不被人吃且不去吃人。再譬如《愁容童子》里那位如愁容骑士般不知妥协也不愿妥协、接二连三遭受肉体和精神上不同程度的伤害的主人公古义人,最终仍在深度昏迷的病床上为如此伤害了他的这个世界祈祷和解与和平。不过,相较于约半个世纪前在《奇妙的工作》等初期作品群里对鲁迅作品的参考,在此时的解读中,大江更是在用辩证的方式理解和诠释绝望和希望,更愿意在当下的绝望中主动和积极地寻找通往未来之希望的通途,最终借助《优美的安娜贝尔·李 寒彻颤栗早逝去》到达了"群星在闪烁"和"光辉耀眼"的至善、至福的天国。

2."这是我人生中最重要的讲演"

为了把鲁迅的相关话语以及自己的解读直接传达给孩子们,近年来,大江在北京、东京、柏林等地与不同国别的孩子们频频进行面对面的对话,例如二〇〇六年九月十日,在北京大学附属中学结束自己的讲演时,他与中国的孩子们如此约定:

---

① 大江健三郎著,许金龙译《被偷换的孩子》,译林出版社,二〇〇八年十月,第237页。
② 鲁迅著《呐喊》《狂人日记》,《鲁迅全集》第一卷,人民文学出版社,二〇〇五年十一月,第455页。

七十年前去世的鲁迅显然是二十世纪最伟大的小说家之一。我和你们约定,回到东京以后,我会去做与今天相同的讲演。惟有北京的你们这些年轻人与东京的那些年轻人实现真正意义上的和解,并在此基础上展开友好合作之时,鲁迅的这些话语才能成为现实。请大家现在就来创造那个未来!

　　"我想:希望是本无所谓有,无所谓无的。这正如地上的路;其实地上本没有路,走的人多了,也便成了路。"①

　　在进入讲演会场前,对于这场期待已久的讲演,竟然使得大江陷入难以自抑的紧张情绪。随着讲演之日的临近,这种期待和紧张也越发明显。二○○六年九月十日清晨,在乘车前往北大附中前,大江在其下榻的国际饭店的餐厅用早餐时,其用餐量却远超平日——"夫人昨天晚间特意从东京挂来长途电话,嘱咐当天晚上要喝点儿葡萄酒以帮助入睡,今天早餐的饭量则要加倍,要鼓足气力做好今天的讲演,因为这场讲演特别重要,关乎中日两国的孩子们的未来!……"在前往北大附中的路途中,大江或是局促不安地不停搓手,或是身体左转、双手用力紧握左侧车门扶手。笔者与大江交往多年,多见其或爽朗、或开心、或沉思、或忧虑、或愤怒等表情,却从不曾目睹如此紧张局促的神态,便在一旁劝慰道:"您今天面对的听众是十三至十九岁的孩子,不必如此紧张。"大江却如此回答道:"我在这一生中做过无数场讲演,包括在诺贝尔文学奖获奖之际所做的讲演,却都没有紧张过。这次面对中国孩子们所做的讲演,是我人生中最重要的讲演,我无法控制住自己的紧张情绪……"

　　汽车驶入北大附中校园后,在校长康健教授的引领下,一行人向

---

① 大江健三郎著,许金龙译《走的人多了,也便成了路!》,引自《大江健三郎文学研究》,百花文艺出版社,二○○八年七月,第21—22页。

大会堂走去。这是一座刚刚落成的漂亮建筑群,划分为大会堂和教学楼等功能区。进入建筑群大门内的大厅后,康健引导大家正要往会堂入口处走去,此前因与康健寒暄已不显得紧张的大江此刻却再度紧张起来,他停下脚步窘迫地对陪同在身旁的笔者急切说道:"我还是觉得紧张,这种状态是无法面对孩子们发表讲演的,请与校长先生商量一下,可否帮我找一间空闲的房间,让我独自在那房间里待一会儿,冷静一会儿,我需要整理一下思绪……"康健听完转述后为难地表示,师生们此刻都在大会堂里等待聆听讲演,临近的教室和办公室全都锁了起来,只有学生们使用的卫生间没锁门。得知这一情况后,大江似乎松了口气,疾步走入男生使用的卫生间,虽说空无一人的卫生间里还算清洁,只是那气味确实比较刺鼻,未及人们上前劝说,便示意大家离开这里,以便让他独自待上一会儿,冷静一会儿……不记得是三分钟还是五分钟抑或更长时间,只听见门轴声响,大江快步走出门来,精神抖擞地说道:"我做好准备了,现在我们进入会场吧!"话音未落,便领先向入口处大步走去,在学生们热烈的掌声中登上讲台,丝毫不见先前的紧张、局促和不安。在介绍了自己从少儿时期以来学习鲁迅文学的体会之后,这位老作家直率地告诉学生们:

> 现在,日本与中国的关系并不好。我认为,这是由日本政治家的责任所导致的。我在想,在目前这种状态下,对于日本和中国这两国年轻人之间的未来而言,真正意义上的和解以及建立在该基础之上的合作,当然还有因此而构建出的美好前景,无论怎么说都是非常必要的。①

随后,这位老作家要求在座的中学生们与他共同背诵《故乡》最

---

① 大江健三郎著,许金龙译《走的人多了,也便成了路!》,引自《大江健三郎文学研究》,百花文艺出版社,二〇〇八年七月,第17页。

后一段话语以结束这次讲演。于是,近千名中学生稚嫩嗓音的汉语与老作家苍老语音的日语交汇成一个富有节奏感的巨大声响在会堂里久久回响——"我想:希望是本无所谓有,无所谓无的。这正如地上的路;其实地上本没有路,走的人多了,也便成了路"。大江这是希望中国的孩子们和日本的孩子们乃至亚洲各国的孩子们,都能在鲁迅这段话语的引导下,"在当下的现在创造出明亮、生动、确实体现出人的尊严的未来,而非前面说到的那个充满黑暗、恐怖和非人性的未来",为自己更是为了未来而从绝望中踏出一条希望之路。

3."始自于绝望的希望":为着悠久的将来

当然,这种危机意识或是恐惧、绝望却又竭力寻找希望的心情,不可避免地显现在大江这一时期创作的、以孩子们为阅读对象的《两百年的孩子》《在自己的树下》《康复的家庭》《温馨的纽带》和《致新人》等一批小说和随笔中。为了使得包括小学五年级孩子在内的中、小学生都能读懂,作者一改以复杂的复式语句和复调叙述为主体的冗长叙述,转而使用极为直白和易懂的口语文体,把当下的困难和明天的希望融汇在一个个小故事里。

在《两百年的孩子》以及此后于北大附中发表的演讲中,大江对"那个充满黑暗、恐怖和非人性的未来"所表现出的恐惧和戒备并非毫无缘由,其借助《两百年的孩子》等作品为未来的孩子们预言的危机非常不幸地正在一步步成为现实——这部小说问世三年之后的二〇〇六年十二月十五日,也就是大江对北大附中的孩子们发表讲演三个月之后的二〇〇六年十二月十五日,日本政府不顾国内诸多在野党派和民众的强烈反对,强行通过《教育基本法》修正案,要在基础教育中强调战争时期曾灌输的"爱国主义",为日本中小学教育重回战前的"道德教育"和进而修改和平宪法以及制定《国民投票法》

创造有利条件。面对以上这些有可能实质性改变日本社会本质和走向的严峻局面,大江并没有在绝望中沉沦,而是预见性地通过《两百年的孩子》等作品不断向孩子们提出警示,并亲自来到北京,呼吁中日两国的孩子们从现在起就携手合作,以创造出"明亮、生动、确实体现出人的尊严的未来,而非前面说到的那个充满黑暗、恐怖和非人性的未来"①。

在大江于北大附中发表讲演四个月后的二〇〇七年一月,他在写给笔者的一封私人信函里如此讲述了自己离开北京后的工作状态:

> ……在今年,将要进入自己最后的也是最大的那部分工作,我希望这是与此前所有构想全然不同的、具有决定性的作品。目前我还没有动笔,拟于二月开始写作,为此,已从去年年末开始认真做了尝试。不过,这也是我成为作家之后感到最困难的时期。总之,必须突破第一道难关。从现在开始直至月底,乃至二月上半月这段期间,我必须每天进行这种繁忙的创作尝试。②

经过种种艰难尝试后问世的那部"与此前所有构想截然不同的、具有决定性的作品",便是大江的长篇小说《优美的安娜贝尔·李　寒彻颤栗早逝去》。这个书名取自美国著名诗人爱伦·坡的代表作《安娜贝尔·李》的诗句,那首诗说的是一个处于热恋中的纯洁少女遭到六翼天使的嫉妒,夜里从云中吹来寒风将其冻死。与大江此前创作的所有小说相比,《优美的安娜贝尔·李　寒彻颤栗早逝去》确实显现出"一种令人意外的特质",那就是历经数十年的艰苦

---

① 大江健三郎著,许金龙译《走的人多了,也便成了路!》,引自《大江健三郎文学研究》,百花文艺出版社,二〇〇八年七月,第22页。
② 许金龙著,《译者序·"我无法从头再活一遍。可是我们却能够从头活一遍"》,《优美的安娜贝尔·李　寒彻颤栗早逝去》,人民文学出版社,二〇〇九年一月,第1—2页。

跋涉后,大江健三郎这位从绝望出发的作家终于为自己、为孩子们、为所有陷于绝望中的人,更是为着"悠久的将来"寻找到了希望。

4.鲁迅始终都是一个重要的参照系

在大江的这部长篇小说中,也有一位如同安娜贝尔·李一般纯洁的美丽少女,这位被称为"永远的处女"的女主人公"樱"身世悲惨,在二战末期,除了她本人被疏散到农村而侥幸活下来,全家人都在东京大轰炸中身亡。美国军队占领日本后,她被一个美国军人收养,身穿让邻居羡慕的漂亮裙子,似乎从此过上了幸福生活,并在那个美国军人摄制的电影《安娜贝尔·李》中饰演身穿"白色宽衣"的少女安娜贝尔·李,"樱"由此被电影界所关注,很快便成为著名童星,最终活跃在以好莱坞为中心的国际影坛。完成这部作品后,大江在《致中国读者》中这样表示:

> (自己)就写出了这部稍短一些的长篇小说《优美的安娜贝尔·李 寒彻颤栗早逝去》,意识到一种令人意外的特质正从中显现出来。最重要的是,我在这部小说的中心设置了一位女性。她与我大体上属于同一代人,作为少女迎来了战争的失败,在被占领时期不得不经历痛苦的生活。但是,她超越了这一切,通过不懈努力塑造出具有国际影响的电影女演员的成功人生。然而,现在她却要重新审视自己的一生。
>
> 她试图通过将一位女性为主人公的故事改编成电影来实现自己的想法。那位女性是日本一处农村(那是我至今一直不停写着的偏僻农村)从近代化进程开始之前便传承下来的大众心目中的英雄。当地农村的女人都支持这位既导演电影,本人也出演悲剧性女主人公的女演员,要帮助她实现这个计划。①

---

① 大江健三郎著,许金龙译《致中国读者》,《优美的安娜贝尔·李 寒彻颤栗早逝去》,人民文学出版社,二〇〇九年一月,第2页。

代 总 序

  在这位"具有国际影响的女演员"樱正要雄心勃勃地推进自己的电影计划时,却被制片人用"卑劣"手段送进了精神病院,于是,其处于巅峰期的演员生涯至此不得不画上句号,自此沉寂了三十年之久。在这种令人绝望的状态中,樱始终抱持一个不曾破灭的希望,那就是回到日本的那片森林中去,亲自出演那里两次农民暴动中的女英雄。就在这边缘地带的故乡森林里,在以边缘人物"母亲"和"妹妹"为中心的历代农村女人的帮助下,樱振作起来回到日本,"……摄影机分开被枫叶浓烈的红色映照着的树林所围拥着的女人们进入。樱那感叹和愤怒的'述怀'高涨起来,呼应着歌谣虚词的人们如波浪般摇晃。在那声浪的高潮点上,沉默和静止突如其来。'小咏叹调'充溢其间,此时,樱的喊叫声起,作为没有声音的回音,银幕上群星在闪烁……"①

  这里出现的"群星在闪烁"是个关键词组,使得人们立刻联想到《神曲》的《地狱篇》《炼狱篇》和《天国篇》各卷的最后一个单词"群星"。在《神曲》原著中,但丁在此处特意而且准确地使用了表示复数的 stelle 而非表示单数的 stella。《神曲》中译者田德望教授认为,"地狱是痛苦和绝望的境界,色调是阴暗的或者浓淡不匀的;炼狱是宁静和希望的境界,色调是柔和的和爽目的;天国是幸福和喜悦的境界,色调是光辉耀眼的"②。我们由此可以得知,"樱"在绝望境地里始终抱持着希望并为之不懈努力,终于在偏僻农村的森林里的女人们帮助下,从边缘地区边缘人物的记忆和传承中汲取力量,到达了"群星在闪烁"的"光辉耀眼"的"至善、至福的天国"。或者换句话

---

① 大江健三郎著,许金龙译《优美的安娜贝尔·李 寒彻颤栗早逝去》,人民文学出版社,二〇〇九年一月,第209页。
② 田德望著《译本序·但丁和他的〈神曲〉》,《神曲·地狱篇》,人民文学出版社,二〇〇二年十二月,第21页。

说,大江和他的女主人公"樱"都确信可以将鲁迅笔下的那座"绝无窗户而万难破毁的"令人绝望的铁屋子砸开,确信希望"是不能抹杀的",如同大江本人动笔写作这部小说前几个月在一次讲演时所引用的那样,"希望是附丽于存在的,有存在,便有希望,有希望,便是光明。……只要不做黑暗的附着物,为光明而灭亡,则是我们一定有悠久的将来,而且一定是光明的将来!"①其实,当大江在这个文本里为"樱"于绝望中寻找到希望的同时,就已经打破了那间"绝无窗户而万难破毁的"的铁屋子,就已经在黑暗中发现并拥有了希望和光明,尽管为了这一天的到来,从第一次正式阅读鲁迅作品算起,读者大江经历了整整六十年岁月;从发表正式意义上的处女作《奇妙的工作》算起,作家大江花费了整整五十年时间。大江在构思这部小说期间所表示的"与此前所有构想全然不同的""决定性的"等表述,指涉的无疑就是这里所说的始自于绝望的希望。如同大江于二〇〇九年一月在北京大学演讲时所说的那样,"我这一生都在思考鲁迅,也就是说,在我思索文学的时候,总会想到鲁迅……"②换而言之,在大江的整个创作生涯期间,鲁迅始终都是一个重要的参照系,根据这个参照系进行的五十年调整,使得大江文学也随之发生了相应变化,从不见希望的《奇妙的工作》等初期作品群出发,历经在绝望中寻找希望而苦心探索的《同时代的游戏》等作品群,终于借助《优美的安娜贝尔·李 寒彻颤栗早逝去》找寻到了希望,找寻到了始自于绝望的希望!如果说,"鲁迅和克尔凯郭尔并肩站在深不见底的、黑暗的绝望之海上一同寻找

---

① 鲁迅著《华盖集续编·记谈话》,《鲁迅全集》第三卷,人民文学出版社,二〇〇五年十一月,第378页。
② 大江健三郎著,翁家慧译《真正的小说是写给我们的亲密的信》,《文汇报》,二〇〇九年一月二十二日。

着希望"①的话,大江便是从他们倒下的地方继续前行,经历了万般艰辛后,终于在远方的黑暗中发现了光亮,那便是属于大多数人的光亮,孩子们的光亮,未来的光亮,人类文明的光亮。当然,那也是人文主义的光亮。

5."鲁迅先生,请救救我!"

然而,在文本外的实际生活中,大江却又很快螺旋一般陷入绝望之中。尽管他在此前的长篇小说《优美的安娜贝尔·李 寒彻颤栗早逝去》里一时找到了希望,可那也只是深深绝望中的些微希望,黑暗的绝望之海上的些微光亮。换句话说,正是因为那绝望越深,才越发要挣扎着去寻找希望、面向希望。而这希望的最大来源,莫过于自少年时代就已私淑的鲁迅及其人文主义光亮,有如孟子所云"予未得为孔子徒也,予私淑诸人也"②一般。在这个再次陷入绝望境地的艰难时刻,大江于二〇〇九年一月十六日再次踏上中国的土地,想要从私淑的鲁迅那里汲取力量。翌日晚间,在老朋友却也是"小朋友"铁凝特地为大江挑选的孔乙己饭店里为其接风洗尘时,他对铁凝、莫言和陈众议等几位老友说道:

> 我这一生都在阅读鲁迅。十岁的时候,我从母亲那里得到《鲁迅小说选集》,对这部作品的阅读,决定了我的一生!从十二岁开始阅读这部作品算起,我现在快要七十四岁了,在这大约六十余年间,我一直将鲁迅这个人物视为巨大的太阳。实际上我对这样伟大的作家是有着某种抵触感的。今天清晨六点钟我睁开了睡眼,直至大约七点为止,我一直

---

① 许金龙著《大江健三郎文学里的中国要素》,引自《大江健三郎文学研究》,百花文艺出版社,二〇〇八年七月,第89页。
② 《孟子译注》卷八"离娄章句下"第二十二章,杨伯峻译注,中华书局,一九六〇年,第193页。

在窗边神思恍惚地眺望着窗外的美丽景色。当时长安街上还不见车辆往来,只见火红的太阳在窗子遥远的正前方冉冉升起,周围却还是一片黑暗。这种景色在东京没有,在全日本也没有,太阳从平原上冉冉升起的这种景色。在眺望太阳的这一过程中,我情不自禁地祈祷着:鲁迅先生,请救救我!至于是否能够得到鲁迅先生的救助,我还不知道……①

为了更为清晰地梳理这段情景,这里需要将视点回溯至二〇〇九年一月十六日下午。当时,大江从首都机场乘上迎候他的汽车,刚刚在后座坐下,就用急切的口吻述说起来:在接到邀请访华的函件之前自己就已经在与夫人商量,由于目前已陷入抑郁乃至悲伤的状态,无法将当前正在创作的长篇小说《水死》继续写下去,想要到北京去找许金龙和陈众议这两位老朋友,见到他们之后自己的心情就会好起来,他们还会把莫言和铁凝这两位先生请来相聚,自己的心情就会更好。到了北京后还要去鲁迅博物馆汲取力量,这样才能振作起来,继续把长篇小说《水死》写下去……当他发现陪同人员为这种意外变化而吃惊的表情后,大江放慢语速仔细讲述起来:之所以无法继续写作《水死》,是遇到了三个让自己陷入悲伤、自责和忧郁的意外变故。其一,是市民和平运动组织九条会发起人之一、日本著名文艺评论家和作家加藤周一于二〇〇八年十二月七日去世,这个噩耗带来的打击太大了!这既是日本和平运动的一个巨大损失,也是日本文坛的一个巨大损失,同时也使得自己失去了一位可以倾心信赖和倚重的师友。其二,则是二〇〇八年十二月底,老友小泽征尔为平安夜音乐会指挥完毕后,回家途中带着现场刻录的CD到家里来播放给儿子大江光听,希望能够听到光的点评。谁知斜躺在沙发上久久不

---

① 大江健三郎、铁凝、莫言著,许金龙译《中日作家鼎谈》,《当代作家评论》,二〇〇九年第五期,第54页。

愿说话的光在父母催促之下,更是在父亲催促时轻轻推搡之下,竟然说出一句"つまらない"！在日语中,这个词语表示"无聊""无趣"或"毫无价值"等语义,这就使得小泽先生陷入了苦恼,他苦思冥想却仍然想不出当晚的指挥到底哪里出了什么严重问题,及至很晚之后,才在自己和妻子的苦劝之下郁闷地回家去了。当自己稍后去东京大学附属医院例行体检并带上大江光顺便体检之际,这才得知儿子的一节胸椎骨摔成了三瓣,从而回想起前些日子送客人之际,光在院子里不慎仰天摔了一跤,可能当时胸椎骨恰好顶在铺在路面的石头尖上。这种骨折相当疼痛,可是儿子是先天智障,自小就不会说表示疼痛的"いたい"而以表示无聊的"つまらない"代用之,自己作为父亲却未能及时发现这一切,因而感到非常痛心,更感到强烈内疚和自责。至于第三个意外,是因为母亲去世前曾留下一个早年在上海买下的红皮箱,里面有父亲生前与一些师友的通信,有些内容涉及当年驻守我们老家的青年军官,他们在战败前夕试图发动兵变杀死天皇以改变战争进程。就像去年年初莫言先生和许金龙先生来我家时曾对你们说过的那样,受 T.S.艾略特的长诗《荒原》中腓尼基水手死于水底这一情节的启发,我想要为同样死于水中的父亲写一篇小说,这就要参考父亲留下的那些书信内容。长年以来,由于担心书信内容被我写入小说里从而给整个家族带来伤害,母亲一直不让我使用那些材料,临终前还特意嘱咐我妹妹:要等自己死去十年之后,才能把红皮箱交给你哥哥健三郎。因为大江家族的男人都是短寿,估计你哥哥活不到十年之后,他也就看不到红皮箱里的书信了。当母亲定下的这十年之约到期时,我打开从妹妹那里得到的红皮箱之际,却发现用橡皮筋勒着的厚厚一叠信封里竟然没有一张信纸。问了妹妹后才得知,母亲在去世前的那几年间,为了保护整个家族的安全,她陆陆续续烧掉了所有信纸……换句话说,母亲烧掉了自己在《水死》

中需要参考的信函内容,因而《水死》已经无法再写下去了。在这接二连三的沉重打击之下,自己想到了鲁迅,想到要到北京来向鲁迅先生寻求力量……

带着这些悲伤、内疚、自责和抑郁访华后发表的、题为"在不明不暗的这'虚妄'中"的专栏文章里,大江是这样表达自己心境的:

> 在随后访问的鲁迅旧居所在的博物馆内,我在瞻仰整理和保存都很妥善的鲁迅藏书和一部分手稿时,紧接着前面那句的下一节文章便浮现而出——"倘使我还得偷生在不明不暗的这'虚妄'中,我就还要寻求那逝去的悲凉漂渺的青春"。我仿佛往来于自己从青春至老年在不同时期对鲁迅体验的各种切实的感受之间。而且,我还在思考有关今后并不很远的终点,我将会挨近这两个"虚妄"中的哪一方生活下去呢?[1]

其实,早在到达北京的翌日凌晨,大江很早就睁开了睡眼,站在国际饭店的窗前看着楼下的长安街。橙黄色街灯照耀下的长安街空空荡荡,很久才会见到一辆汽车驶来,再过很久后又会有一辆汽车驶去。在这期间,黑暗的天际却染上些微棕黄,然后便是粉色的红晕,再后来,只见太阳的顶部跃然而出,将天际的棕黄和粉色一概染成红艳艳的深红。怔怔地面对着华北大平原刚刚探出顶部的这轮朝阳,大江神思恍惚地突然出声说道:"鲁迅先生,请救救我!"当回过神来意识到自己的话语及其语义时,大江不禁打了个寒噤,浑身皮肤起了一层鸡皮疙瘩。显然,在大江此时的内心底里,已然将跃然而出的朝阳视为大鲁迅的化身,在面对已与这朝阳化为一体的大先生面前,深陷绝望的自己下意识地发出求救的呼声也就顺理成章了,尽管话语刚刚出口,随即为自己的唐突打了个寒颤,且起了一身鸡皮疙瘩……

---

[1] 大江健三郎著,许金龙译《定义集》,新星出版社,二〇一五年一月,第170—171页。

怀着这忐忑的心境,大江走进了此行的目的地之一、位于阜成门内的鲁迅博物馆。走进博物馆大门后,随行摄影师安排一行人在鲁迅大理石坐像前合影留念,及至大家横排成列后,原本应在坐像正前方中央位置的大江却不见了踪影,众人四处寻找时,却发现这位老作家正蹲在坐像侧壁底部默默地泪流满面。这是私淑弟子见到大先生时的激动?抑或是委屈?还是心酸?……其后在馆长孙郁以及陈众议和阎连科等人陪同下参观鲁迅书简手稿时,大江戴上手套接过从塑料封套里取出的第一份手稿默默地低头观看,很快便将手稿仔细放回封套里,却不肯接过孙郁递来的第二份手稿,默默地低垂着脑袋快步走出了手稿库。当天深夜一点三十分,大江先生向相邻而宿的笔者的房门下塞入一封信函,在内文里有这样一段文字:

> ……我要为自己在鲁迅博物馆里的"怪异"行为而道歉。在观看鲁迅信函之时(虽然得到手套,双手尽管戴上了手套),我也只是捧着信纸的两侧,并没有触碰其他地方。我认为自己没有那个资格。在观看信函时,泪水渗了出来,我担心滴落在为我从塑料封套里取出的信纸上,便只看了两页就无法再看下去了。请代我向孙郁先生表示歉意。[①]

其后在向陪同人员讲述当时情景时,大江表示尽管那些信函内容自己全都能背诵出来,却由于泪水完全模糊了双眼,根本无法辨识信笺上的文字,既担心抬头后会被发现泪水进而引发大家担忧,又担心在低头状态下那泪水倘若滴落在信纸上将会造成无法挽回的损失,如果继续看下去,自己一定会痛哭出声,只好狠下心来辜负孙郁先生的美意……在回饭店的汽车上,大江嘶哑着嗓音告诉陪同在身边的笔者:

---

① 许金龙著《大江健三郎与中国》,《传记文学》,二〇二〇年第八期,第65页。

请你放心,刚才我在鲁迅博物馆里已经对鲁迅先生作了保证,保证自己不再沉沦下去,我要振作起来,把《水死》继续写下去。而且,我也确实从鲁迅先生那里汲取了力量,回国后确实能够把《水死》写下去了。①

这一年(二〇〇九年)的十二月十七日,长篇小说《水死》由讲谈社出版。翌年二月五日,讲谈社印制同名小说《水死》第三版。该小说的开放式结局,在为读者留下想象空间的同时,也留下了弥足珍贵的希望、黑暗中的光亮。

6."我的头脑里目前只思考两个问题,一是孩子,另一个则是鲁迅"

从鲁迅博物馆回国后完成的长篇小说《水死》问世一年后,具体说来,是二〇一〇年十二月二日,大江夫妇邀请他们的老朋友铁凝到位于东京郊外的大江宅邸做客,围绕鲁迅的书简、保罗·塞尚的画作《大浴女》与铁凝的长篇小说《大浴女》之间的互文关系等问题进行交流。铁凝带去的礼物是让大江夫妇爱不释手的《鲁迅日文书简手稿》,两个月后,大江曾在《朝日新闻》的专栏文章里坦诚讲述了自己与铁凝和莫言等中国作家的友谊基础和铁凝的礼物:"……无论人生观还是关乎文学的信条,我与他们所共通的,是对于鲁迅的高度评价,这一切存在于他们与我亲之爱之的基础中。去年年底,我收到铁凝君从北京带来的礼品《鲁迅日文书简手稿》,那是墨迹的黑色和格线的红色美丽至极的、鲁迅亲手书写的七十三封信函的影印版。"②

---

① 许金龙著《大江健三郎与中国》,《传记文学》,二〇二〇年第八期,第65—66页。
② 大江健三郎著,许金龙译《定义集》,贵州人民出版社,二〇一九年三月,第343页。

代总序

  那天的交流轻松愉快、舒适自然,竟然持续了约六个小时之久,①其中很长时间是大江对铁凝介绍他正在创作的长篇小说:自己正在创作一部新的长篇小说,估计也是自己写的最后一部长篇小说了。这部小说的主人公是一位上了年岁的女性,这位女性一直住在森林中的村庄里,她的哥哥曾获国际文学大奖,兄妹俩就通过一封封书简讨论有关孩子和新人的问题。当然,这兄妹俩在作品外的原型就是自己与妹妹。目前,这部小说已经写了三分之二。不过,自己是个反复修改稿件的人,如果说写一页大稿纸的时间是一个小时的话,就需要另外花费两个小时来修改这页稿子的内容。这已是多年以来的习惯了……说到兴奋处,大江从楼上的书房将已经完成的部分稿件取下来递给铁凝,指点着稿纸、小剪刀和糨糊瓶,在对铁凝介绍稿纸相关处的具体内容之际,顺便指出被修改处的痕迹……铁凝听着这部作品的介绍,不由得被小说内容深深吸引,不禁对大江表示,自己会为这部作品的中译本撰写序言……
  当晚在去意大利风味的餐厅用餐的路上,大江对一直陪同在身边的笔者表示:

  现在我想对你说说自己目前的工作状态和生活状态。目前,我的头脑里只思考两个大问题,一个是鲁迅,一个是孩子。自己是个绝望型的人,对当下的局势非常绝望,白天从电视看到的画面和在报纸中读到的文字都让我感到绝望,从来客的话语中听到的内容也让我绝望,日本的情况让我绝望,美国的情况让我绝望,中国的有些情况也让我绝望。每天晚上,在为光掖好毛毯后就带着那些绝望上床就寝。早上起床后,却还要为了光和全世界的孩子们寻找希望,用创作小说这种方式在那些

---

① 铁凝著《与大江健三郎先生对谈》,引自《用蓄满泪水的双眼为耳》,三联书店,二〇一六年九月。

83

绝望中寻找希望,每天就这么周而复始。这就是我目前的工作状态和生活状态。①

说出这段话语时,大江绝对不会想到,百日之后,更有一场天灾人祸引发的巨大绝望在等待着他。在《晚年样式集》里,主人公如此讲述了其在电视画面中看到的绝望景象:

> 翌日黄昏,结束了摄制团队的工作后,设置导演再次登上陡坡,听说小马驹已经产了下来。在黑暗的屋内紧紧挨在一起的马驹和母马很快浮现而出,长方形的画面里显露出饲养马匹的主人的侧脸,他一面眺望着屋外一面说着话,对面则是雨雾迷蒙的牧场……他那阴郁的声音响起:"无法让刚刚出生的小马驹在那片草原上奔跑,因为那里已经被放射性雨水给污染了。"②

至于先前说到的那部长篇小说,遗憾的是铁凝终究没能为其撰写中译本序。因为,在她从大江家离去百日后,在那部新写的长篇小说即将完成之际,日本突然发生了震惊世界的大地震、大海啸、福岛核电站大泄漏的天灾人祸,史称"三·一一东日本大震灾"!在这个巨大灾难来袭的艰难时刻,大江感到即将完成的那部小说已经完全无法表现自己此时的绝望,更是无法帮助孩子们在这黑黢黢的绝望之海上找寻到希望。按照以往的习惯,这部厚厚的手稿应被付之一炬,不在这世上留下一片纸屑。不知是不是这位老作家还惦念着铁凝要为这部作品撰写中译本序言的话语,终究还是没舍得循惯例全部烧毁,而是存放在瓦楞纸箱里放入书库,而后振作起精神,开始着手撰写另一部表现此时此刻所思所想的长篇小说——《晚年样式

---

① 许金龙著《大江健三郎与中国》,《传记文学》,二〇二〇年第八期,第67页。
② 大江健三郎著,许金龙译《晚年样式集》,引自《大江健三郎全小说》,讲谈社,二〇一九年三月。

集》。在他的《晚年样式集》第一章第一节里,年迈的大江这样讲述着自己当时的情景:

> ……从三·一一当天深夜开始,整日不分昼夜地坐在电视机前观看东日本大地震和海啸以及核电站泄漏大事故的报道……这一天也是如此,直至深夜仍在观看电视特辑,特辑追踪报道了因福岛核电站扩散的辐射性物质而造成的污染实况……再次去往二楼途中,我停步于楼梯中段用于转弯的小平台处,像孩童时代借助译文记住的鲁迅短篇小说中那样,"发出呜呜的声音哭了起来"。①

显然,面对大地震、大海啸造成的巨大伤亡和惨重损失,更是因为核电站大爆炸和大泄漏将为人类社会带来的巨大且长久的遗祸,作者大江健三郎及其文本内的分身长江古义人与创作《孤独者》时的鲁迅产生了共情,并在这种共情的催化作用下"发出呜呜的声音哭了起来"。这是痛彻心扉的哭声,极度恐惧的哭声,深深懊悔的哭声,当然,更是"含着大希望的恐怖的悲声"!

7.他们的文学尽管多见黑暗、绝望和荒诞,最终想要传达给我们的却是呐喊和希望

这里所说的"鲁迅短篇小说",无疑是鲁迅创作于一九二五年十月十七日的《孤独者》,而"发出呜呜的声音哭了起来"这句译文,则是大江本人译自鲁迅文本"地下忽然有人呜呜地哭起来了"那句话语。对鲁迅文学有着深刻解读的大江当然知道,《孤独者》与此前和此后创作的《在酒楼上》和《伤逝》等作品一样,说的都是魏连殳等知识分子在那个令人绝望的社会里左冲右突、走投无路的窘境乃至

---

① 大江健三郎著,许金龙译《晚年样式集》,引自《大江健三郎全小说》,讲谈社,二〇一九年三月。

绝境。

在持续观看灾区实况转播的情景和人们的姿容表情时,大江在文本内的分身长江古义人这位老作家突然理解了多年来一直无法读懂的《神曲》中的一段诗句——"所以,你就可以想见,未来之门一旦关闭,我们的知识就完全灭绝了"①。自己之所以在楼梯中段的平台上"发出呜呜的声音哭了起来",其实正是因为福岛核电站的大泄漏使得"咱们的'未来之门'已被关闭,而且我们的知识(尤其是我的知识也将不值一提)将尽皆死去……"②在这个可怕的阴影下,儿子大江光在小说里的分身阿亮的动作越发迟缓,话语也越来越少,记忆力更是每况愈下,这就使得阿亮的妹妹真木为之担心:

> 在爸爸的头脑里,从那段诗句,从那段当城市呀国家的未来一旦丧失,我们自己积累的知识也将如同死物一般的诗句中,他联想到了阿亮的记忆,难道不是这样吗?!很快,记忆就将从阿亮身上丧失殆尽,他会随着一片黑暗的头脑机能逐渐变老,并在这种状态中走向死亡………
>
> 在爸爸看来,都市和国家的未来将不复存在,我们积累的知识也将如同死物一般,在爸爸的头脑中,这段诗句或许与阿亮的记忆联系在了一起。不久之后,阿亮将丧失记忆,头脑里一片黑暗,上了年岁后就在这种状态中走向死亡……如果整个国家的所有核电站都因地震而爆炸的话,那么这座城市、这个国家的未来之门就将被关闭。我们大家的知识都将成为死物,该说是国民呢?还是该说为市民呢?所有人的头脑里都将一片黑暗并走向毁灭。在这些人中,就有将远比任何人都浑噩无知的阿亮。爸爸大概是联想到这种前景,这才发出呜呜的哭声的吧。③

引文中的一些话语无疑将为读者带来无尽的恐惧和巨大的绝

---

① 但丁著,田德望译《但丁·地狱篇》,人民文学出版社,二〇〇二年十二月,第58页。
② 大江健三郎著,许金龙译《晚年样式集》,引自《大江健三郎全小说》,讲谈社,二〇一九年三月。
③ 同上。

望：未来之门已被关闭；我们的知识将尽皆死去；阿亮将丧失记忆,头脑里一片黑暗,上了年岁后就在这种状态中走向死亡……所有人的头脑里都将一片黑暗并走向毁灭……尤其令人恐惧和绝望的是,包括自己亲人在内的所有人并不是立即就灭亡的,而是在肉体毁灭之前,所有人的头脑里都将一片黑暗,然后在这无尽的黑暗和恐怖以及绝望中,如同凌迟一般痛苦和缓慢地走向死亡。

当然,更让这位老作家为之"因恐惧而发怔"的,是在福岛核电站大泄漏之后,面对全国民众要求废除核电站的巨大呼声,日本政治家和主流媒体相继表现出的近似歇斯底里般的疯狂思路——为了保持"潜在核威慑力"乃至实行核武装,绝不可以废除核电站！福岛核电站大泄漏七个月后,大江在《所谓核电站是"潜在性核威慑力"》的文章里引用了日本主流媒体和政治家的如下文字并表达了自己的愤怒：

  日本……利用可成为核武器原材料的钚这一权利已被承认。在外交方面,这种现状作为潜在核威慑力而发挥着效用也是事实。
        ——《读卖新闻》社论,二〇一一年九月七日

  维持核电站,可转换为想要制造核武器就能在一定期间内制造出来的那种"核的潜在威慑力"……去除核电站则会使我们放弃这种"核的潜在威慑力"……
        ——石破茂①,《SAPIO》,二〇一一年十月五日②

面对主流媒体主张继续维持"潜在核威慑力"的社论以及政府

---

① 石破茂（1957— ）,曾任日本防卫厅长官、防卫大臣、地方创生担当大臣、自民党干事长等职,主张扩充日本军备,突破二战后对日本自卫队规模的限制。
② 大江健三郎著,许金龙译《定义集》,贵州人民出版社,二〇一九年三月,第390页。

高官坚持借助民用核电站持续保有"核的潜在威慑力"的言论,大江愤怒且恐惧地表示:

> 我正是为以上两者间所共有的"潜在核威慑力"和"核的潜在威慑力"这种表述方式(虽然使用了貌似极为寻常的措辞方式,却仍然让我)因恐惧而发怔的。
>
> ……威慑,即 deterrence,用己方的攻击能力进行恐吓,以吓阻对手的攻击意图。就此事的性质而言,其态势可即刻逆转,这极其危险且巨大的永无结局的游戏就这样没完没了。所谓"核的潜在威慑力"假如是一种炫耀,是利用日本这个国家的核电站可随时制造出原子弹的那种炫耀,……东亚的紧张情势不也在朝着那个方向不断高涨吗?前面提到的那些论客,在怎么考虑何时、如何使他们信奉那个效力的"潜在性"力量"显在化"之战略,就不得而知了。
>
> 因这次大事故而回溯建设核电站时的情景,我们深切醒悟到直至今日的东京电力公司和政府的信息开示方法多么缺乏民主主义精神啊。然而,如这个威慑论般对民主主义的彻底无视,不更是未曾有过先例吗?
>
> 极为赤裸裸地表示去除核电站则会使我们放弃那种潜在威慑力的那位以熟识的低眉顺眼的忧愁面容进行威胁的政治家,他以为自己何时获得了国民的同意,这才手握这柄致命的双刃剑的呢?①

更有甚者,日本外务省外交政策计划委员会早在一九六九年就在《我国外交政策大纲》中如此表示:

> 关于核武器,无论是否参加 NPT(《核不扩散条约》),虽然当前采取不保有核武器的政策,却须经常保持制造核武器之经济与技术的潜力。②

---

① 大江健三郎著,许金龙译《定义集》,贵州人民出版社,二〇一九年三月,第390—391页。
② 同上,第392—393页。

代 总 序

由此可见，石破茂等日本诸多政治家之所以违背民意、居心叵测地坚持紧握"潜在核威慑力""这柄致命的双刃剑"，也只是日本政府既定核政策的延续而已，他们"试图在目前五十四座核电站基础上再增加十四座以上核电站"①，进而"将残存的铀和生成于核反应堆中的钚从核废料中提取出来"②进行核燃料后处理，进而"即便在作为民用设施而建造的铀浓缩工厂里，也能够制造出用于核武器的高浓缩铀。核燃料后处理工厂的制成品钚则可以直接用于核武器"③。大江在这里已经说得非常清楚了——近半个世纪以来，在日本政府"须经常保持制造核武器之经济与技术的潜力"这一政策指导下，日本目前所拥有的五十四座核电站和计划在此基础上再予增建的十四座核电站，显然已不是单纯用作民用发电那么简单，长年从这些核电站已经提取和将继续提取并囤积起来的大量核废料以及早已建好的后处理工厂，更不可能是为了民用发电，而只能是打着民用幌子的"潜在核威慑力"，更可能是大规模进行核武装而作的精心准备。大江及其同行者们是在担心，被称为"和平宪法"的《日本国宪法》第九条被修改之日，便是日本全面复活国家主义之时！当然，也会是日本大规模进行核武装之时！大江及其同行者们同样在担心，日本全面复活国家主义并大规模进行核武装之日，将会是日本重走战争之路之日，重走死亡之路和毁灭之路之始！由核大战所引发的末日景象，大江早在八十年代末和九十年代初，就在长篇小说《治疗塔》和《治疗塔星球》这两部姐妹篇里做了详尽描述，大概正是因为想到那个令人绝望且可怕无比的末日景象，大江在《晚年样式集》中的分身长

---

① 大江健三郎著，许金龙译《定义集》，贵州人民出版社，二〇一九年三月，第357页。
② 同上，第392页。
③ 同上，第357页。

江古义人这才"停步于楼梯中段用于转弯的小平台处,像孩童时代借助译文记住的鲁迅短篇小说中那样,'发出呜呜的声音哭了起来'"的吧!因为在他的认知中,这一天的到来不啻日本的未来之门将被沉重且永远地关上!

为了文本内外的阿亮和大江光这对永远的孩子的未来之门不被关闭,为了全世界所有孩子的未来之门不被关闭,大江借助刳肝沥血地写作小说而于绝望中挣扎着往来寻找希望,同时,也在频繁走上街头大声疾呼,呼吁人们认识到核泄漏的巨大危害,呼吁人们警惕日本政府借核电民用之名为核武装创造条件,呼吁一千万人共同署名以阻止日本政府不顾这种可怕的现实而重启核电站,呼吁人们反对日本政府和东电公司不顾日本国内民众和世界各国人民的抗议而计划强行向大海排放核废水,呼吁人们"救救孩子!"……在大江的认知中,他的文学文本周围的社会存在与文学文本中的社会存在显然是同质的,因而这位老作家拖着老迈之躯在文本内外往返来回地大声疾呼,无疑是对阿亮和大江光这对孩子永远的挚爱,也是对全世界所有孩子的大爱,这种大爱,在大江的小说中和他所有读者的心目中都在不断升华。这种大爱,在日本,在中国,在韩国,在全世界,都将成为一种希望!无论中国的鲁迅还是日本的大江健三郎,他们的文学所描述的尽管多见黑暗、绝望和荒诞,最终想要传达给我们的却是呐喊和希望,一种发自于边缘的呐喊,一种始自于绝望的希望。这无疑是一种大慈悲,是对所有处于各种暴力威胁之下的天下苍生所生发的大悲悯。这让我们立即想起大江在斯德哥尔摩的颁奖仪式上所说的那段话语:"作为渡边的人文主义的弟子,我希望通过自己身为小说家的工作,使那些用语言进行表达的人及其接受者,从个人的以及时代的痛苦中得以平复,并医治他们各自心灵上的创伤。……我仍将遵循这一信条,如若可能,愿以自己的羸弱之身,于钝痛中承受因二十世纪的科技和交通的畸形发展而积累的祸害。我更希望探索的是,从世界边缘人的角度展望,如何才能对全体人类的医治与和解做出体面的和人文主义的贡献。"

目　录

序　章　怎么,你竟然会在这种地方？…………………… 1

第一章　米夏埃尔·科尔哈斯计划 ………………………… 17

第二章　演出戏剧与慰抚魂灵 ……………………………… 50

第三章　You can see my tummy. …………………………… 85

第四章　"安娜贝尔·李电影"无删节版…………………… 112

终　章　每当月泛光华,我便梦见优美的安娜贝尔·李,
　　　　每当星辰生辉,我便看见优美的安娜贝尔·李
　　　　明眸闪烁…………………………………………… 139

大江健三郎文学互文性叙事策略及其意义
　　——以"奇怪的二人配"后三部曲为分析
　　对象…………………………………………… 許金龙 169

序章　怎么，你竟然会在这种地方？

1

　　肥胖的老人左手提着沉甸甸的弹力红色树脂棒快步行走着，肥胖的中年男子提着弹力蓝色树脂棒行走在他的右侧。老人的右手之所以空着，是为了在腿脚不便的中年男子失去重心时，好去搀扶他的身体。对于在狭窄的散步小道上错身而过的行人表现出的好奇，提着弹力树脂棒的这两人并不在意，继续往前行走……

　　老人（也就是我）被查出脉律不齐而停止游泳时，俱乐部的教练建议我尽量做行走锻炼，我也希望顺便训练儿子纠正拖曳着腿脚走路的习惯，便欣然接受了建议。教练送给我两根树脂棒，说是拿着这树脂棒行走，公子的腿脚或许会自然而然地抬起来，"老先生您本人嘛，也曾看到他在游泳池旁被绊得摔个大跟头……"

　　我和儿子光大致等到黄昏时分，便从居住的高台走下坡道，前往运河河畔那条散步者已见稀少的小道。闲置多年的湿地上已开发出成片的公寓，年代久远的堤岸也得到修整，对人数业已增加的居民们开放了这里。

　　两人分别提着红、蓝两色树脂棒行走着，也会有人向这对父子打招呼。尽管智力障碍给行走也带来了影响,可光自从学会说话以来,那种郑重其事的文章体语言却从不曾混乱。这一天的训练结束后,在攀爬通往高台的那条坡道前照例坐在长椅上小憩时,光这样说道:

"刚才问话的那孩子,说是原先怀疑爸爸已经有一百岁了。"

"看到还算年轻,就吃惊了,是吗?"

"有人问,爸爸还在写小说吗?"

"可能对方认为,这么问总比说'还活着吗?'要好些吧。"

"是个上了岁数的人。"

刚开始写小说那几年里,虽说还没在电视上露过面,却也常有陌生人向自己打招呼。顾忌到自己说的是四国森林中的方言,加之发音又不太清晰,因而不能立即予以回答。在被编辑带去的一家小酒馆里,就因为这么一点儿误会而发展为暴力冲突。

后来上了年岁,也是考虑到抵抗力的衰退,对一般打听虽说不是视而不见,可在思考问题时若被拉到意想不到的会话中去,其后要想再回到先前思考的问题上来就要花费一些时间了。真是岁月不饶人啊。为了使得话语不那么复杂,倒不如"如实"地回答问题。

"距离一百岁还有一段时间。小说也是这样,较之于主题,只要找到新的形式就打算写。"

"也有可能直到最后也发现不了吗?"

"那是可能的吧。"

"即便这样,你说还是要作为小说家生活下去……"

"打算就那样结束自己的生涯。"

就在这天,新的方法出现了。从背后传来沉重脚步声的那个行人,使得光踏入柏油路边冬日里的枯草丛中。回首瞥去,此人像是少年,却用老人的声音招呼道:

"What! are you here?"

这是日本人说出的英国口音的英语。我重新打量那位说了这句英语后便挨到身旁的人,却是一个让我大为意外的人物。然而我随即意识到,就在前些日子,我们父子在众人面前周章狼狈之际,围观我们处境的人群中就有此人,当时顾不上进一步确认,便一直延续到了今天。我还回想起,当时尽管恍若看到幻影一般,面对发生在他身上的巨大变化,我对他的那种感觉却是一如既往。

"怎么,你竟然会在这种地方?……是这句话吧?"

"就知道你会如此回答,才故意这么说说看的。"

"你还是老样子呀,无论从哪方面来说。有多少年没见面了?"

"有三十年没见了。"眉宇间白皙的皮肤上堆挤着皱纹(这也与往昔一般无二),刚一停下话头,就打量起我们父子俩。

接着,他唐突且颇有气势地说了起来:

"当时呀,都找不到一个稳妥的方法向你打招呼,因为竟然发生了那样的事,最终,让你在将近一年的时间里徒劳无功……这可都是大实话。不过,你也承认咱算是尽了力吧?只是让你……甚至让千鲣和光都被卷入丑闻。自那以后经过很长时间,又发生了搞吾良跳楼自杀事件,在面临比那次更严重的丑闻之际,把你和你全家都拉了出来,这是事实吧?虽然把你们推到那种危险境地的,也是咱……

"在那个事件中,且不说当事者那几位少女,当我前去探视遭受比其他人更为严重的伤害、住进精神病医院的樱时,她在病情稳定的时候总是挂在嘴边的,就是你的事情、千鲣以及光的事情。咱呀,当然意识到了自己的责任,即便对于樱,咱也是如此。

"总之,与引发那个事态的几个家伙签订合同,把他们拉进'米夏埃尔·科尔哈斯①电影'制作团队的,就是你……

"其后我很快就去墨西哥学院大学担任教职,离开那个充满火药味的地方紧急避难去了。樱是直接被卷入事件中去的受害者,说到你嘛……至于你在那个事件中应该承担什么样的责任,我仍然持保留态度。"

对方再度沉默下来,他身穿藏蓝色长天鹅绒上衣(在我的记忆里,还记得他为拉开与自己的差距而说的"照你们的说法,这是长天鹅绒织品,可咱却叫 plush"),露出里面宽松的白色丝绸衣领。虽然不好说与此完全相同,可他身上的装饰风格却是与时尚取向比较接近。甚至半个世纪之前,这种装饰风格就已经在驹场校区②的教养学系大放异彩了。不过,刚才的谈话中提到的三十年前大学毕业后我们原本并无交往,恢复见面后很快就达到密切的程度。在那时,这家伙的服装简直就是一副国际电影制片人的派头。

因此,跳过那个时期而感受他的装束的一贯性,大概只能说明我这记忆的暧昧程度罢了。不过,木守有的那种只能称之为独特的风姿,却是现在的(也是青春时期的)这种风格的印象而排斥了其他一切。目前,这尊肉体上清晰显现出来的老人模样,意味着正以极快的速度超越年龄自然增长的进程(如此说来,我也同样如此)。譬如说,丝绸衬衣的衣领处看上去软乎乎的那堆东西并不是围巾,而是垂挂下来的喉头处的皮肤。然而,小巧面庞上的光泽和纯净的眼神,都让人直接回想起他十八九岁时的模样。不过如果细细打量的话,还是可以看出那是化了妆的缘故。

"好吧,关于整体情况,如果连你也有那种意愿的话,那就好好

---

① 德国作家海因里希·冯·克莱斯特(1777—1811)的代表作《米夏埃尔·科尔哈斯》中的主人公。
② 东京大学教养学系所在地,旧制第一高等学校旧址。

说说吧。

"……咱先要说几句与那件事没有关联的话,对于咱刚才打的招呼呀,你还是和过去那样,随即用日语做了回复。是西胁顺三郎①的译文吧?而且,在那个句子之后,艾略特②的后续诗句也涌现在你的脑海里了吧?咱说的是《小吉丁》。如果是英语文本的话,咱还能想起那么几行。不过,咱恭听与原文诗句相配的、你以前经常背诵的那些为你所挚爱的日文译诗,还是等进一步稳定下来之后再说吧,如果你同意今后时常会面的话。

"可是,今天你和光的步行训练才刚刚开始吧?光,让你停下训练,真是不应该呀(光好像在某种程度上激活了三十年前曾被木守抱过的那种亲近感,应承地说了句'别客气!')。

"谢谢!已经完全是一个成年人了。看到你这么精神,咱也很高兴。就连纽约也在销售你的 CD 哪,所以咱也经常听你的音乐。尤其是樱阿姨,听了你的 CD 后才能自然入睡。光,让咱们一起走上一会儿吧,好不容易才遇上你爸爸,所以即便只有今天这点儿时间,也有很多积攒下来的话想要和他说!"

2

就这样,我们开始一同行走起来。我记得,无论在驹场的校园里,还是在毕业后第一次见面时已是壮年的他的身上,都有一种不可

---

① 西胁顺三郎(1894—1982),日本诗人、英国文学研究者,著有诗集《现代寓言》和长诗《失去的时间》、论述《T. S. 艾略特》和《欧洲的文学》等,译有长诗《荒原》等。
② 托马斯·斯特恩斯·艾略特(Thomas Stearns Eliot,1888—1965),出生于美国的英国诗人、批评家,一九四八年度诺贝尔文学奖获得者,著有长诗《荒原》、组诗《四个四重奏》等。

思议的感觉。木守看上去身材瘦小,确实比较纤弱,可一旦肩并肩地一块儿行走,且不说个头,步幅却与我相差无几。然而,现在他却明显在调整自己,以适应光摆动着弹力树脂棒行走的步伐。就这一点而言,早在木守经常来家里的那段时期,这便是妻子和光都对他抱有好感的原因。

有一段时间,我们就这么沉默不语地走着。木守刚才说的可能在我头脑里涌现而出、由西胁顺三郎翻译的艾略特的诗句,是下面这一节:

> 在暮色渐淡的黑暗中/我直盯盯地打量那低俯的面庞/仿佛用锐利的目光审视陌生人/突然,醒悟到这面庞/与我熟识却已故去的一位大师相似。(中略)
>
> 晒黑的褐色面庞上/亲切和复合的幽灵的眼神/亲密且难以辨认。/因而我扮演了双重角色,一面喊叫,/一面听着对手的喊叫之声——/"怎么,你竟然会在这种地方?"/而我们此前并不在这里。

是啊!我这么想道。我俩并未存在于把两个人称之为"我们"的那种感情关系和地理位置里,在这长达三十年的期间。

"咱突然出现在你和光的面前,你也不知所措了吧?咱决心前来见你,就坐上喷气机飞了过来,可对你来说,这就完全是一场突然袭击了……

"而且,咱呀,对于你来说,这三十年间全然不存在,也就是'Althogh we are not'。但是,对于像我这样身在远方的人,你却是一直存在。时隔多年后这次在东京的书店看了看,平摊书架①上虽然没

---

① 摆放在书店显眼处的畅销书书架。

有摆放你的书，可文库本书架上却排列了很多。在下榻的饭店阅读的报纸上，也有你每月连载的专栏。你就是一名现役作家。

"今天，咱风风火火地飞到这里，对你进行突然袭击，这是为什么呢？成城如今已经完全变了模样，惟有你家还和三十年前一模一样，站立在你家门前，咱却仍然感到胆怯。（'你这家伙也会使用这样的话语啊！'或许会遭到你如此这般的反击吧。）就算是你直接接听室内对讲机，就算千鲣会答理咱，可咱该如何提起话头呢？……

"咱站在那里犹豫不决，一位正在遛狗的妇女走了过来，告诉我说，你正在指导光进行步行训练。即便是普通市民，你也远没有被忘却啊。咱要给樱发送电子邮件，说是就这样与你见了面，第一阶段的安排已经完成。"

"你与那个人……无论住院期间也好，出院后的生活也罢，一直都有联系？"

"首先是经历过的那些官司。樱的官司，还有咱自己的官司。因为，咱们是同一个律师团队。那些官司告一段落之后，她和咱之间也没有完全断绝往来……

"不过，毕竟是三十年的漫长岁月，因而也不是一直在频繁地会面。那还是在去年的圣诞贺卡上，咱写了'近期咱可能去东京'的字样。于是她就打听，问咱是否有可能见到你并作交谈？

"自那个事件以来，她的生活发生了很大变化，彻底停止了女演员的工作。由于已去世的丈夫生前所在的那所大学的缘故，她仍然住在华盛顿……在樱平静的生活中，三十年前发生的事件再度浮现而出。而且，这还将关乎你近期的工作。

"你一定在想，这是怎么回事呀？你最近发表的那两个作品……并不是很大的作品，却引起了樱的关注，也算是奇缘呀……她都读了。长年以来，她一直向丈夫指导的那个从事日本研究的专业资助研究经费。由于这个缘故,每年她都要举办晚餐会,以招待从日本来的学者。出于礼节,那些学者会对她说起自己的研究领域中的话题。

"去年年末的晚餐会的出席者中,有一个正在研究你的小说的家伙。樱向那位学者详细打听了情况。她就是这样的性格。学者对于樱曾试图与你共同推动的电影计划的话题表现出兴趣,便约好时间前来与樱谈了一次。细想起来,这是很危险的。倘若学者用互联网检索三十年前发生的那个事件,或许就会向樱问起她无论如何也不愿回想起的那些往事。

"好在那位学者年纪不大,三十年前甚至还没上学。对你作品的研究,似乎也只在文学史的层面上。因此,那次谈话效果并不很明显。樱好像只说到想采用你的脚本拍摄'米夏埃尔·科尔哈斯',而这电影应该由她本人来主演。当樱询问你在东京的动向时,那位学者便借助互联网进入你的读者俱乐部网站,送来一些有关你的最新文献资料给她。然后呀,樱就说了,这小小的礼物倒是中了自己的心意。其中之一,是你发表于去年年底出版的文艺杂志上题为《追忆之歌》①的诗。据说,这是你第一次写比较长的诗歌。其二,则是你为也是去年十一月出版的文库本《洛丽塔》②新译本写的解说文章。"

就像我和光提着那弹力树脂棒似的,木守也提着一只素色的皮制小提包,他以灵巧的手法,从中取出一册乳黄色杂志和一本厚厚的文库本图书。我回想起了驹场校区那位有着纤细指尖的少年的

---

① 大江健三郎最初的诗集,发表于文艺杂志《新潮》二〇〇七年一月新年号。按惯例,杂志本身应于上月底发行。

② 新潮社于二〇〇七年十一月出版《洛丽塔》最新日译本,由大江健三郎为该书撰写解说文章。

面容。

"樱用传真而非电子邮件把那些东西传了过来,可咱想看看实物,到了东京后,随即去了出版发行单位所在的大楼,把那本过期杂志弄到了手,还买了相同出版社出的这册文库本。喏,就是这些,打动樱的那部分内容,你还记得吧?

"三十年前你曾经说过,你写出的作品,只要在半年之内,无论哪一处,都能凭记忆加以引用。"

"哎呀,年过七十之后,我这智力的衰退……不知道你的情况如何,不过在我来说,却是毁灭性的。"我说道。(光向我这边转过头来。)

"可是,就像你刚才背诵艾略特那样,嘴里不是还能够嘟嘟哝哝的吗?樱首先说起了《追忆之歌》,她说你在痛苦地、赤裸裸地诉说着老年的窘境……

"咱也是这么想的。是《追忆之歌》那两篇中的第一篇,你试着回想一下。"

我在尽力回想。由于作品是以诗歌体裁写出,及至杂志出了校样后仍反复修改了两三次,因而逐渐浮现在脑海里。大概是下面这一节诗文被樱注意并让木守产生共鸣的吧。

  意识到这个问题时,/我已完全置身于老年的窘境,/并不和悦、处境孤立,/只对否定的感情感到亲近。/对于自己所置身的世纪里积累起来的、/毁灭世界的装置,/即便否定也不足为奇,/只是对于使其解体而做的多半试验,/却是存有怀疑。/诸如自己的这种想象力的工作,/究竟能有多少作为?/我蹲坐于摇晃着的地面。

"怎么样?另一个就是你为解说《洛丽塔》而写的文章,这篇文章比较长,樱让咱把她属意的精彩部分给你指示出来。咱把她在传真里用线条画出来的部分,再用红铅笔做了记号,这就读给你听。(木守翻开文库本,他那小小脸庞上也出现了一副银色框架的老花眼镜。)

十七岁那年,我在创元丛书版的《爱伦·坡诗集》中发现了这首诗(在我而言,很难说不曾遇见过实际存在的、一如诗中所描绘的那种少女),在占领军的美国文化中心的图书室里,我抄写了那首原诗。日夏耿之介①的译文如下:

在海边的一个王国里,
举世无双的不尽爱恋,
只集于我和我的安娜贝尔·李
我们的如此深爱,
就连天国的六翼天使②,
也对我们羡慕甚或妒嫉。

"樱便是基于这两处说,就你那首诗中'某种艺术家 在生命的最后阶段选择/表现和 生活方式的风格'的迫切性而言,倘若你不论自己和他人而真切地感受到悲哀,那么考虑到从幼女到少女时代的她在懵懂中所做之事被言及……而且是被可怕的美国军人……强迫之下所做的事,作为深思熟虑的回答,你一定会帮助已是老妇人的她。她还说,你本身如果一如诗歌所描述的那样身陷窘境的话,比之于协助自己,恐怕主要还是因为你也没有找到合适工作的缘故吧……

---

① 日夏耿之介(1890—1972),日本诗人、英国文学学者,著有诗集《翻身之颂》、译有《王尔德诗集》等。
② 六翼天使是九级天使中地位最高的天使。《圣经·旧约·以赛亚书》第六章第二节说,他们"有六个翅膀,用两个翅膀遮脸,两个翅膀遮脚,两个翅膀飞翔"。

"她还说,对于她的策划,假如你是左耳进右耳出的态度,就让咱追问你,你把爱伦·坡①的安娜贝尔·李写为'在我而言,很难说不曾遇见过实际存在的、一如诗中所描绘的那种少女'难道只是谎言吗?!"

3

"怎么样,两三天后咱给你打电话。那时候,关于你是否愿意再度会面并继续这个话题,你能够回答咱吗?"

我表示了认可。木守有显现出将今天的商议告一段落的意思,紧接着却又说起另一个话题:

"说实在的,咱是带着樱的建议回国了,不过说到她指望你认可的根据,咱不是没有感觉到危险。你已经上了年岁,直截了当地说,你已经认输了。对于这样的老人,已经没有适合其从事的方案了吧。樱深信如果往那个方向推动的话……咱并没有原封不动地接受她的想法。

"毫无保留地说,你还是一位获得诺贝尔文学奖的小说家。(说完后,木守的眼睛里闪现出一种光亮,有异于光刚才瞟我一眼时的目光。)……起码是文章的行家里手,所以咱就怀疑,把你在《追忆之歌》中所作的诗一般的自白理解为真实心情是否安全。

"然而,这期间偶然发生了一件事。咱并不是自三十年前分别以来在这里第一次见到你(也包括光!)。咱呀,就在前几天,目睹了你确实身处老年窘境的现状,目睹了你与年岁相符的风貌姿态,目睹

---

① 埃德加·爱伦·坡(Edgar Allan Poe,1809—1849),美国十九世纪著名诗人、短篇小说家、文艺评论家,著有诗歌《乌鸦》、诗集《安娜贝尔·李》、短篇小说《鄂榭府崩溃记》等。

11

了你在拥挤的人群中,打算孤军奋战地守护躺倒在地的光……却做不了任何事,只能无奈地蹲坐在那里。"

"如果就在前几天的话,那是在新宿吧,在听音乐会回来的路上。('是斯坦尼斯拉夫斯基的音乐会。'听觉敏锐的光补充道。)啊,是贝多芬的音乐。理发后才去音乐厅,那天是过于勉强了……这就引发了癫痫病。"

"你在忙乱中大概无暇顾及他人的事吧,咱隔着围观你们的人群仔细进行观察。

"那是一座由好几条私营铁路以及地铁外加 JR① 使用的车站与百货商店共用的综合大厦,你们就在走下滚动式电梯后的那一小块空间里,光直挺挺地躺在地面。算是看热闹的人吧,好像略微知道你的情况的那几位妇女招呼道'怎么啦?没问题吧?'看上去,她们大概认为与你们一同听了音乐会。你那时变成了一个粗野的老人,爱答不理的……使劲儿摇晃着脑袋,生硬地答了一两句。

"这时出现两三个人,他们不是站务员,似乎是保安公司派来的保安人员,说是'叫救护车来吧'。你便说道,就这么躺上五分钟,发作就会平息下来。'并不是那么回事。'其中一位年岁稍大的保安说道,'躺在这样繁忙的地方,这是在给别人添麻烦。'你的态度随即强硬起来。

"不知什么机构的公务员模样的女性和一位年轻男子走上前来,对保安表示自己处理此类问题比较熟悉。随后,她无视你的存在,用手抚摸着光的肩头。你便像围拥在周围的那些妇女受到惊吓一般,粗暴地甩开那只手臂。就在咱决定上前设法调解之际……此时已经到了五分钟吧……光睁开了眼睛,仰视着你。'哎呀!'他说

---

① 日本国铁(Japan Railways)民营化后的名称。

道。'哎呀！'你答道。然后，你帮助光站立起来，两人走下通往出租车乘车点的台阶……

"就在那个时候，虽说只是转瞬之间，咱却觉得自己与你的视线交汇了，当时你还显现出怀疑的神色……

"由于你们就那么离去了，也就连招呼都没能打上……"

我的眼眶好像变得热乎起来。

"当时是那样的。在围观的人群中……所有面孔都朝向我们这边……我发现了你的脸。不过，并没能确认那就是木守有，只是看到一张让我为之牵挂的面孔。在这三四天里，我还在一遍遍地回想，甚至怀疑自己看到了幻影……

"当时，我蹲坐于躺倒在地的儿子身旁，四周看热闹的人群俯视着我们父子俩。我必须设法回应上前搭话的那些人，他们围成的圈子稍低处出现了间隙，经由那隙缝间，我从蹲坐处看到恍若幻影般英俊的少年，而且他在用全然不是孩子的眼睛……甚至可以说是老人中的老人的眼睛，目不转睛地看着……

"再往后，在出租车里，与其说光恢复了正常状态，毋宁说他逐渐充满了平日的气力，我就坐在他的身旁，还在想着看似少年的、可能也是老人的……尽管是老人的，却也像是少年的那个男人是怎样一种存在。就在这期间呀，我回想起了一部小说中的一节。虽说是不久前刚读过，却并没有完整读完这部小说本身。那是我的多年老友、美国的一位文化理论家作为晚年的工作而持续写作、在他死后被汇编成书的内容，那一节即被这本书所引用，引自于托马斯·哈代[1]的《无名的裘德》。

---

[1] 托马斯·哈代（Thomas Hardy, 1840—1928），英国诗人、小说家，著有《德伯家的苔丝》《无名的裘德》等二十余部长篇小说，另著有八部诗集。

"我回想起,那一节描绘了既是老人又是少年、既是少年又是老人的那种印象的特殊类型……就像那个男人一般。我甚至还在想,毋宁说,那是头脑里原本就有的形象,所以该不是看到幻影了吧?及至今天,当你上来打招呼时,在那个瞬间,立刻就把眼前的你与三十年前的木守有联系在了一起,同时却也想起了驹场时代的你,觉得那个木守如今也上了年岁……

"总之呀,在我们相识的驹场校区,你带着最为俊美的少年面容成为青年……这不就是你周围所有人对你的认识吗?那时你是明星。你升入教养学系,那是录取分数最高、刚刚创建的新专业,总之,两年以来成绩优异的同学当时都去了那里。我则升入法国文学系,就去了本乡校区,无论在两个系之间……还是毕业之后,都没再见到你。

"与你再次相见,是在三十年前吧?当时,你是报纸文化专栏里经常登载的在国际间活动的电视节目和电影制片人。由于这个缘故,我们被同一件工作联系在了一起……

"前不久虽然偶尔看到了你,却并没有联想到那个时候的木守,这是因为充满活力的制片人不同于驹场校区那位美少年,早已成为壮年实干家的缘故吧。你现在虽说已是老人,却也有被看成三十年前业已消失了的驹场校区那位美少年的瞬间,恰如你现在有意识地重新穿上十八九岁那时候的服装……或是其他什么。

"这么说来,当时女同学不是把你称之为 Petit Prince① 吗?"

"无稽之谈!"木守说道,眉间堆起了皱纹。(我又想到,如此看来,他在驹场校区之所以爱用这种古式措辞,是因为被当作"美少年"而焦躁不安。)"但是,最近这十年间的咱呀……也就是花甲之后

---

① 法语和英语组合而成的词句,意为小王子。

的咱,确实觉得回到年轻时自己的穿着搭配上了,也曾被樱这么说过。为了这次的事,与久违了的樱见了面,最近这些年每当与樱难得见上一面时,她都说感到咱的穿着搭配不断发生变化,不过她还说,现在的样式才最符合自己的趣味。哎呀,这种样式或许会成为现在的咱的特征。

"咱从自己工作的主业上退下来已经很久了,因此无论选择什么样的装束打扮,都不会再有说三道四的家伙。而且呀,与合得来的朋友和团队合作的时候,即便加入新的工作伙伴,也能够让对方接受。此外,工作完成后,在面向媒体的发布会上,这种装束也很便利。

"不过,你刚才说到的那位去世的文化理论家,是你在《追忆之歌》中也予以引用的爱德华·萨义德①吧?你说他在最后一本书中曾言及哈代作品中的一节,那是什么内容?"

也是由于注视着眼前的木守的缘故,萨义德所引用的《无名的裘德》中那一节很容易地浮现而出,只是无论那原文还是译文内容,我都没有说出口来。坦率地说,我具有老人应有的判断力,因为,如果以我的记忆为依据而译为日文的话,那一节应是下面这段表述:

> 他像是在比较年龄的化妆舞会上扮演"少年"的老人。由于妆化得非常糟糕,真正的自己便从裂缝中显现出来了。

已经有些凉意了,湿重的雾气从小运河的前方推挤了过来。我让光从散步小道旁休憩的长椅上起身,然后把因遭右翼威胁和骚扰而更换了的家里的电话号码告诉了木守。接着,我和儿子缓步走上长长的上坡道(不过,仍然按照我们的风格继续提着那弹力树脂

---

① 爱德华·萨义德(Edward Said,1935—2003),出生于耶路撒冷,美国哥伦比亚大学文学系教授,著名政治、文化评论家,著有《东方主义》《文化与帝国主义》《流亡的沉思》和《格格不入:萨义德回忆录》等重要论述。

棒),进入步行训练的收尾阶段。行至坡道中段,亦即行至从此处可以通行汽车的起始点时,我回首望去,远处那个看似少年的潇洒之人的行走姿势随之映入眼帘。

第一章　米夏埃尔·科尔哈斯计划

1

三十年前,从那年春天起,我在塞满心胸的那些想法驱使下东奔西走,却在没有任何实际效果——用木守的话来说,就是徒劳无功——的情况下结束了那一年。自从开始写作小说以来,已经经历了十八个年头,查看一下附在前不久发行的自己的文库本书后的简略年谱,便知道虽然从那一年直至翌年远比往年忙碌(翌年下半年前往墨西哥学院大学担任教职),却没有从事任何具有实质性的文学工作。

一九七四年,为了要求释放被苏联警察机构逮捕的作家索尔仁尼琴①,我也作为日本年轻作家之一发表了声明。当时,东京也组织了与西方诸国广泛举行的集会相同的活动,我参加了组织这种活动的事务局。

---

① 索尔仁尼琴(Aleksandr Isayevich Solzhenitsyn, 1918—2008),俄罗斯重要作家,一九七〇年度诺贝尔文学奖获得者,俄罗斯科学院院士,著有长篇小说《癌症楼》和《古拉格群岛》等。

翌年,在韩国遭到逮捕并被判处死刑的诗人金芝河①一度曾被释放,后再度遭到逮捕,在等候将于五月间举行的第一次公审期间,尽管身染疾患却仍被羁押在监狱里。为使他无罪获释,知识界的绝食活动便于当时还保留着运河的数寄屋桥旁的小公园里举行,我也参加了那场绝食活动。

贯穿这些社会性活动的问题都很深刻,不过,如果说到我是否就让自己的内心时常接受那些问题的闯入,结论却是并非如此。我被更为重要的塞满心胸的想法所吸引,将自己的关注转移到其他事物上去了。

我在高中二年级时转学到四国的地方城市松山,在那里第一次出入了排列着与东京同步发行的新书的书店。随后,我为偶尔发现的《法国·文艺复兴断章》而不胜铭感。再后来,我考入东京大学的法国文学专业。(说实话,作为在县南部的茂密森林里长大的人,这可是从不曾想到的事。)

那本岩波新书系列的作者渡边一夫教授,在这年初春因癌症住进了医院。五月,先生便去世了,我要去准备丧葬事务,在此前后,我无法在家里静下心来工作或是读书,加之在举办葬礼的那一周周末,我怀着黯淡的心情,参加了在彻夜传来银座大街的喧闹、没有片刻宁静的场所搭建而起的帐篷里举行的绝食斗争。

从傍晚时分下起的大雨,使得帐篷顶部因雨水的重量而塌陷下来,我在昏暗的灯光下仰视着那塌陷下来的部分。深夜里,说是在报社一直写着专栏的那位战后日美关系史研究者对我打了招呼,我便

---

① 金芝河(1941—),韩国著名诗人,一九七四年曾因反对独裁统治而被判处死刑,包括大江健三郎在内的世界各国文化人士举行了声援运动,韩国政府先后将刑罚改为死刑缓期执行和无期徒刑,后于一九八〇年十二月将其释放。其代表作有《你的悲痛使我跪下》等诗作。

起身与之寒暄。及至我上完厕所再回来时,原先睡觉的地方已被别人占去,正当为难之际,旅居日本的韩国诗人便与相邻的数学家头脚相错,尽力为我调整出能够勉强躺下的空隙。

那天夜里,我只在一小段时间里似睡非睡地躺了一会儿,翌日清晨(此后还有一夜),交通因人们要来市中心上班而繁忙起来,就在周围将要平息却未平息之际,听见有人在帐篷入口处说到我的名字,在确认"本人实际上是否一直在参加绝食斗争"。

由志愿者担任的保卫人员是一些学生,对于要求面见绝食斗争者的那些来访者,学生们并不取舍选择,而是将所有来访者都迎进来,于是四处既有愉快的谈笑,却也从清晨起就出现了争论。在这乱哄哄的充满生气的混乱状态中,让设法将他们领进来的学生整理出放置行李的空隙后,两个来访者由于难以并肩坐下而左右为难。

男性来访者身材矮小,可他那舒展(尽管身处逼仄处所)的动作,甚至让人感受到正当盛年的公司职员的威严。他先将被现场氛围所压倒的那位大块头女性安顿坐下,便在其身边蹲下身来。此人便是在驹场校区分开以来一直不曾谋面的木守有。

"就住在帝国饭店,读了晨报,知道你正在附近干着轰轰烈烈的大事,便跑过来看看。也是从法文系毕业、后来去了 NHK[①] 的那家伙……由于写了自己与法国女演员的情色绯闻而被解雇……他也参加了这场绝食斗争,我就在想,那个都市派怎么也干这种土里土气的事?在帐篷入口处也说了那家伙的名字,却没找到他……"

"参加他一个朋友的聚会去了,说是去露个面就回来,那朋友是一个正走红的作家,估计喝了一茬后又换地儿接着喝二茬酒去了……这里是银座嘛。"

---

① 日本放送协会(NIPPON HOSO KYOKAI)之日语发音的首字母。

"可你规规矩矩地继续留在这里……"

"因为我不是都市派嘛。"

"你是在用这种方法为渡边先生服丧,咱也不是不明白……其实,对于你正表现出敬意的金芝河,咱与其并非丝毫没有关系。去年,那位诗人遭到逮捕并受到审判,结果,使得咱们的计划遭到严重破坏。为此,咱要去韩国进行善后处理,就在想呀,难道不能在日本推行取代它的计划吗?便与被选为主角的女演员顺道来东京了。可是呀,阅读有关绝食斗争的报道时,却回想起早前与咱们这一计划的欧洲团队进行商量时,曾提到过你的名字。

"两年前,你曾与访问日本的西德诗人兼评论家汉斯什么的……"

"如果是汉斯·马格努斯·恩岑斯伯格①的话,我们曾在杂志或什么地方做过对谈。"

"咱想借这个机会确认一下那个恩岑斯伯格所说的关于你的那些话语。"

木守运用意志力成功地将自己从周围的喧闹中隔绝开来,以超然的语气如此说道,同时从容地环顾着一同前来的那位女性吸引帐篷中诸人视线的情景,然后他转换话题说道:

"这个人呀,不仅对于咱,还是和咱同时代的人,都是难以忘却的青春之星。(那口气既是在对着我说,也是对着正观看这边动静的绝食斗争者以及支持他们的家属们说。)

"不过,在考大学前你拼命备考,进入大学后……漫画和黑帮电影却成为年轻人获取知识的对象……你不是没有闲暇关注亚文化

---

① 汉斯·马格努斯·恩岑斯伯格(Hans Magnus Enzensberger(1929—),德国诗人、作家、评论家,著有《绝对的梦想家》《意识工业》等。

吗？因此，虽然你不知道，她可是被世界各国的电影迷所知晓的文化英雄。说其在日本引退前的艺名就有点儿土里土气了，还是以她目前在国外的惯称来介绍吧。樱·荻·马加尔沙克女士。

"关于你的情况呀，在驹场校区第一次交谈时咱就提到，当时已经看出你将成为小说家，这话是在早餐的饭桌上对她说的。不过，听说樱也在阅读你的小说。"

在帐篷近旁，学生志愿者开始用扩音器对行走在柏油路上的行人演讲起来（没进入扩音器的那部分声音却泄漏到帐篷里来了）："诗人只是在写诗，却受到镇压，被判处死刑啦无期徒刑什么的！难道还有这种不当的、毫无道理的事情吗？在日本这个国家里，这样的文学家为什么一个也没有？这才是问题之所在！"

"这是在打招呼呢。"木守说道。

接着，木守招手将佩戴电视台报道臂章的青年叫过来，以业界权威人士的口吻，让他去告诉演说者把位置给挪开。

这时，我才终于与那位女性正面相对并相互颔首致意，尽管如此，却感到茫然至极！

也是因为帐篷内被重新整理了一遍，继续参加绝食斗争的人数有所减少，我们不再需要为获得卧身之地而辛苦操劳，为了维持体力，此时到了熄灭帐篷内照明灯躺卧休息的阶段，我觉察到，自渡边先生去世以来一直不见消退的悲伤的标识——左胸部轻微的疼痛——消失了……

即便从那时起已经过去了三十年，可我刚才还是被木守嘲弄为总在头脑里反刍外语诗歌的人，其实，此时我已将自己淹没于如潮水般高涨的语言，还有爱伦·坡的原诗和日夏耿之介的译诗的漩涡之中。

It was many and many a year ago,

> In a kingdom by the sea,
> That a maiden there lived whom you may know
> By the name of Annabel Lee;
> And this maiden she lived with no other thought
> Than to love and be loved by me.

> 很多很多年以前,
> 在海边的一个王国里,
> 住着一位你或许认识的少女,
> 她的芳名叫作安娜贝尔·李,
> 这位少女活着没有别的心愿,
> 只为与我两情相许。

与其说是早晨,不如说此时已是白昼,帐篷内的照明灯尽管微弱可仍然亮着,却是依然非常昏暗,我庆幸自己发红的面部上的泪眼没被发现。

对应于我的颔首致意,那位女性略微侧了一下面庞。不,毋宁说,或许只是为了用她那大大的、犹如郁暗水洼般的眼睛看清置身于昏暗之中的我,她才如此的。而且,不论对于帐篷里的哪一位,这都不会被理解为失礼之举。她身着颜色很重却显出淡雅的暗紫红色套装,无意间将一只臂肘搁放在身旁的手提箱上,那是从地方来到东京后随即参加绝食斗争的一位伙伴的行李。她的这个动作让人觉得,她终于坐在铺着塑料布的地面上了。她的面庞比较宽大,竖着看也显得笔直,并不特别高的额头下面的眼睛里露出柔和的悲哀。尽管如此,她怀着兴趣正注视着我却也是事实。

面对沉默不语的我,木守开口说道:

"今天,只是把你和樱介绍到一起,可如果不尽快离开的话,樱很快就会觉得缺氧,而且坦率地说,你这里臭气熏人!

"不过,只是有这么一件事,咱们是想确认此事才来的,所以还是想了解一下。恩岑斯伯格说,你深入研究了克莱斯特①的《米夏埃尔·科尔哈斯》……这个标题后面还有'出自某个古老记录'的副标题,就是在岩波文库的……这部作品,他说你是个少见的日本人,这是真的吗?"

"如果是这件事的话,那是真的。"我回答说,"无论是一九六八年在阿德莱德会见恩岑斯伯格时,还是此前在东京见到他时,都说到了这个话题。他说是要以此拍摄电影,正在构思剧本……"

"好!回答正确。樱,咱们俩就从Kensanrou②(这是在驹场校区的通称,只是被他如此称谓却还是第一次)这里询问如何阅读科尔哈斯吧。

"这次的举动是该称为政治行动呢,还是左翼的同窗会呢?……明天就将结束吧?那么,这一周的周六,在日本外国特派记者协会的俱乐部会面吧,下午两点。

"绝食斗争呀,在四十八小时内不吃任何东西,那倒也并不很痛苦。不过在那之后,要回到正常的饮食生活可就困难啦,会出现'嘿,结束了,自己的社会良知得到了满足,现在可以暴饮暴食了'之类的莽撞做法。

"那么,樱,咱们走吧,这里连一把椅子都没有,你长时间待在这里可不妥当。"

---

① 海因里希·冯·克莱斯特(Heinrich von Kleist, 1777—1811),德国剧作家、小说家,著有剧本《破瓮记》和长篇小说《米夏埃尔·科尔哈斯》等。
② 按照日本的人名发音规则,健三郎应读为Kenzaburou,而非读为Kensanrou,此处可理解为带有文字游戏意味的误读。

2

参加者是星期六正午集合在数寄屋桥公园开始绝食斗争的,星期一正午撤除帐篷并召开记者招待会,绝食斗争至此结束。在那一周的周末,我抖擞起精神,出门前往木守所说的约会场所。

绝食斗争结束后,我也受到了伙伴们的邀请,说是为了纪念这次活动,大家一起去聚餐。不过,我听从木守的忠告,回到了自己家里。然而那天夜晚,我刚在书房的床上躺下来(将十七岁时自己添注上原诗的那本创元丛书版日夏耿之介译《爱伦・坡诗集》放在胸口),曾在松山的美国文化中心看过的八毫米胶片电影中的少女影像便浮现而出,伴随这个画面朗诵《安娜贝尔・李》的那个年轻的美国人的声音好像充溢了周围的静寂。直至深夜,我一动不动地躺卧着,最后终于下楼来到餐厅,一直喝到清晨,身体也随之出现不适。

在坐在靠窗位置上等待着的木守有和樱的面前,我露出显而易见的病后初愈的模样(尽管内心里已如先前所说的那样熊熊燃烧),这让他们俩感到震惊。尤其是樱,似乎将这一切理解为绝食斗争本身的负荷造成的。

在这顿较之日本人的习惯持续了太长时间的午餐结束之际,只见宽阔的楼层里散坐着三四人一桌的外国媒体人员、独自一人将大量书籍和文件堆放在面前的日本人,另有几个客人散乱地分别坐在各处,情景的确比较冷清。当然,木守并不是为了听我叙述自己对"安娜贝尔・李"长年间的情感才在这里等候着的。他随即说起美国、德国、中南美、亚洲的制作团队各自将《米夏埃尔・科尔哈斯》制作成电影,在克莱斯特诞辰两百周年的纪念活动期间集中上映的计划。

美国版已经完成,德国版以恩岑斯伯格为中心也已进入摄制阶段,中南美版则在墨西哥进行制作。亚洲版原本由目前已经具有经济实力的韩国承担,却因为去年金芝河的入狱而泡汤。于是,以东京的一揽子承包人为核心筹措资金的组织已经开始活动。而自己,则负责在这个组织与以美国为总部的"M计划",也就是与米夏埃尔·科尔哈斯计划之间的协调。

接着,木守向樱再度详细回想他与我相识那天的情况,我也围绕这个话题不时说上几句。考入大学后不久,我和木守便成为驹场校区法语未修班(也就是将来升入专业学科后,将把法语选择为第一外语或第二外语,但在高中时未曾学习过法语的人组成的班级)的同班同学。不过,彼此间并不是那种非常亲近的关系。

我只是一个因感佩于《法国·文艺复兴断章》而希望考入法国文学专业的、来自于农村的学生。而木守则是闻名于东京的高中戏剧部这个领域的明星。风闻曾以他为中心而开展戏剧活动的高年级学生们早一步进入驹场校区,在这里等候着他的到来,这种说法甚至传到了像我这样对戏剧毫不关心的学生的耳里。学生里身着黑色学生服的占了大半,这是当时的风习,而他却穿着非常显眼的服装,在明显拥有美少年面貌的同时,却是一副老成且冷嘲热讽的表情,置身于吹捧帮闲的人群中央,并不怎么说话……也就是说,当时他已经是明星了。

我与他的第一次交谈,缘起于一位谈到班级的"亲睦与自治"话题的学生(后来他很快便成为自治会的活动家),说是为了改变老一套的班级管理方式,需要制作出独特的班级花名册。

在法语的初级语法课上课之前,那位同学把剪切成小块的纸张分发给大家,让各自写上姓名、毕业的高中、希望升入的学科专业等等。将其汇总后,他便一个个地向本人进行确认。

"是读作 Kimamori①的木守吗？就是遗留在柿树树梢上的那个熟透的家伙吗？"被如此询问的学生身穿针眼稀疏的黑色毛衣，他旁若无人地挺着细腻的侧脸回答道：

"与你说的不同，这个木守应该读为 Komori②。"

"那是你个人的读法吧？也就是说，你想要强调在戏剧活动中的个性……"

"真是个没有教养的家伙呀。"

"这说不上教养不教养的，"我从旁开口说道，"《枕草子》③第八十七段，就有'名为木守之男子宿于院墙之墙檐下'④，是源于这里被读为 Komori 的木守吧。"

编制花名册的同学此时在确认我的名字，对于我出于兴趣而写上的阅读辞典的那张纸条，他回答说，"那么，你是在急切盼望《广辞苑》⑤的出版吗？"

我有一本与那种新出版计划所不同的、用惯了的辞典，每天晚上都会看上一会儿，如此发现了的"木守"这个词，将我的兴趣引到了考前学习时只在习题集上读过一些片段的《枕草子》。作为考入大学的贺礼，我从母亲那里得到有朋堂文库版的《枕草子》残本，阅读了其中第八十七段，发觉我此前从不曾产生兴趣的古典中，有小说般的结构以及多样化的人物形象，还有背景里的中宫与天皇的关系等

---

① 当木守被读为 Kimamori 时，则表示为祈愿来年多结果实而特意留在果树上不摘的果实。
② 在日本姓氏中，木守多被读为 Komori。
③ 创作于日本平安朝中期的随笔，大致成于一〇〇〇年，作者为侍奉中宫定子的女官清少纳言。
④ 此句原文为"木守という者の築地のほどに庇してゐたるを"，这里的"築地"指的是板芯泥面瓦顶的院墙。
⑤ 由岩波书店出版发行的中型日语辞典，其第六版收入约二十四万个词条，与三省堂出版发行的《大辞林》并称为口语辞典之双雄。

等,如同短篇小说一般……

语法课结束后,在旧一高①学生宿舍入口处的小卖店,我吃着买来充作午餐的纺锤形面包和牛奶时,木守捧着我从未见过的"三明治纸箱"在我面前停下脚步,要我"说说木守的由来"。于是,我就重新说了一遍。也就是这种程度的交往,可在我升入法国文学专业,开始写小说并获得芥川文学奖时,已经升入研究生院教养学专业的木守(我留了一级)在报纸上发表了文章:

"那是一个从《枕草子》的一段内容里解读出小说来的家伙,因此当时我就在想,这家伙早晚会成为作家吧。"

木守重复了樱显然已经了解的内容后,说无论怎样的小说,这家伙都能按照自己的风格做有趣的解读并重新叙述,因此,就让他按照他自己的风格重述《米夏埃尔·科尔哈斯》吧。

我也说了话,表示从前就对这个中篇小说有着深入思考,也曾考虑将其与自己故乡的农民暴动史实和民间传说融会起来写成小说。于是我详细地予以解说,只是那个时候,因为身体一直感到不适,连参考文本都没有找出来带去,因而自己根本就没想到会参加这部电影剧本的写作。

总之,我振奋起来面对热情倾听的樱(在绝食斗争的帐篷里曾见到的那个有着别致眼睛的女性)叙说着。我想一并写出来的,也与眼神有关。在樱的身旁侧耳倾听的木守那安静、恍若黑点般的眼睛令人愉快,这让我窥见到他的另一种人格,与驹场时代以来他那种冷漠和倨傲大相径庭的另一种人格。细想起来,在驹场校区说起我发现的《枕草子》第八十七段的趣谈时,他也曾显现出同样的眼神。

---

① 全称为第一高等学校,其前身为创建于一八七四年的官立英语学校,一八九四年根据政府的高等学校令更名为第一高等学校,后于一九四九年并入东京大学教养学系,一九五〇年全面废止。

我不停地叙说着,这时,高大的窗子外面骤然转暗,开始下起了大雨。当雨势减弱(并不是停止)时,从云隙间甚至射出了阳光。在我们继续交谈的过程中,铺洒在被雨水濡湿了的景物上的光亮竟像是暮色初降……

木守建议大家放松一下,找个合适的就餐处。战后曾长期保护樱的那位占领军情报军官马加尔沙克,在占领期结束的同时离开军队,成为早稻田大学的特别研究员。当时,樱也来到东京并专注于女演员的工作,她经常投宿的那家旅馆的厨师后来开了一家餐馆,三人现在就往那家餐馆而去。

由于樱表示想沿着护城河畔走过去,像是俱乐部常客的木守便借出雨伞,只是这稀疏的细雨与在这风景中行走的心境更为契合。

"虽然还在下着雨,却已经是清朗的天气,这也太奇怪了。我上高中的时候,就曾在清朗的细雨中,也是这种天气下沿着护城河畔行走。"我第一次面对樱一人说道。

"一放学,便立即前往当时位于那里的美国文化中心学习,因而当黄昏时分开始下雨时,我没有雨伞,便振奋精神在雨水中往前走去。那是一条比较狭窄的护城河,与这条护城河无法相比……"

"……您所在的高中,是松山高中吗?如果您说的是被那里的护城河包围着的美国文化中心的话,我在孩童时代也曾在那里得到关照。"

"我知道。那是一段辉煌的传说般的美谈。"

"至于是否辉煌,我也说不清楚,因为那时我还很幼小。"樱保留了自己的判断,"不过细说起来,存在于我记忆中的,也是清朗雨日的风景。在那样一种天气里,我的监护人在户外把我摄入了八毫米胶片电影中。当时室内比较阴暗,所以无法拍摄。听说,日本电影界的人士看了那部电影,就物色我作为电影新人。

"您那时是高中生,去中心……我想,应该说是中心的图书馆……学习,是什么时候的事?或许我们在那里曾见过面。"

"不,我们没有见过,那是在你到了东京并成为电影明星之后的事。我是从森林深处转学到松山去的,每次到文化中心学习时,便看到图书馆大厅的墙上挂着的你的照片。"

"哎呀哎呀,樱和你还有这么一段因缘连着呀?"一头扎进我和樱之间的木守说,"如此说来,难怪今天你的谈吐倾注了热情。

"这么一来,咱或许会建议让你更深入地介入咱们的工作。首先,我想请你花费时间,更为详细地解读文本。"

木守高谈阔论的话语声,恍若从我、恐怕也是从樱的内心深处传来,一种心情复苏了,在驹场上学期间,从教室前的走廊下走过英俊少年时的那种心情复苏了。

然而,在这天晚餐时的协商中开启的、始于下一周的我和木守有以及樱的新关系中,木守再度成为年富力强的制片人。怀念的情感,只存在于那一天细雨中的护城河畔。

3

那么,我且整理并讲述一下自我们的合作开始以来为他们连续解说的《米夏埃尔·科尔哈斯》这个故事。

木守和我最初只是宽松地约定为樱进行讲解,却也是为他单方面召集来的日本电影的新才子们解说《米夏埃尔·科尔哈斯》而做的准备。依据我长年阅读的文本和因此而写下的笔记进行解说,这将为樱构思演技提供参考,也会对木守所作的讲义有所帮助吧。

被我作为分析文本的是克莱斯特著、吉田次郎翻译的《米夏埃尔·科尔哈斯——出自某个古老记录》。故事是这样开始的:十六世纪中叶,哈弗尔河①畔住着名叫米夏埃尔·科尔哈斯的马贩子。

"当时的德国被称为神圣罗马帝国",高中生的我在笔记上如此概括岩波文库版的"跋",试图理解作品复杂的时代背景。惟有皇帝出身于维也纳的哈布斯堡王族②,帝国内部竟分裂为三百个之多的僧俗公国、侯国,并未形成近代民族国家中央集权式的统一。大诸侯不受皇帝权力的支配。小型的绝对主义国家处于诸侯割据状态。

科尔哈斯生于勃兰登堡,他在那里拥有固定住处。当他因商业活动前往相邻的萨克森时,会被视为"外国人"。拥有主权的选帝侯③发出的大赦令对皇帝并不具有约束力,皇帝针对侵犯帝国治安的臣民之起诉,也必须在该臣民所属的公国、侯国法庭上进行。

即使在我阅读了这部译作的战后时期(文库版本身则在太平洋战争开战那年就发行了),在我们的村子里,"马贩子"这个称谓还在使用。实际的印象也曾浮现于我的脑海,然而即便米夏埃尔·科尔哈斯是从事贩马交易的马贩子,可在其姓氏缘于故乡科尔哈斯桥村这一点上,尤其在生活方式方面,与我所知道的我们村里的马贩子就全然不同。

科尔哈斯和仆役赫尔泽一同领着几匹马渡过易北河,进入邻国萨克森时,在一座漂亮的城堡旁被横在路面上的、从不曾出现过的木栅拦住去路。科尔哈斯被守关人告知,曾是自己故知的那位老城主已经死去,名叫温策尔·冯·容克的幼主继承了城主的地位,根据他的命令,需要拥有通行证才能通过城堡前的关卡。

---

① 哈弗尔河,德国易北河的一条支流,在德国东部。沿河重要城市有波茨坦、勃兰登堡。
② 奥地利旧皇室,欧洲著名的王族之一。
③ 选帝侯,是德国历史上的一种特殊现象。指代那些拥有选举德意志国王和神圣罗马帝国皇帝的权利的诸侯。

科尔哈斯要求向新城主直接陈述意见,恰巧这里缺少农耕的马匹,在管事的怂恿下,新城主对健壮的黑马表现出兴趣,商洽却未能成功。科尔哈斯约定自己路过德累斯顿之际,办好通行证后即来这里,并以黑马为抵押,留下照料马匹的仆役后,科尔哈斯便继续前往马市大集所在地莱比锡。

然而到了目的地后,科尔哈斯被告知通行证之说只是一个谎言。他还听说,旅客们在特隆肯堡受到了非法待遇。在回去的路上,他刚走进城堡就听说自己的仆役被打走、黑马遭受酷役而变得不成模样……

科尔哈斯办妥了在萨克森邦德累斯顿的法院起诉容克少爷的手续,却由于容克有很多贵族亲戚在高层活动而遭致驳回。

于是科尔哈斯出卖了自己在勃兰登堡和萨克森的所有财产以筹措资金,决定用武力抗拒接连不断的各种非法迫害。为了阻止科尔哈斯的行为,妻子丽丝珀提议由自己代替丈夫,亲自前去将请愿书送到勃兰登堡的选帝侯手里。在实施这一计划的过程中,丽丝珀被阻止其接近国王的护卫所伤,不久后因此而死去。在葬礼这一天,冷酷无情的裁决书送到了。

樱那大大的眼睛里溢满平静的悲哀,一直听到科尔哈斯被迫进行的复仇之战如此开始。因重伤而处于弥留状态的丽丝珀将《圣经》中的一句指给科尔哈斯看,那是"饶恕你的敌人,对于仇恨你的人,亦须善待"。樱低下了顶着茂密黑发的沉甸甸的脑袋。然后,在我朗读了下面这一段落后,她仰起的雪白面庞上,从耳朵附近开始慢慢转红。——那时,她以深情的眼神看着丈夫,握紧他的手,就这样咽气身亡了。——科尔哈斯在心里想道:"我向上帝发誓,绝不原谅这个土财主!"他扑簌簌地流着眼泪,同时亲吻着妻子,将她的眼睛闭合上后,便离开了房间。

此时，木守带着经验丰富的电影制片人那种从诸多层面思考问题的表情走上前来。

"这与幕府末年动乱期的社会气氛比较相似呀，"他说，"应该会发展为皇帝无法控制的内乱，这不就可以把开端和展开部分移植到那个时代的日本的故事中来吗？"

"在日本，这种武装叛乱并不是推翻某一个藩，而是集若干大藩的统合之力更换国家权力之本身。

"不过，在某些地方，农民暴动会将当地藩的权力机构逼迫得走投无路，而幕府却无法对此进行镇压，这方面的例子数不胜数。这与我写作小说以来一直关注着的主题比较接近。我在《万延元年的Football》中所描述的农民暴动，是由于我无力将其作为一个地方的整体故事予以描绘，才将其矮小化为自己家里传承下来的故事中的一段小故事。在与恩岑斯伯格说到米夏埃尔·科尔哈斯时，我觉得自己似乎也列举了这个例子。"

"说实话，原本处于进展之中的韩国版是在恩岑斯伯格的建议下，委托目前正在狱中的金芝河负责的。而且，恩岑斯伯格是听你说起韩国有个金芝河，目前正准备以甲午农民战争①……或是东学党掀起的起义为主题进行创作，这才是事情的开端。如果这样做的话，当然是假设，如果你以自己故乡的农民暴动为背景改写科尔哈斯的故事，这难道不可能吗？"

"可是，我没有写作电影剧本的经验呀。"

"譬如说黑泽明的历史剧，你没少看吧？假如学习那种剧本的写作方法，把诸如此类的农民以及下级武士的斗争设法归结到一起，

---

① 朝鲜甲午农民战争，亦称"东学党起义"，是朝鲜反对封建统治和外国侵略的大规模武装起义。一八九四年二月，全琫準率领农民军队在全罗道古阜郡举行起义，后起义失败，全琫準于翌年就义。

这也是可能的吧？因为呀，只要是历史剧，日本的电影导演就确实能够出色地将其搬上银幕。只要把摄制那种电影的行家请过来，就能够以完全外行的人写出的剧本为底子，为咱们拍出专业化的电影来。

"说实话，对于米夏埃尔·科尔哈斯的故事，咱先前提到的那些年轻伙伴似乎既没有意愿、也没有能力从正面进行把握。咱对他们可是死了心。怎么样，这不是骑虎难下到了如此程度了吗？这也确实是樱的希望，作为尝试，先在咱与你之间考虑出一个新的计划吧！"

4

结果就成了这么一种发展态势，我被不知不觉地拉扯到木守和樱的"M 计划"中来了。在木守的心目中，既然自己是开支大额预算的电影制片人，似乎就不需要对我毫无保留地说出一切……如此一来，我尚未对樱说出自己的"安娜贝尔·李"体验，此事也就没有着急说出来的必要了。我和木守一周之内要见两至三次，由我前往他与樱下榻的帝国饭店。比之于我只从门口瞥过一眼的樱的那套豪华套房，木守的房间就显得比较简陋了。

木守也经常来我家。这个时期鲜明地存在于我记忆里的场面，是与驹场当年那位戏剧青年判然有别、打着领带（由于"M 计划"的缘故，也必须与财界人士打交道）的木守，将同样也是丝绸的衬衣领口略微敞开，坐在我家客厅惟一一把扶手椅上，读着我开始认真考虑写作《米夏埃尔·科尔哈斯》剧本以来写下的笔记。

当时我还是年轻的小说家，与兼为工作间的客厅并不相称的那把附有木雕装饰的椅子，是岳母从关西来访之际发现的。我们居住的那个区域战前是官僚以及大学教授的聚居地，那时因遗产税问题而常有转让交易,岳母便前往收购放置在兼作旧家具店仓库的修理厂里的家具。旧椅子本身虽然只相当于白扔的价格,但是岳母指定用上等布料重新进行包蒙,却让我支付了非常昂贵的价款!

正是这过大的尺寸和过多的装饰,使得这椅子不像是工作用的椅子,不过坐上去的感觉倒是很舒服。我坐在椅子上,以对着庭院的那面镶嵌着大玻璃的窗子为背景,把铺放着稿纸的画板搁在膝头进行工作。左侧墙边的沙发供来客所用,与他们谈话时我也坐在扶手椅里。可是木守从第一次来访时开始,就认为那里应该是自己落座的地方,从而当仁不让地坐在扶手椅上。对此,在与客厅相连接的餐厅听慢转速密纹唱片或调频音乐节目的光,都会显现出像是不可思议的神情。木守就好像陷入了扶手椅,这让妻子不由得笑出来,因而我们没有对此提出异议。

从此开始,木守每逢将近中午时分赶来,会先向妻子要上一份丰盛的中饭,在我家里悠然自得,这使得妻子以及光都对他抱有好感。自我进入剧本写作的准备阶段以来,木守伸腿后仰地坐在宽大的扶手椅上(由于身躯正好沉陷到椅子里,便成了这副模样),因与东京的实业家交往打高尔夫球而留下晒痕的额头上堆起皱纹,对我的写作方式吹毛求疵。下一个阶段应该移往日本的历史电影领域,毋宁说,他的意图正是在这里。

"科尔哈斯刚刚开始他的报复时,没能在突袭特隆肯堡之际捉住容克少爷,不过他成功地烧毁了城堡和附属建筑物。科尔哈斯随后追至少爷的姑妈所在的修道院,继而追到少爷逃遁所在地维滕堡。虽然部下已经增加到了十个人,不过仅凭这点儿力量当然无法攻打整整一座城市。

"对于自己发动的袭击,科尔哈斯在布告里'承诺以保证金和战利品为酬'进行招募,他历数了容克少爷的非法行径,表示自己的战斗是由'只服从于超越国家和世界的、自由的上帝的人们'所发动的。由于响应者的加入,队伍增加到了三十多人,在维滕堡城里四下纵火。为了镇压这支队伍,地方官派遣一支五十人的军队前来攻打,却被科尔哈斯击退。在对此进行报复的纵火中,科尔哈斯烧毁了很多民宅和几乎所有粮食仓库。

"科尔哈斯又面临一百五十人的军队的进攻。为了避其锋芒,科尔哈斯做出逃入勃兰登堡的假象,却在稍后折返维滕堡,在那里进行更大规模的纵火。当受到欺骗的地方官和他的军队返回勃兰登堡时,城市已经遭到严重焚毁,'数以千计的民众拥堵在以梁木和柱子堵塞着的少爷住宅前,狂叫着要把他赶出城去。'

"故事就是这样展开的,这种展开将最有可能提高电影的效果。在那之后的几天里,萨克森的选帝侯集结起两千人马的大军,他宣布将亲自率领这支军队去逮捕科尔哈斯。这已经是内战了,电影应以全速大规模往前发展。不过,在那之后的展开将如何处理?无论复杂程度还是理解的程度,不都将骤然增加吗?"

"我觉得还是应该如实参照克莱斯特的小说背景。对于天下大乱的局面,在民众中拥有很高声望的马丁·路德①出面调停。他把以说服科尔哈斯为目的的文告张贴在所有城镇和村庄……我认为,直至这个阶段,即便电影也是能够像小说那样展开的。"(我说起将其与《万延元年的 Football》中未能表现出来的那部分内容进行嫁接的设想。)

"就像与你商量好的那样,我会把科尔哈斯的暴动置换为明治维新前和其后不久发生在四国的农民暴动。藩的领导层相当于容克

---

① 马丁·路德(Martin Luther, 1483—1546),德国宗教改革家、启蒙思想家和哲学家,译有《圣经》(德文版)等。

少爷和贵族社会里庇护他的亲戚。名叫'铭助'的年轻领袖提出政治性要求并站在农民们前面,然而暴动参加者却各有想法,怀着积年的怨恨和愤慨。为复仇之火所燃烧的农民们参加了暴动。藩的军队前往镇压,却在远离城下町①的一片森林里的小规模战斗中被打败。暴动队伍乘势包围城下町,攻入城镇的农民们开始放起火来。在这种事态中……当然,我们无法期待能够与马丁·路德比肩、拥有相同声望的人物,可我还是想安排一位斡旋者。

"在维新前的暴动中曾遭到攻击的、我故乡的城下町里,曾有一位还是政治顾问的著名学者,他就是中江藤树②。我们或许可以找到对隶属其学问和政治构想之流派的藩主拥有影响力,并能够聚集民众人气的第三者。当然,这需要借助想象力创造出来。我想写出这种人物与我们农民暴动的年轻领袖在深夜进行交锋的场面。

"面向第三条道路的藩主和学者……不,最好还是有学问的僧人……在与他进行谈判。而且,僧人在努力说服造反者。然后,僧人在藩主和年轻领袖之间的调停获得成功,就在当天,如同路德博士写的文告那样的布告出现在城下町和各个村子里。在这个小藩的城下町与其周围村庄里张贴着诸多这份布告的场面中,电影的第一部分结束……"

这么说着,我从笔记里摘出权作路德写的调停成功的布告向木守出示。

---

① 日本的中世以及近世之初,大名筑城据守,家臣和武士头领亦随之居于城郭之内,而下层武士则居住和守护于城郭之外。为满足武士阶层的消费需求,诸多农民来此充当工商业者以提供各种服务,久之便形成城下之町,并随着时代变迁,很多城下町于明治时期成为现代意义上的城市,如东京、名古屋、大阪、静冈、仙台等。
② 中江藤树(1608—1648),江户初期的儒学家,日本的阳明学派之祖,著有《孝经启蒙》和《翁问答》等。

"这个布告是不错……嗯,这么冗长的文章,观众读起来会很辛苦,就缩短一些吧。而且,这毕竟是历史剧电影,不好把传单贴得到处都是。就改为高举告示牌这一形式吧。

"樱去了美国并嫁给已经成为学者的原情报军官,结婚后很快就感到(这是在她从好莱坞电影起步,在世界各国扮演神秘的东洋姑娘角色而广为人知以前)寂寞和无聊,便从与丈夫供职的研究所同在一座建筑物内的中国研究所借来拓本……与印刷的可是大不相同……然后就一直练习毛笔字,该说是临帖吧,后来就写出了与女书法家迥然有异的、颇有气势的毛笔字。就请她来写这个告示牌吧。

"但是,作为故事而言,在这之后将会更加复杂,即使把原文本改写成日本式的电影剧本……"

"确实是那样。姑且把克莱斯特的内容原封不动地摘录下来,再把全局的理论性道理尽量写得能够理解……因为克莱斯特原本就是一个高度政治化的人物,他写的正是错综复杂、表现角力关系的政治戏剧。不过,再往后去便开始转向针对科尔哈斯的判决和处刑,随即就会表现出不同的妙处,剧情将会戏剧性地展开……"

"咱将努力使你的方案被采用于'M 计划'。"木守说,"总之,将把你直至第一部分的剧本内容说给樱听。"

5

木守这么做了,还向我讲述了樱本人一直从什么角度解读《米夏埃尔·科尔哈斯》:

"那人话不多,却由于是女演员,因而在听人说话时的表情具有表现力,当然,你也看出这一点来了吧。樱已经钻入科尔哈斯的妻子丽丝珀这个人物中去了,而且是积极主动的。

"她觉得丽丝珀身上有一股特殊的力量。科尔哈斯从德累斯顿回到家里,听丽丝珀讲述了与黑马一同留下来的仆役遭到了狠毒的虐待。咱可就学着你的做法,把那个场面摘录下来,并大声朗读给她听。你也用红线条把文本中的那部分画了出来嘛……"

我重新阅读了那部分内容:

> 唉,米夏埃尔,那个赫尔泽呀,大约两个礼拜前,被殴打得非常可怜和凄惨地回来了,被打得连气都喘不上来了。把他安顿在床上后,他就凶猛地吐着血。反复追问之下他才说出事情的经过,我们却无法听懂自己听到的内容。譬如无论如何也不让马匹通过,只好在主人的吩咐下与马匹一同被留在了特隆肯堡;譬如遭受了残酷的虐待并被强逼着驱逐出城堡;譬如说什么也不让他把马匹一同带走,等等。说的都是这种事。

"在樱成为'M计划'亚洲版女主角B角的阶段,咱看过她这十几年来用英语和西班牙语演出的作品目录,譬如在墨西哥电影中扮演萨帕塔①的妻子时,就与角色的武戏风格比较接近。虽然咱没看到电影本身,可樱说她确实是这么感觉的。"

"然后,丽丝珀理解并鼓励米夏埃尔必须向法院提起诉讼,否则将会有更多人受到容克少爷的不法侵害。尽管如此,她毕竟是家中的女主人,当发现科尔哈斯变卖所有资产并做着相应准备时,便觉察到丈夫想要动手的真相,于是她面色苍白,央求丈夫打消那个念头。

"科尔哈斯便说道:'丽丝珀,我不想居住在不保护我的权利的国家。如果要让我遭受践踏,我宁可当一条狗,也不愿当那种人。我的妻子也一定会持有相同看法。'

---

① 艾米里亚诺·萨帕塔(Emiliano Zapata, 1879—1919),墨西哥革命时期的农民运动领袖,其政治主张后被运用于宪法中。

"她提出由自己代替丈夫去向选帝侯呈送请愿书……早就对你说起过……却演化成悲剧。作为女演员对戏中关键处的把握,樱是很充分的。"

"但是,在这个时间点上,丽丝珀死去了,其后又该如何运用樱呢?虽说在科尔哈斯与马丁·路德会面的场景中,科尔哈斯倾述了对亡妻的思念……观众将会发自内心地沉痛接受这些台词。"

"科尔哈斯的面颊流过一串眼泪,他这样倾诉道:'可我失去了妻子呀,先生,科尔哈斯想要让全世界都知道,自己的妻子绝不是在非法争端中断送了性命的。……'

"樱也有着相同的考虑,她说,要让注视着这个场景的观众的头脑里,经常浮现出并不在现场的丽丝珀的形象,从而打算预先加强这个印象。在此基础上,她还有一个方案呢,让咱就此探询你的看法。

"那就是把后半部出场的吉卜赛女郎与丽丝珀连接起来。在电影的拍摄过程中,实际上由樱扮演两个角色。这好像是她从自己曾在西班牙电影里多次扮演吉卜赛女郎而联想到这一点的。"

"我觉得克莱斯特本身就是这么考虑的吧。"我随即表示赞同,"岩波文库版的解说文章则认为,作品过于强调吉卜赛女郎不可思议的作用,业已威胁到小说本身。文章还说,作为小说而显得并不自然的吉卜赛女郎及其占卜预言萨克森将灭亡的段落处,表现出了克莱斯特的憎恶。这与克莱斯特本人的历史政治思想是相关相连的。

"由于马丁·路德的介入,事态发生巨大转折。然而在那之后,正如此前也曾说过的那样,萨克森和勃兰登堡的两位选帝侯以及这两个阵营中的贵族们复杂的政治关系便浮现在表面,小说确实变得难以理解……这是我感到担心的地方,担心作为电影能否说得清楚。

"一如路德调停的那样,科尔哈斯解散了武装起来的队伍,他本人则为等待约定好了的公正审理而进入德累斯顿。然而,情况却出现了变化。一个类似于山林强盗的家伙为满足私欲图谋恢复他指挥过的那支军队,科尔哈斯眼看就要陷入这个阴谋之中。

"撰写解说文的作者或许会认为紧接此处的部分显得不自然。为萨克森和勃兰登堡这两位选帝侯占卜命运并在纸上写出他们各自国家前途的那位吉卜赛女郎,却把纸条交给了恰巧两位选帝侯也在等待结果的那个广场上的科尔哈斯,告诉他'这可是护身符,马贩子科尔哈斯。你把它好好藏起来,因为它不久后会救你的命呀'。

"即便来到进行判决的柏林,科尔哈斯仍然为萨克森选帝侯的阴谋所苦恼,就在这时,那位吉卜赛女郎再度出现,让他对试图骗取占卜纸条的势力将计就计。

"克莱斯特是这样描写这个场景的:

> 马贩子意识到老妇人与亡妻丽丝珀不可思议地相似,甚至想要询问其是否就是妻子的祖母。之所以如此,是因为不仅她的相貌、枯瘦却依然美丽的双手,尤其是说话时的手势等等,都让科尔哈斯历历在目地追忆起妻子,就连妻子颈部的那颗黑痣,也出现在吉卜赛女郎的颈部。

"科尔哈斯的命运终于走到了终局。勃兰登堡选帝侯的法庭判决是死刑,科尔哈斯接受了曾恳求路德却遭到拒绝的圣餐,然后便是公开处刑的程序。

"宫廷的总管此时将'一个老妇人亲手交给他的一张纸条'送交给这位科尔哈斯,上面这么写着:

> 科尔哈斯呀,萨克森选帝侯已经来到柏林,他先一步去了刑场。如果有必要的话,你会发现,那位戴着插有蓝色和白色羽毛的帽子的人就是他。至于他前来此处的目的,当然是不言自明吧。他打算在你被埋下后,马上掘出箱棺并打开其中的纸

条。——你的伊丽莎白 具

"将要处刑之际,勃兰登堡选帝侯宣布,科尔哈斯通过军事行动所要求的一切权利都得到了满足。科尔哈斯满意地走向死亡。就在这时,他发现围观的人群中有一个人头戴插有蓝色和白色羽毛的帽子。科尔哈斯便当着萨克森选帝侯的面将写有占卜结果的纸片吞进肚里,实现了最后的复仇。

"电影至此结束。樱可以把预言庇护了容克少爷的萨克森选帝侯之灭亡的那位吉卜赛女郎一直饰演到这里。甚至可以让她呈现出与生前的丽丝珀极为酷似的面容,对萨克森宫廷的图谋将计就计,把署名为你的伊丽莎白①的信函亲手交给科尔哈斯。

"如果由你把这个故事改写为幕府末期在四国森林里爆发的农民暴动与藩府之间的战争并构思这一电影剧本,随着这种处理方式的推进,'M计划'就能够制作出策划中的亚洲版。

"长年间一直在国外持续着并不起眼的工作的樱,将作为国际著名女演员东山再起,在她的祖国!"

6

在这些日子里的某一天,樱访问了我家。陪同樱前来的木守把她安顿在他经常坐着的扶手椅上,因而他本人就和我一同坐在旁边的沙发上,妻子则坐在樱的正对面,说是在关西读高中时,她曾看过青春明星樱的代表作。

"那是我在日本拍的电影中最让我喜欢的作品。"樱回答说,"较之于令尊导演的电影和创作的剧本里的人物,我当时还过于年轻,比

---

① 此处的伊丽莎白与丽丝珀的发音近似,暗喻两者间的内在关系。

剧中人物年轻一代甚至两代。但是呀,我曾受益于令尊写的有关演技指导的文章,至今仍然记得很清楚。譬如当自己觉得说出的台词不自然的时候,该怎么办才好呢?降低自己的声调即可。还有……女演员认为紧闭口唇会显得美丽,这是误解。等等……

"我也曾听说,导演绘的画很漂亮。右边上方的那幅、把白色和红色的菊花插在唐三彩壶中的画,也是令尊的作品吧?像是岸田刘生①的画风……虽然这么说,也还是有别于模仿的……"

"这是父亲的画。母亲曾得意地说,父亲年轻时曾请刘生先生看过自己的画。玄关对面是会客室,里面放满了丈夫的藏书,已经成了书库,那里的墙壁上还有三幅。您要过去看看吗?"

樱转过生气勃勃的身子(然而,脚步的走法却是非常闲适),跟随妻子而去了。仍在目送着的木守像是响应我的眼神似的说道:

"这半年来,咱和樱从华盛顿到纽约、东京,虽说不上如影随形,但总是在一起活动。身为与咱们同时代出生的人,她那种闲适的感觉,咱认为是独特的。在当下,这不是绝无仅有的吗?

"上星期,日本的女性杂志对她进行了采访……说是与电视节目合作,建立了名为'日本电影之八十年'的项目团队。这种'八十年呀'的说法令人生畏,但听了樱那闲适的回答,就觉得这真是与此人相称的时间归纳法。

"在时间上还有富余,咱在想象她年届八十后继续接受采访……那时,咱们恐怕都已经不在人世了……时,照样闲适地回答提问的电视画面。

"这种话真是荒谬,可咱确实在如此考虑。她那人从婴儿时开

---

① 岸田刘生(1891—1929),日本西洋画家,追求现实主义创作风格,倾倒于德国画家丢勒的德国文艺复兴画风和宋、元的画作,绘有《村姑》等画作。

始,确实可以活到八十岁。在那漫长的时间里,无论容貌也好,姿态、姿势也好,在她活着期间都不会发生很大变化,仍能闲适地迎接死亡的到来并前往彼界。即便她不在了,生者也会将她遗留下的一切理解为理所当然,并为之充满感怀之情。咱在想,情况不就是这样吗?实际上,她从幼年的时候就一直在经历非常重大的变故……

"咱曾经这样询问过她:樱,从幼女成长为少女那个时期,你进入了电影界,而且以美国文化中心的情报军官为靠山进行工作,是个生活在不太寻常的环境里的人,然而在那个时期,你难道从不曾觉得时间紧、慌慌张张、匆匆忙忙、已经来不及了等等,并因此而焦躁不安吗?

"'确实如此,'她这么回答,'我总是在充裕的时间中做着准备,试镜过后便是实拍,此时仍有宽裕的时间,我就以这种心情表演直至结束……我觉得这就是工作。

"'而且,我从日本前往好莱坞,饰演香港姑娘或是新喀里多尼亚姑娘,只要是这一类的角色,我什么都演,在一直扮演这些角色的时期,或是当这种工作在美国越来越少,我开始习惯于在预算和时间都受到限制的条件下拍摄墨西哥电影的那个时期,看到周围的人都在慌里慌张地四处走动,说是时间不够、不够……就像爱丽丝的故事里的出场人物那样焦躁不安,四处走动,我那时就觉得不可思议。

"'我在想,我们大家都生活在速度相同的时间里,却……'她就是这么回答的。"

此时,樱和妻子两人都高兴地、安静且满足地回到客厅。然后,一如木守刚才所说的那样,樱以闲适的语调令人信服地叙说着自己的感想:

"夫人的水彩画也很独特呀,我喜欢。看来,绘画的才能是可以传承的。虽然与令尊的绘画全然不同,但我觉得这两者间是有内在联系的。我本人没什么才能,只是喜欢看画。光的音感非常出色……

"挂在您书架旁的那幅好像是铜版画的……狗的绘画,也是一幅优秀作品。"

"上面有西凯罗斯①的签名,当然,那是复制的。"我说道,"听说你曾在墨西哥从事电影工作,我的一位朋友是文化人类学家,他也曾前往墨西哥城担任教职,偶然与在墨西哥拍电影的路易斯·布努埃尔②进行对谈('如果是布努埃尔的电影的话,我也出过一回镜,是扮演潜入别人家里的流浪者。'樱若无其事地说。)……他给我带来了当地的礼物,就是这幅西凯罗斯的版画的复制品。"

"我曾见过这幅画的真品。那是西凯罗斯为支持报社的罢工而制作了版画,然后画家为自己拓下来的作品,与你这里的版画一样,那上面署有一九四五年的年号和画家的签名。为出售而进行展示的场所,并不是墨西哥城里的那座大博物馆,而是在现代美术馆那地方的小卖店里。售货员小姐向我推销说'喜欢这个 perro 吗?'等等……确实是五千美元,当时我想买下来,可是要把装在画框里的这幅画放在箱中带上飞机,却又有些夸张的感觉……"

"啊,我真想买下来啊。"我发自内心地说道。

"我们是通过巨大的壁画知道西凯罗斯版画的,至于塔马约③的版画,则藏有着了色的平版画。从正面描绘正在发怒的狗……您给人留下的印象是沉稳和温良,却也被如此发怒的狗的画作所吸引……您还有着这样一面呀?"

---

① 西凯罗斯(David Alfaro Siqueiros,1896—1974),墨西哥画家。
② 路易斯·布努埃尔(Luis Bunuel,1900—1983),出生于西班牙的电影导演,主要在墨西哥和欧洲活动,一生中拍摄了《朦胧的欲望》等三十二部电影。
③ 塔马约(Rufino Tamayo,1899—1991),墨西哥画家。

"有！"妻子认真说道，使得樱也露出了微笑。

话题先返回到当天去，那时，樱的确显得非常闲适，走出玄关后还在与妻子说着话，让把车子开过来的木守等了一会儿后才上车返回。在她离去后，妻子的表情严肃起来，对我说了这么一回事。

她表示，从渡边先生发病到他病故之后我都无法正常工作，这倒也在情理之中，可是其后甚至连书也不能仔细阅读（目前正协助木守完善他的电影计划，而且这也是与工作和读书所不同的、不会持续太久的一种解闷），这就让她放心不下了。此外，她还知道不久前，作为刚才谈论西凯罗斯时提到的文化人类学家的继任者，有关方面邀请我"是否可以来墨西哥城的'墨西哥学院大学'任教？如果认为一年太长的话，半年也可以"。

碰巧，对方表示，即便只任教半年，洛克菲勒财团提供的薪水也可以达到五千美元。"您能够接受这个工作吗？"

这一天只说了这些话，然而，我和木守、樱的电影计划却遭到意外变故，其结果是我又陷入早先的郁闷状态，真的去了墨西哥城，而西凯罗斯的那幅版画，现在仍在我的书房里……

当然，与木守一同访问我家的樱不只是说了岳父和我妻子本人的绘画，其间她以一流的闲适风格围绕"米夏埃尔·科尔哈斯电影"的剧本构想开始向我提问：

"木守也在这里，如果我误解了他曾说过的话，那就请予以纠正。他告诉我，您对于科尔哈斯前去与马丁·路德会谈的场面极为重视。"

樱就这样预先确定了自己的谈话方向。

"您是要把那个场面安排在中心位置，以此来建构整体吗？"

"是的。"我回答说，"不过，这倒不是按照自己的方式了解电影，而是将我在直至今日的小说写作中形成的习惯，运用于对我而言属于新工作的剧本写作。

"这是这么一种写作方法:首先想象出自己想要写的作品中位于核心的一个场景,在由此具体地充实主人公和配角的过程中,小说便逐渐开始变得真实。"

"马丁·路德这个名字,在我头脑里浮现出的印象,仅仅是德国的宗教改革者。再就是觉得克拉纳赫①描绘的肖像画非常出色……对于米夏埃尔·科尔哈斯来说,马丁·路德是个极为重要的人物呀。"

"路德贴出他的第一篇文告时,科尔哈斯正据守在吕森堡的寨子里,那文告就贴在通向寨门的大道旁的柱子上。部下们提心吊胆地注视着科尔哈斯走近那里,虽说也是因为文告的内容,却更是因为他们知道自己的首领对路德持有一种特别的崇敬。

"科尔哈斯注意到了文告。文告的'署名是什么呢?是他所熟知的最可贵和最尊敬的名字:马丁·路德',克莱斯特如此写道。在文告的结尾处写有这样的话语:'汝当自知,汝所持之剑,为掠夺之剑,杀戮之剑,汝则为逆反之徒,而非正义之上帝的战士。汝之下场,今生当遭车裂与斩首之极刑,彼世则因恶行与渎神而遭诅咒。'"

没想到樱却不忙不迭地说道:

"我甚至在想,那算是恶行吗?"

"……读了这个文告后,科尔哈斯把留在寨子里的队伍的指挥权交给自己的心腹,便独自前往路德所在的维滕堡。他与路德在深夜里进行的对话,确实写得非常精彩。

"首先是路德问道:'谁赋予你权利在擅专的判决下袭击冯·容

---

① 克拉纳赫(Lucas Cranach,1472—1553),德国文艺复兴时期的画家,擅长于宗教画、肖像画和木版画,其创作的裸体画亦颇有特色。

克少爷,在城堡中未找到少爷便用火与剑侵害保护他的城镇村庄?''谁拒绝给予你法律的保护?''我不是在文告里已经告诉你了吗?你呈送的诉状并不为你所要呈上的那位君主所知。'

"科尔哈斯直截了当地回答道:'假如君主不将我驱逐,我愿意回归受到君主保护的社会。我再次恳请您,请您护送我前往德累斯顿。如果能够做到这一点,我将解散集结在吕森堡的队伍,再次向法院提出已被拒绝了的诉状。'

"然后,他说自己只希望进行如下判决:'依法对少爷进行处罚,恢复马匹的原状,对我以及在磨房山战死的仆役赫尔泽因少爷的暴行而遭受的损害进行赔偿。'

"路德答应与选帝侯交涉,以促使公正的法院为之进行审理,而且要把科尔哈斯安全地护送到那里。当科尔哈斯满意地准备离去时,希望路德能够满足他提出的一个心愿:在这里接受他的忏悔并施予圣餐的恩惠。

"我认为,科尔哈斯此时已经意识到,即便公正的法院作出他所希望的判决,他也会由于引发内乱罪而难逃一死。当路德问及他是否愿意饶恕敌人,就像上帝也曾做过的那样时,科尔哈斯表示无法饶恕容克少爷,路德便拒绝了他刚才提出的请求。

"我将把舞台转换为自己故乡在明治维新前后曾两度爆发的农民暴动,尝试着写出这部历史剧电影来,打算把高僧,也就是藩主及其心腹们都很尊敬、同时也为农民们所信赖的高僧与暴动领导人之间的对话场景,安排在整体的分歧点上。

"这个对话的场景,我考虑放在暴动农民们集合的场所——大河滩。"

"与和尚进行对话的暴动领导人,是相当于科尔哈斯的角色吗?"

"是的。在两场暴动中,这一场暴动、也就是第二场暴动的领导人,却不是科尔哈斯那样鲁莽的武士……"

"女性也参加了这场暴动吗?"

"第一场暴动的领导人,是令人直接联想到科尔哈斯的、名叫'铭助'的人物。在那次暴动之后,'铭助'死于狱中。第二场暴动是这位'铭助的转世之人'领导的。不过,当时他还是个孩子,便有一位叫作'铭助妈妈'的女人总是跟随在他身边。即便在大河滩,她也与'铭助的转世之人'在一起。"

"她也参加农民暴动的战斗吗?"

"参加。我想把领导第一场暴动并获得成功、却独自一人被藩府追究而死于狱中的'铭助',塑造成与米夏埃尔·科尔哈斯相近的人物。无论他的亲生母亲还是岳母,据说都是传说里的女性,这位'铭助妈妈'也不知是亲生母亲还是岳母,她与死去的'铭助'发生了非同寻常的关系,是一位生下'铭助的转世之人'的人物。我想把这个角色塑造为既能发挥丽丝珀的作用,也能发挥吉卜赛女郎的作用。"

"克莱斯特的写法原来是这样的呀……我要认真做好出场的准备。"樱表现出庄重而昂扬的神情,她说,"我要亲眼看看那位'铭助妈妈'的生活环境……当然,那已经是一百多年前的事了,不过……我打算开始为扮演这个角色做准备。您说到的大河滩这个场所,现在可以去看看那里吗?"

"把大河滩与河流隔离开的堤防已经建起来了,变化甚至涉及到周围的地形地貌。不过,如果你真的要去看看的话,我会帮助你的。与阿婆一同对我讲述'铭助妈妈'这故事的,是我的母亲,目前她还生活在那里。我妹妹与我母亲一同生活,她会为你引路的。

"先从羽田飞到松山机场,再从那里乘坐一个小时的电车,那里现在已经不是穷山僻壤了。"

"松山呀……在我来说,真的、真的……是我非常怀念的地方。"樱说道,"您就是在那里的重峦叠嶂的另一边的森林里长大的吧。"

第二章　演出戏剧与慰抚魂灵

1

木守表示,他将当前活动的"根据地"设在了东京。我随即反应过来,他对"根据地"这个军事术语附加了自己独特的语义,即便说成前进基地也未尝不可。他时常往来于纽约以及柏林之间,就感觉而言,像是从东京近郊为事务性联络而挂来的电话,却是他利用在法兰克福机场转机的空隙打来的。

假如三十年前就能够用手机自由拨打国际电话,四处活动的木守,大概就能够在世界各大都市里到处旅行了。木守那么不厌其烦地打来的电话,主要是为樱的相关事务而进行联络。

一年前樱曾来过日本,是随同导演和扮演科尔哈斯的男演员,来东京召开在韩国业已开始的"M计划"电影亚洲版的新闻发布会。本来应该随后就去汉城的,却由于连我也知道的原因而中止,木守便寄希望于在东京寻找善后之策。计划进行得比较顺利,甚至吸引了日本的一揽子承包团队参与"M计划"。

主要内容决定下来后,木守便为变更计划的善后处理开始表示"礼节",并与原本计划在韩国版电影中担任女主角的樱一起四处打招呼,打算在东京为电影制作的"软设施"做出安排。然后,像是有些偶然似的与我说起来,事先甚至以马格努斯·恩岑斯伯格为过渡。在这一点上,木守具有国际制片人所应有的眼光和行动能力。

木守对我的构想抱有兴趣,樱也很有热情,说是想为以日本为舞台的电影做些心理准备,便滞留下来了。木守向"M 计划"总部汇报了起用我的这个新进展,也是因为需要寻找更多的在日本制作电影的出资者,就把根据地设在了东京。于是,木守便下榻于帝国饭店,频频往来于东京与美国和欧洲之间,樱则离开那里,搬到镰仓的一位老熟人家里。

战败后不久,位于镰仓的那座宅第被占领军接管,并将它分配给在 GHQ① 从事文化工作的情报军官们用作宿舍。这群年轻的美国军官里有一人收养了十岁的樱,除了被疏散到农村去的她本人外,全家所有人都死于东京大空袭之中。

在接管过程中,由于宅第和庭院太大,因而并未要求原来的屋主一家离去,让他们住进庭园内的配楼,以照料庭院里的植物和现役军官们。这家的户主在战争期间经营军需公司,战后被开除了公职。在两年间,幼小的樱与那家年岁相当的女儿如同姐妹一般,受到那家人的疼爱和珍视。

后来,樱与调至松山的美国文化中心的监护人一同离去,不久后,当她作为电影界的少女明星开始崭露头角时,那家户主作为实业家而重新创业,樱与那家人的亲密关系也随之恢复。那位被解除了解职令的户主,还是一位对电影界也拥有影响力的赞助商。再后来,樱随同那位监护人东渡美国,每次回到日本,都是这座宅第的座上客。与樱一起长大的柳家那位独生女与丈夫离婚后,便成为这座宅

---

① 全称为 General Headquarters,占领日本的联合国军总司令部。

第的女主人,因而那里就成了樱最理想的寓居之所。

　　与我联络之前,木守会先给镰仓的樱挂电话,以便确认她的意向。譬如说,其时即便身在柏林,木守也不会顾忌与东京之间的时差。樱本人也是习惯于凌晨两三点钟才休息,因此,木守在给她打了电话后,只要有意拨打我家的号码,刚刚睡着的我便会被他从睡梦中叫醒,然后接受他的指示,去做我为樱应该去做的事,就这样推动着项目向前发展。

　　在此期间,发生了一件为我的剧本构想带来转机的事情。原本樱也曾对我表示过这个意向。在木守的陪同下,她在四国西部的村子里住下,采访了我的母亲。

　　前去访问我母亲的樱和木守在松山住了三天。木守从我妹妹那里听说,穿过新近开通的隧道不用一个小时的车程就到了,便为樱挑选了地方城市设备周全的饭店。他每天晚间都会挂来电话,转述樱与母亲谈话的内容,同时让我出主意,该如何探索暴动的农民们沿着河川行军的道路。木守回到羽田机场后随即直飞纽约,樱则在镰仓的赞助商家里休息了一天,然后便独自前来找我了。

　　樱的大眼睛照样充满忧郁,然而一旦转到她准备好的话题上来,她的谈吐便让人吃惊。

　　"您的妹妹,真是个头脑聪明的人。我与令堂谈话时,她只是侧耳倾听,可当她说是要补充一两句时,所说的内容就可精彩了。

　　"听说令堂现在七十岁,战争刚结束时,相当于我现在的年龄。当时,她曾与您的阿婆一起筹办演出戏剧。听到亚沙这么说,我感到非常吃惊。于是,就想直接从令堂那里打听出来,然而她本人却是什么也不说。亚沙表示,听说母亲一直与三弦曲呀传统舞蹈什么的毫无关系。我就问道,您家阿婆似乎并不是这样,但是……于是亚沙就转换话头,说是'那个情况请去问我哥哥'。对于她的这番话,令堂也没有表示反对。"

"所谓'演出戏剧',那是村里人的表述方式,其实并没有那么正规……在河边的那条街上,你看见只剩下屋顶的戏园子了吗?"

"是的,亚沙领我们去看了。虽说只剩下屋顶,可那是周周正正的屋顶啊。"

"那是我阿婆的,战争刚开始就被中止了,所以,尽管我本人没有相关记忆,却也知道是把在四国和九州进行巡回演出的剧团叫到那里,让村里人看戏……也就是说,把观众招来,收了入场费后让他们观看戏剧。我曾打开阿婆遗留下来的行李,里面就有'四国团十郎大会'字样的招贴。"

樱的表情放松下来,却是没有笑意。她对母亲和阿婆的戏园子抱有非常强烈的兴趣。那还是战后第二年秋天的事。当时,我家收了一笔数目很大的款子,阿婆和母亲(父亲已经去世了)便投入那笔钱筹办演出戏剧。

我家的家传行业,是将黄瑞香树皮作为纸币用纸的纸浆原料交纳给内阁印刷局。引入黄瑞香树并让附近农家当作副业予以栽培的,是我外祖父,而父亲则将铲下的树皮进行蒸熏,再把剥好的树皮干燥处理后浸入河水,然后将刮薄了的真皮捆包以供装车外运,并负责制造直至捆包为止的各道工序所需的机械材料。我们从不曾考虑家传行业会骤然走到尽头。然而,在战争中败北的国家采用新纸币,向内阁造币局交纳黄瑞香树皮的财路被阻绝了。

面对这个危机,阿婆和母亲采取了与她们此前和此后的习惯全然不同的果敢行动。很久以后,我从母亲那里只打听出以下几个要点:交纳产品前,由内阁印刷局派来的技术官员会检查黄瑞香的真皮。在他的默认下,即使把被确定为"等外品"的产品转送到制作上等好纸的造纸小厂,也不会受到责难。由此制作出来的纸张,则销给京都的画家和书法家。这其中的渠道，好像是父亲开拓的。

随着不能再向内阁印刷局交纳产品的通知的下达，另一个通知也传了过来，要求把黄瑞香仓库贴上封条，等待进一步处置的相关指示。母亲向上面报告说，那一年为发运而储存在松山车站的产品在空袭中遭到了损失。也是在那一年的冬天，家里把所有黄瑞香真皮全都制为纸张，并与自战前以来的老顾客进行联系。那是高级纸张匮乏的时期。于是，收入大笔款子的阿婆和母亲便联络战败后不久就重新开始演出活动的地方剧团，期望他们协助演出戏剧。

"你们那个地方原本就有叫作《'铭助妈妈'出征》的这台戏吗？"樱问道，"我记得，在我独自一人被疏散到亲戚家去的当地农村，曾被刚刚从战地复员回来的年轻人领着去看村里人自演的戏……"

"很久以前，村子里是流传着那种戏剧吧……现在我是这么认为的。却只有剧目和出场人物的名字传了下来。估计亚沙领你们看了峡谷里的青面金刚小祠。改建那座小祠的费用，是我成为小说家后资助给母亲的。在此之前，那里是一座比小祠还要小一些的类似仓库的建筑，每年都要对其进行大扫除，那是属于我们家的工作。在那里晾晒衣物时，被安排在中心位置的，是在戏剧中出征的'铭助妈妈'的行头。我甚至想把那身行头说成歌舞剧中女武士的、虽说有些陈旧却仍然豪华的服装。

"在母亲和阿婆只办了一个夜晚的那台戏剧里，由'四国歌舞伎大剧团'的主要演员出演配角，规模很小，与剧团的名头相比正好相反，却配以在歌舞伎中经过训练的乐师。然而，扮演主角'铭助妈妈'的，却是外行的母亲。

"阿婆为一动不动地坐着的我母亲戴上硕大的假发，及至为母亲化了妆并穿上戏装后，母亲便如同小山那样了，独自一人甚至都无法站起身来,于是在演出期间,阿婆就一直陪伴并照料着母亲。"

"阿婆好像是从全局进行了指导,她具有那个能力啊。"

"阿婆这个女性有着不可思议的经历……她年轻的时候,该不是以让其扮演'铭助妈妈'为前提才出资办戏的吧?……我是这么认为的。母亲穿上刚才说到的戏装,不由得便显出与角色相称的身段做派,只是在叙说台词。或许,那个台词也是阿婆写的东西。

"位于这片森林中的村落里,每当发生灾祸时,人们便认为是那些被蛮横无理地杀害或是被迫自杀却没有得到安息的魂灵在作祟……其代表就是被称之为'铭助妈妈'的魂灵。于是,当地全体居民便举行慰抚魂灵的祭祀活动,而相关题材的戏剧,或许是把类似活动的未了之情重新进行结构的产物吧?

"这……进行说明需要花费一些时间,我们那地方在明治维新之前和之后曾各发生过一次农民暴动。第一次暴动之后,暴动的领导人'铭助'死在了狱中。关于这一点,已经被写入地方史,民间的传说也以各种形式一直讲述着这段历史。除此以外,还在不同层面上扎根于民众的感情之中……这其中就有作为魂灵的'铭助妈妈'。

"'铭助妈妈'就被祭祀在那座小祠里。照料那座小祠的,也不知什么缘故,一直就是我们家女人们的工作。首先,存在着'铭助妈妈'的魂灵为村里带来灾祸这种迷信,历代便不停地举办慰抚魂灵的祭祀活动。尤其遇上巨大灾祸时,就成为这种祭祀活动的缘起了吧……当人口的增加和村落里财富的积累足以大规模举办这种祭祀活动时,就为慰抚魂灵而演出戏剧了。作为收藏用于此类演出活动的戏装等物件的场所,人们建起了小祠,而守护和管理这座小祠的职务,则一直由我们家的女人们所承担。

"第一次演出戏剧之后,还是发生了灾祸。据说,每当新的灾祸发生……村里半数人就会感染流行的疱疮、也就是天花……这时就必须上演慰抚魂灵的戏剧。交由阿婆管理的戏园子该不是因此而被建起来的？从我们村子沿河而下的邻村，曾因生产木蜡而繁盛一时，为此而上山采摘漆树果实的那些干活儿的，则是这个村子'在'①里的人。听说，阿婆就是因此而发迹的家庭里的后嗣。虽然一直和我们家生活在一起，却是一个与我的父亲和母亲都没有血缘关系的人。"

"我甚至想要说，不可思议的话正像泉水一样往上喷涌……我拜访了您的村子，当时我在想，为什么在这种地方会产生一个想要写小说的人？因为是在那样一座大森林里。您也看过令堂出演的戏剧吧……"

"可不是那样的。"我打断了樱的话。

"但是，您确实清晰地回忆出了令堂在舞台上的模样啊。"

"我也被涂抹成大白脸，戴上孩子的假发……阿婆叫作兀僧②的假发……年龄很小的孩子穿上相对也很沉重的戏装后，就被压得坐下站不起来了。我饰演的是'铭助妈妈'的孩子，就站在母亲的身旁！"

说着这话时，我深为木守今天在纽约工作未能与樱同行而感到庆幸。虽然不及母亲那套陈旧却很绚烂、豪华的戏装，但我毕竟是用同样衣料装扮得漂漂亮亮的少年武士。再也没有比孩童时代的木守更适合于那个角色的人选了，他一定会对我冷笑且进行恰当的批评。

转瞬之间，樱或许也是如此想的吧，因为，她正用拭去悲哀阴翳的眼睛注视着我的时候，却突然"噗——"的一声忍不住笑了出来。然后，或许想要遮掩自己的失态吧，她说道：

---

① 日本山村的偏僻小村落。
② 江户后期七至八岁小儿的一种发型。

"哎呀,真可爱!让您作为'铭助的转世之人'跟随在身边,令堂这是在演哪一出戏啊?我呀,本来还有着先入之见,以为说起村里世家的老妇人,好像就应该是身材矮小、举止谦恭的人……实际上却是身量高大、很有气势的老太太,当年在舞台上一定很漂亮。穿上歌舞伎的衣服……就像是曾我十郎①的爱人虎前御②一般吧?"

"……你说错了。在我们村子里,也有叫作'曾我十郎首冢'的小祠呀……

"我母亲出演的,首先是'铭助妈妈'与'铭助的转世之人'站在第二次暴动的队伍前出征的场面。你所见到的大河滩,就出现在了那个舞台上。然后,就成为魂灵……说的是死去的'铭助妈妈'回到了大河滩,这可是一个冗长的故事。

"最初,'铭助妈妈'出征的场面,是在由专业演员扮演的暴动队伍里的各个角色以及藩府的官吏涉及到'铭助妈妈'的戏剧中,我们那里有一种叫作'滑稽'的说法,便用那种滑稽的方式进行交锋。然后,'铭助妈妈'便率领伙伴们踢散妨碍行动的官吏人等,大声呼喊道'好吧,我们出征吧!'这一幕至此结束。在下一幕里……全剧是两幕……就像刚才所说的那样,已然成为魂灵的'铭助妈妈'坐在舞台中央的折叠凳上,把我拉到她的戏服鼓胀起来的膝头处。如此说起'铭助妈妈'和'铭助的转世之人',我倒是觉察到,其实'铭助的转世之人'也是一个魂灵。这不是把与'铭助'这个魂灵相称的人物,同转世之人同样看待了吗……

---

① 一一七六年,伊豆豪族工藤佑经在领土争端中打伤兄弟佑亲,并杀死佑亲之子河津佑泰。佑泰之妻后携两名遗腹子改嫁曾我太郎,两兄弟自此改姓曾我,成人后立志为父报仇,于一一九三年手刃杀父仇人工藤佑经。当夜,兄长曾我十郎被杀,其弟亦于翌日被斩首。
② 相传是镰仓初期的艺伎,在《曾我物语》中作为曾我十郎祐成的小妾登场,在曾我兄弟死后出家为尼。

"三个方向上的人,也就是舞台左首和右侧的人们以及围拥到观众席前方来的那些人,全都大致按照剧情装扮……面对既是演出者也是观众的村中女人们('希腊悲剧中的 choros① 呀。'樱说道),'铭助妈妈'展开了长时间的讲述。除了我这个'铭助的转世之人'的角色外,所有男人无一例外地被关在戏园子的门外。"

"令堂出演那个魂灵时的独白是什么内容?您亲耳听见了吗?亚沙之所以说,若是戏剧方面的问题就去问哥哥,她指的就是这个内容吧。"

"不过,演那场戏时……我才十一二岁……我的记忆可是很糟呀。因为,我连是否听清楚了母亲的台词都无法肯定。演出戏剧那天给我留下清晰印象的,是记忆中的一些奇妙感触……把我拉到身边去的母亲的下半身好像在发热,再就是出演侍婆角色的阿婆,当时她把在村里不知叫作什么植物的果实嚼出了黏液……阿婆将那种轻咬叫作逗嚼,说是不能把果实形状给嚼变形……把那嚼得软乎下来的'耳塞树',对了,是叫'耳塞树'的果实塞到了我的耳朵里。

"我身旁的母亲怒吼或是大声哭喊起来……或许是为了不让我被那大声独白所惊吓,才这样照料我的吧。那是一种被村里人称为'述怀'的表演艺术形式。这种'述怀'有着净琉璃般的曲调,母亲一直在讲述着,演出者兼观众的村里女人们挤满了戏园子,她们流着泪水,和着那节奏摇晃着身体……"

樱那丰腴的面庞涌上了红潮,大眼睛里像是换上了积极的情感:

"那个'述怀'的内容,还要请您给回忆出来……像您这样后来成为小说家的人,是不可能什么也没记住的!先从'铭助妈妈'进行煽动,加入到为正要出征的自己和'铭助的转世之人'复仇的暴动这

---

① 古希腊的合唱歌,其合唱队被称之为希腊戏剧发展的母胎。

一段开始吧……

"在戏剧的后半段,听了已经成为魂灵的'铭助妈妈'的'述怀',村里的女人不是全都哭了吗?那是'铭助妈妈'在重新讲述除了暴动外,无法平复内心苦恼的那种苦难吧。我认为,为了不让那凄惨的话语进入孩子的耳朵里,您的阿婆才用嚼过的'耳塞树'果实塞住了您的耳朵……不过,您不可能没听到那独白!

"这可是巨大的收获!'铭助妈妈'不是作为照料'铭助的转世之人'的身份参加暴动的。对于被杀害了的'铭助'来说,她也不是丽丝珀那样的角色。毋宁说,我觉得惟有'铭助妈妈'才是你们那里的暴动的根源。这就是我的电影!请您按照这个方向全力完成电影剧本的写作!其最初的工作,就是请您回忆起令堂'述怀'中的哪怕一小部分!"

2

翌日清晨七时,木守有挂来了电话。从他所在的纽约当地时间推算,现在正是他的工作结束之时,此时打来电话倒也算正常。然而,我从中还是感觉到了不寻常。前一天送走处于亢奋状态里的樱之后,我便独自一人在担心,该如何协调这个过于明确的新计划与木守他们那个"M 计划"呢?从木守那近似庄重的郁闷语调中,我意识到自己的担心正在变为现实,甚至为此感到一种滑稽。

"Kensanrou,咱们想要制作的,可是'米夏埃尔·科尔哈斯电影'啊。虽然这种问题不需要重新提醒你,可你被樱的狂热所吸引了吧?"

接着,木守继续说下去。较之于樱向我显示出的热情,木守借助穿越太平洋的长途电话,对我表露了更为强烈的(用木守本人的用

语来说,应是)motivation①:

"说实在的,在四国听取你母亲和妹妹所说的话时,咱就略微感觉到了危险,担心她是否会因为头脑里深信不疑的东西被激活,从而不管不顾地猛冲过去……

"你直接激活了这一切。即便在你来说,'米夏埃尔·科尔哈斯电影'不也是应该放在第一位的吗?"

"那是很重要。与此同时,我觉得樱对我故乡的暴动所持有的强烈关注也很重要。就我从写长篇小说的经验形成的确信而言,对于并不对立且可以并存的这两个构想,最好不要急于将其归于一元化。"

然而,木守却只是沿着自己的思路思考问题,听不进其他任何话语:

"咱是从特别的角度来理解樱这次电话的。早在请你参加这个计划的前后,咱就试着处理导致樱今天独断专行……咱并不是说责任都在你身上,是那个人的事,就扎根在那个人的深处里……的局面了。

"最初的出发点,是'M计划'。这十来年里,咱一直在国际环境里制作电影,也赢得了一些好评。在咱之前,日本电影与外国电影之间的协作,充其量也就是两国间的合作。

"咱可是一直在制作献给全球观众的电影。即便如此,像这次由好几个国家围绕同一个主题各自独立制作电影的案例,也还是头一次。

"而且,还要在这个大的框架里制作亚洲版的电影。在决定这个项目的阶段,也是因为你的缘故吧……当时咱想起了恩岑斯伯格

---

① 英语,大意为动机。

说过的那些话……让韩国电影实力派摄制金芝河剧本的计划,似乎就受到了你的启示。也是在这一时期,咱邂逅了名为樱·荻·马加尔沙克的、比较特别的女演员。她确实是一位非常独特的女演员。

"日本战败后不久,她在刚刚从幼女成长为少女的时候,就已经是颇有人气的童星了……把她当作少女明星铭记在心的人现在也还有很多,就连那样冷静的千鲣也是如此。后来,樱加盟好莱坞电影,最初阶段扮演的是日本姑娘,不过,作为拥有东方魅力且能自如地说英语的女演员,她很快就成了在国际影界享有盛名的配角演员。此外,西班牙语自不待言,由于曾随同监护人一同去了汉城的美国文化中心,她的韩语发音也很漂亮,是个在语言方面拥有出色才能的人……

"说句大实话,目前在亚洲,日本的电影已经开始凋敝了。相对于香港电影的繁荣,出于政治方面的原因,中国内地的电影处于进展缓慢的阶段。韩国电影则正在鼓足干劲,还将继续发展下去吧……无论在艺术上,还是在产业方面。于是咱就考虑,如果运用樱的独特韵味在韩国制作电影的话……那么,韩国和日本的观众首先是可以预期的吧?而且,还有西欧世界。在欧洲,樱原本就以她那朴实却奇特的角色表演,一直得到业内评论家的好评。在墨西哥电影中,她则作为准主角而受到高度赞扬。

"假如在'M计划'中能够得到广泛关注的话,樱就可以在韩国、日本,还有美国、德国和法国东山再起。于是,咱就四处兜售'M计划',并确认其非常适合金芝河剧本中的角色,甚至一直推动至可以期望韩国的电影界和实业界进行综合性资助的阶段……却由于金芝河遭到逮捕和长期拘留这个变化,就演变成了你也非常清楚的这个状态了。

"这次与她一同来到东京,咱最主要的工作就是为韩国发生的变化作善后处理,那时真是处于气势消沉的状态中呀。没想到进展却是异常顺利,尤其因为你作为剧本作家登场亮相,东京的媒体在一定程度上予以关注也是可能的。

"而且呀,咱还明白你与《米夏埃尔·科尔哈斯》的关系非常密切。此外,很长时间以来,你一直在考虑把四国森林里的暴动与科尔哈斯连接起来。对于亚洲版'米夏埃尔·科尔哈斯电影'来说,这是再好不过的背景。还有一个因素,那就是你的心里……对以往作为童星曾拥有人气的樱……好像确实有一种特别的感情。根据咱的经验,这就是新的剧作家与老资格女演员的最佳搭配。实际上,你们刚一见面,樱和你之间便形成了良好关系。

"说起樱呀,她已经积累了漫长的职业经历,无论作为女演员还是一个普通人,都会有想要出演的那种类型的人物形象。而咱呢,也不会仅仅因为金芝河的电影计划泡汤而死了心,就左思右想,做了各种考虑,在这个过程中,咱头脑里的印象便逐渐形成了。咱在听你讲述的时候呀,就开始有一个预感:你该不会为樱提供新的角色吧……

"那时,这是樱自己说出来的,她被你朗读《米夏埃尔·科尔哈斯》所刺激,说是想表演将丽丝珀和吉卜赛女郎重叠在一起的人物形象。这其实是女演员樱·荻·马加尔沙克、你这个新发现的电影剧本作家、然后加上咱,在这三人组合中产生的罕见的'恰好一击而中'①。"

木守一口气说了这些话之后便陷入沉默之中,他发现我也沉默不语时,就继续说道:

"樱……并不是寻常的国际女演员,是一个形成了自己独特经验的、富有才智的人……最重要的是,她拥有自己的观点。在四国的

---

① 原为棒球术语。

森林里……当然，那也是你基于经验充分设定的场所，而且你尝试着创作日本现代化进程将要开始时的恢弘故事。就在你的那个故事里……她打探出了'铭助妈妈'这个出场人物。

"而且，你母亲以'铭助妈妈'为戏剧的主人公……那是在战争刚刚结束，国家、社会，还有你家发生的事情全都纠缠在一起的艰苦时代……在那个舞台上让村里的女人们全都关注着剧情并为之着迷，有关这些内容的讲述使得樱感到震撼。樱说，惟有那位燃烧着复仇怒火、哭喊着的女性形象'铭助妈妈'，才是自己所追求的出场人物……

"说实话，我认为她的探索已经有了成果。樱反复说的那句话就是：这是巨大的收获。的确，对于她来说！但是，对于咱和'M计划'来说，又将如何呢？……"

面对说完后再度沉默下来的木守，即便为我本人，我也需要坦率地表示自己的意见了：

"你提醒我说，不要忘记这是米夏埃尔·科尔哈斯的电影。就这一点而言，我呀，在讲述了母亲的《'铭助妈妈'出征》的演出情景之后，在感受到著名女演员的激昂兴奋之后，也在不断地进行思考。在此之前我必须要说的，首先是我被樱的以下这个观点所吸引：'铭助'和'铭助的转世之人'所发起的暴动呀，是'铭助妈妈'一生中的愤怒和怨恨之积累的总爆发，她领导了暴动全局……惟有'铭助妈妈'才是科尔哈斯。对于我从年轻时就一直思索的、将我故乡的两次暴动写为小说的设想，确实给予了启示。我甚至在想，我将因此得以超越此前无法超越的地方。

"也就是说，对我来说，这也是巨大收获。总之，可以借助樱的电影剧本，尝试写出在小说里没能写出来的东西。的确，我决心全力以赴，把这种写作当成自己的工作。但是，我随之想到的，就是这种写作或许与你们的'M计划'并不相符。毋宁说,这才是从那时起一直在考虑着的问题。于是今天清晨,当听到你在国际电话里传来的……嗯,奇异的第一声时,我就在想,果然一如我此前所思所想。"

"什么?"木守用不同于此前那不愉快语调的、却带有疑惑色彩的声音反问,随后再次沉入迄今不曾有过的沉默中。稍后继续说道,"咱不认为此前与你在同一方向上……拥有共同的感情或是思路,总之,就先说咱准备好了的话题吧。

"就像咱一直所说的那样,咱非常看重与樱之间的合作。而且,经历了去年在韩国的失败后,实际上,咱……该说是在这以前呢,还是一直延续至今呢?……长时间地期待着你和樱之间的那个'恰好一击而中'。

"话虽如此,关于现实中的电影制作程序呀,此前没有对你毫无保留地全都说出来,实际上,咱就没有与你正式签订合同。之所以如此,是因为不管好莱坞也好,还是欧洲电影界这里那里的制片厂也好,这几年来的电影制作方法出现了小成本的趋势,然而也正是因为这样,他们这种独特的方式却难以运作。情况就是这样的。

"即便在日本电影界,黑泽明也早就开始组织剧本作家团队。小津安二郎①拍摄电影的剧本,只用野田高梧②与导演本人共同创作的脚本,但是这种方式目前已不多见。而海外的运作方式,原先是由出资方彻底贯彻执行。那就是投入大额预算,制作能够成功的电影。如果票房不行的话,那就不会再有下次。特别是在需要对剧本

---

① 小津安二郎(1903—1963),日本电影导演,曾使用野田高梧的脚本摄制《晚春》和《东京故事》等诸多电影作品。
② 野田高梧(1893—1968),日本电影脚本作家,自一九二五年与导演小津安二郎合作创作其处女作《忏悔之刃》以来,一生中写有数十部脚本,并著有《电影剧本构造论》等。

进行修改的阶段,制作方会不厌其烦地强调这一点。即使依据与著名剧作家签署的合同开始制作,在这一过程中也会投入新的剧作家,而且还是多人的。这样的例子并不少见。

"咱和你在东京开始启动'米夏埃尔·科尔哈斯电影'计划时,在请你讲述克莱斯特的相关小说的同时……倒也不是对你保守秘密……也集中了日本的新电影才俊,对他们说了自己的意思。在这个过程中,樱说是通过你解读的《米夏埃尔·科尔哈斯》,第一次领会了整部作品的意蕴。然后,樱就开始支持你,而咱在那个阶段,也预计'M计划'一定会带出一个修正方案。直率地说,你对克莱斯特小说所作的概括,既复杂又冗长。如果用那个概念写作电影剧本的话,大概会拍成长达十个小时的电影吧!樱对此也表示出同感,认为即便如《宾虚》①那样的长度也是非常短的……

"樱还说,她想把丽丝珀和吉卜赛女郎作为自己的角色而一体化,她这是在考虑作为电影而切实可行的构造。于是,为了将其融入四国的暴动故事中,就让你讲述了具体细节。

"剧本如果确定到了这个程度,就可以交给那些青年才俊,让他们将其调整为合适的长度。咱的心里一直就有这个想法……

"然而,处于兴奋状态的樱往纽约挂来了电话。在她的构想里,多方面的构思已经被她融于其中。所谓'巨大收获'这句话里,已经把先前说到的不可能实现的电影调整为合理的长度,甚至还包括剧本制作方面的启示。樱具有电影制作领域经验丰富的老手所应有的决心和精神准备。她呀,想要协助你,把剧本归纳为电影制作所需要的规模。直截了当地说,樱确信,假如以你母亲的《'铭助妈妈'出征》那台戏为范本的话,就可以制作出电影来。

---

① 摄于五十年代末期的美国电影(上、下),获得一九六〇年度的奥斯卡奖。

"但是问题在于,她想要制作的并不是咱们奉为目标的电影!的确,那是波及一个区域的叛乱,然而叛乱的领导人不是男人,而是女人。咱的结论呀,就是'岂有此理'!科尔哈斯将要变成女人!直至樱那兴奋的电话打到中途,咱也一直在附和着,赞同她所说的'巨大收获'。因为实际上也确实如此。不过,这是要把科尔哈斯变为女人?这不是 too much① 吗?咱就这么说了。

"然而如此一来,樱就显得固执了。她根本就不想听听咱的话!说是她自己能够说服起用了她的那些'M 计划'的核心人物,还让咱去劝说日本实业界的投资者们。这就是事情的始末。你刚才不是也说'巨大收获'吗?那大概是谎言吧。当时咱就是这么说的。

"你认为事态将会如何发展?"

"即便被你问及'你认为事态将会如何发展?'"

我再度感受到电话刚开始时从他的语调里感觉到的滑稽,我知道,由此引发的鹦鹉学舌让木守心头火起,却又让他勉强忍了下来。

"怎么样?你能够给咱宣布吗?就说是樱的女性科尔哈斯方案难以实现,你早已断了念头,将把'铭助'、'铭助的转世之人'的暴动,作为此前一直构思着的'铭助妈妈'加上日本式吉卜赛女郎的故事……即便这么说,那也是樱的构想呀……写成梗概。

"咱再把这个梗概交给年轻的剧作家诸君加工并完成。然后,向你支付好莱坞级别的稿费,那可是 big money② 呀。"

"我最感兴趣的,还是通过樱而得以进行的新解读。"

"……原来是这么一回事呀。"我的眼前浮现出木守挑衅似的挺出小小下巴的模样,他的口吻也回到了驹场校区时代,他挂断了

---

① 英语,大意为太过头了。
② 英语,大意为一大笔钱。

电话。

3

　　樱寄住在那家的房主如此说明前去的道路：在私人道路入口处简易车棚的后面，两株樟树粗大的树枝相互交错，从那下面钻过来，再沿着纵向排列的三株光叶榉大树走进来。坐在出租车上的时候，成排成行的、覆盖住两幢箱形混凝土建筑的漂亮巨树就映入了我的眼帘。好像面对公用道路的那片开阔地面上的前半部分已经卖出，只留下后半部分宅地周围的树木，修建了能够找到通向那里的私人道路。简易车棚里停着一辆大奔驰，鞍座上标有雪铁龙标记的自行车也倚靠在旁边。保安公司那夸张的防盗摄像头，以及涂抹成白色的铁丝网栅栏。

　　我从与简易车棚的围栅连为一体的入口后面关上门扉，随后走入私人道路，在那座像是昭和初期建筑的西式建筑的大门处，受到樱和（她称之为）柳夫人这异质和同质的因素并存的两位女士的迎接。确实拥有并非威慑而是魅力之威严的二人组合。我被引入天井高得出奇、整体上带黑色的、如同会议室一般的客厅（后面我会说到，这只是使用了那个广阔空间的一小部分）。与此同时，樱说道：

　　"听说您与木守吵架了。"

　　"是那样的，不过……"当我的回答停滞住时，柳夫人便代替我补充说道（我明白了，原来是这样一种"二人组合"）：

　　"你这么一说，就连吵架这句话，听起来都好像是温和的举止。"

　　"当时倒也不是那么温和，我觉得像是还没完全决裂似的。"

　　接到木守电话后的下周刚开始，就接到樱的邀请并造访了这里。从镰仓车站下了电车，对出租车司机说明地址后，车子却驶往与我莫

67

名其妙地预期的方位相反的方向。出租车离开市中心,向规划整齐的区域(以致我不由得想到此处即是传统的避暑地)行驶,最终来到了这里。樱身裹浅米色的芭蕉纤维织成的布料,当她看出我的兴致不仅仅在于她身穿的和服时,便表示那是首里的一位世家的女性转让给她的。如果那是一位与冲绳的市民运动亦有关联的女士,那么,我也曾得到过同一个人用芭蕉布制作的灯罩。这么一说,柳夫人便显现出一种神态(当然,那其中融进了喜剧的演技),用与此前不同的眼神注视着我:

"如果您对冲绳那么熟悉的话,那您对樱的红型①图案腰带也会感到似曾相识吧?"

"将其称之为红型,是开玩笑的说法吧。这也是我偶然知道的。在巴厘岛为妻子选购的土特产爪哇印花布……请教过后,得知那是巴蒂克印花布……让我很喜欢。"

"这只是偶尔想起来的搭配,搭配得还不错吧?木守说他也喜欢这种搭配。他与您水火不容,不过在你们两人之间,有别于常识的另一种感觉却是相通的。"

"这是在贬低,还是在褒奖?"一笑过后,柳夫人转为一本正经的口吻,"樱让我帮助她穿和服、结腰带……为了出演久违了的历史剧电影,她在练习坐姿和行走姿势。"

如此说来,在她和木守之间,有关电影的合作仍在继续着。诚如整体上带黑色因而显得庄重这一最初的印象,房间里规模庞大的壁炉自不用说,从墙壁高处分为两层排列着悬挂的肖像画,也让人感受到年代的久远。在这广阔的房间的一个角落里放置着家具,惟有那里才有现代的生活气息。

---

① 产于冲绳的文样染。

一定是由樱的工作自然产生的联想,那就好像是摆放在制片厂巨大摄影棚一角的套装家具。黑檀木靠背和扶手的大号椅子,与此配套的桌子,除此之外,确实有了年头的龟背竹大花钵安放在那里,在深深分开的叶丛中,高挑的青铜仙鹤那叼着细小梅花枝的黑色脑袋探了出来。

淡淡的阳光从感觉上像是很远的、从被正方形格子细细分割的玻璃拉门照射进来。在门外,恍若野生灌木丛般的蔷薇园舒展开来。毋宁说,紧挨在蔷薇外侧、绽放着深色紫罗兰的花丛被遮在暗影中,光线反射出从正面深处探过来的灌木中的白花。

"府上的千鲣夫人种植着经过精挑细选的蔷薇。"樱说道,"柳夫人对种植蔷薇也很专注,只是夏季蔷薇花季结束后,有一段时间会放手不管。当问道为什么时,她的回答则是'因为天热',真是只顾自己啊。"

我先发制人地说,自己从不曾照料蔷薇。

"毋宁说,您是被圆锥绣球花给吸引了吧,这在男人中可不多见。"柳夫人像管理者一样环顾着被玻璃门上诸多格棂遮掩住的庭院向那边走去,同时口里这么说道。

眺望着柳夫人那几乎遮住脚踝的暗蓝色女礼服的背影,樱提起了有关她的话题,说她为了守住宅地里的大树,宁愿使得剩余土地的价值受到限制。虽说已经支付了遗产税,可为了保护高大的樟树和光叶榉树,就不让车子开入私人道路,连仰视建筑物正面的空间都没留下。在惟一能够放眼眺望的南边,她保存了这个蔷薇园,却将周围布置为灌木林,这是为了防止买下土地建起房屋的邻居前来观看蔷薇……

"我之所以关注圆锥绣球花,那是出于实用目的。"我对回到屋里来的柳夫人说,"在战争期间对物资进行管制的制度下,我的母亲暗地里用纸浆抄纸,出售给京都的书法家和画家,以此维持生计。年末则用纸浆抄纸,以便赠送给这一年的老主顾。不过,为了在秋末伐下用作纸浆原料的圆锥绣球花树枝,我的任务就是找到只在夏季开放的花儿,并在圆锥绣球花树上做好记号。"

"难道就是所谓山民的生活?"柳夫人问道。

"确实是那样的。从大山深处乘坐公共汽车沿着河边道路来到邻近的镇子,再从那里换乘火车一直前往松山的美国文化中心。就这么往来于两地之间。"

"您说是往来?那么遥远的路程,就是一个单程也需要一天时间吧?不可能赶到目的地后随之就往回返吧。"柳夫人准确地指出了这一点。

"道后由于古老的温泉而广为人知。在道后和松山的中间那块地方,直至战败为止,一直都是以职业军人和教师为主体的住宅区。我就租住在那里的一位原陆军大佐家里,往来于就读的高中。放学后,我就从学校沿着市营电车的铁轨走到文化中心,在那里学习。一天,他们让我在文化中心观看了《安娜贝尔·李》八毫米胶片电影。"

"为什么让日本高中生……果真如此吗?"

"说是'让你们观看视听中心资料室的胶片电影吧',这确实是特殊事例。

"往来于文化中心对外公开的阅览室的人,主要是为准备考试而在此学习的优等生。我提出希望阅读《哈克贝利·费恩历险记》的原版图书,便得到了能够出入开架式图书室的卡片。在此期间,得知我也能够出席在图书室举办的唱片音乐会,便约了精通音乐的朋友在举办音乐会那天一起去听。

"那个搞吾良呀,在文化上非常早熟,又是个美少年,因而与中心负责文化事业的、叫作皮特的美国兵的关系便亲密起来,我则扮演了介绍人的角色。那位皮特对我和吾良说起了资料室里八毫米胶片电影的话题，那是根据爱伦·坡的《安娜贝尔·李》拍成的电影，胶片盒上记有上映时电影里的配诗朗读进行到段落空当之际播放的音乐题名。在皮特说了这些情况后，吾良产生了双重兴趣。他是我不久后与之结婚的妻子的兄长，也就是说，他是电影导演的儿子。

"皮特像是在等候着吾良的参加，电影按照英文打出来的说明那样如期上映了。皮特说你们看电影吧，音乐就交给你们了，就这么做了安排。首先，我……出于自己原因，请求皮特把在图书室发现的爱伦·坡的全集带到放映室去。然而，吾良却无视胶片盒上的指示，从视听中心的慢转速唱片架上选择了巴赫的《平均律钢琴曲集》。我一面操作着唱片，一面确认正在朗读着的《安娜贝尔·李》文本。皮特是想要对我等进行英语教育啊。就在这种情形中，我等观看了那部电影……这是吾良的表述方式，我等……尤其是我，被那位白色宽衣的少女给迷住了。总觉得有一种难以说出口的感觉，虽然我等没有说出口来，却也认出，那位白色宽衣的少女正是当时在电影界走红的少女。"

"电影最后的场面是什么？"樱问道，"您或许会感到不可思议吧，不过，我自己却没看过那部电影。"

"我并没有把那部电影一直看到结束……总之，临近最后场面时，是白色宽松衣服的……白色宽衣的，吾良这么说道，那位少女躺卧在护城河畔狭小的草地上……死去的场面。"

我做了如此回答，尽管有些迟疑。事实上，刚才所说的内容早已铭刻在我长年以来的记忆中。同时，却也有一个与此相关联的担心，随着面对樱做出这样的回答，那个担心也越发明显了。自己的担心，是无法面对两位极为成熟的、拥有威严的女性（而且其中一人正是那位白色宽衣的少女本人）说出口来的。

那时，电影被唐突地中断（就感觉而言，当时电影在上映中途经常被切断），皮特表示，还有一些东西想要让吾良继续看，而比吾良小两岁的Kensanrou看这些内容则早了一些，所以让我离开放映室。对于万事均听从吾良的我来说，并没有对这件事本身有过任何不满的想法……

在那之后不久，我从吾良那里得到了兰波①诗集的原书（"Poésies" Mercure de France）。当时，在日本很难弄到法文书籍，因此现在回想起来，很可能是皮特先给吾良的。那本书里夹着一帧小小的照片，我觉得应该交还给吾良，可他却显出过于冷淡的模样，把照片塞进翻领衬衣的口袋里。照片上的少女躺卧在漂满樱花瓣的护城河河畔的水边，其位置、姿势以及身体面对摄影机的角度，与电影中的画面完全相同。剧照上的少女全身赤裸，一条腿蜷曲起来，胯间完全裸露出来的单纯的黑点（更应该说是小穴）清晰可见……

"在樱出演的第一部电影里，她非常可爱吧。我非常能够理解您所说的一直未能忘却那位白色宽衣的少女。"柳夫人说道（用与此前那老于世故的态度迥异的、充满感情的声音），樱被她的监护人迪比多·马加尔沙克带到这里来，是在那两年之前。樱总是穿着漂亮的衣服，迪比多为她拍了很多照片。迪比多说，他在战争期间曾担任军医的助手，因为有必要拍下存作记录的照片，所以他的摄影水平很专业……我母亲不甘落于人后，就模仿樱的西式服装式样做出来让我穿上。在日本这个国家里，几乎所有家庭的主妇都会踏着缝纫机缝制简便连衣裙，当时就是那样嘛。很久以后，当我看到《爱丽丝漫

---

① 兰波（Jean Nicolas Arthur Rimbaud, 1854—1891），法国诗人，著有诗集《地域的一季》《灵光集》等。

游奇境记》的作者刘易斯·卡罗尔①拍摄的少女们的照片时,就眷恋地回想起,樱那独特的着装,就是缀有这种西服领饰的服装呀。"

"迪比多说,他妈妈是从立陶宛移民到美国的,他把妈妈儿时的服装要来送给了我。"

突然,柳夫人改变此前的风趣态度,她对我问道:

"您读过《洛丽塔》吧?(这时,我怀疑自己是否已经在脸红,如同在绝食斗争的帐篷里认出樱便是那位少女时一样。)

"我曾遵循父母之命,与年轻的外交官结婚。在随同赴驻外领馆见习的丈夫去了纽约的那个春天,《洛丽塔》是一本畅销书。由于安娜贝尔·李这个名字出现在好像是《纽约时报》的书评上,便从领事馆图书室的新书架上找出那本书,读到开首部分的、安娜贝尔·李……与乳臭未干的亨伯特·亨伯特的那位叫作安娜贝尔的女朋友重名的地方。

"在少年的父亲经营大饭店的里维埃拉,与少年邂逅相识的安娜贝尔,真的,在我的想象中,如果能使樱再长大几岁,描绘安娜贝尔的感觉就与樱完全一模一样了。'轻盈的连身裙下面……赤裸裸的',纳博科夫这样写道,而我却因为穿着棉布料的裤衩而蓬松鼓胀,便想起轻快地欢蹦乱跳的樱来了。

"在那之后即便过去很长时间,我的樱,就是从深红色连衣裙中隐约露出的大腿在阳光下恍若透明的……'永远的处女'。在镰仓,过去是大明星而被称作'永远的处女'的人仍然健在,可这位却是不同的、像是闪烁着光辉的'永远的少女'。其实,即使现在,樱不还是

---

① 刘易斯·卡罗尔(Lewis Carroll, 1823—1898),真名叫查尔斯·勒特威奇·道奇森,英国数学家,对小说、诗歌、逻辑亦颇有造诣,《爱丽丝漫游奇境记》即卡罗尔为友人爱女爱丽丝所讲述的故事,后加上自己画的插图送给了她。此外,他还是一个优秀的儿童像摄影师。

那样吗？我是这么认为的，而不是比喻，啊哈哈！

"在小说里，安娜贝尔的膝头或夹紧或放松亨伯特的手腕，亨伯特的手指却没忘沾湿蜜露，即便稍后一些时候在海滨沙滩上眼看就要交欢的瞬间，不也由于下流老人的干扰而未能结合吗？读到这里时，我信服地认为，原来是这样啊。至于后面隆重出场的洛丽塔小姐，我并不了解。因为，亨伯特的安娜贝尔感染斑疹伤寒死去后，故事的展开便过于恶俗，因而无法再继续读下去了。虽然书中也写着，亨伯特把情欲的权杖交给了安娜贝尔……

"我在这里为附近的小女孩开设了芭蕾舞教室。在等待上课的时候，孩子们呀，经常把放置在玄关的鞋拔子当作权杖玩耍。我不知道这是什么游戏，但是孩子们会将那个拿着鞋拔子的孩子追得走投无路，嘴里还喊着'权杖，让我看看！'每逢这种时候，我便会想起亨伯特那根没能得到酬报的 Scepter①，啊哈哈！

"虽然我很少与文学专家见面，可是我想请教一下。在爱伦·坡的《安娜贝尔·李》中，少女和爱上她的那个年轻人发生肉体关系了吗？还是或用手指濡湿蜜露，或请对方触摸那根权杖？"

"我最初阅读的《安娜贝尔·李》，是日夏耿之介这位诗人的译文……关于坡，只是借助研究社的英日双语版读过《金甲虫》和《鄂榭府崩溃记》等短篇小说。直至出了书名为《爱伦·坡诗集》的创元丛书后，才开始入迷地阅读。那种古色古香的汉字以及为汉字标注假名的方式也很有趣……

"也就是说，对安娜贝尔·李这位少女进行具体的……甚至是性想象等等，是从不曾有的。"

"可是我在想，即便在深山老林里，性的兴趣总还是可以培养出

---

① 英语，大意为象征着君主权位的节杖。

来的吧……"

"你倒是在都市里长大的,难道就是那种对于性的兴致过于强烈的少女么?"樱责怪道。

"做爱更不用说了,就连拥抱、接吻不也是不可能的吗?"柳夫人不服气地说道。

"我也是被都市里长大的吾良当作晚熟的小兄弟看待的……在我来说,首先是对日夏翻译的文字感佩不已。但是,尽管如此呀,现在受到你的追问,细想起来,那种奇特的语感和性爱的氛围似乎是连接在一起的。('啊哈哈,诚实地承认了这一点,谈话就易于推进了。'柳夫人满意地说道。)

"我当时把日夏的译文全都背了下来,现在还能记得。虽然作者没有写明作为这首诗的主体的年轻人是什么人,总之,是那个'Ｉ'[①]在与名为安娜贝尔·李的少女相互爱慕,说是:

> 这位少女活着没有别的心愿,
> 只为与我两情相许。

接下去还有:

> 举世无双的不尽爱恋,
> 只集于我和我的安娜贝尔·李,
> 我们的如此深爱。

"对于这里的只为与我两情相许的诗句,难道感觉到了自己所不知道的、确实含有情欲的那种表述深处的氛围……我由柳夫人的启示联想到了如此种种。与此同时,我也注意到,举世无双的不尽爱恋这一诗句,依然局限在小伙伴相互亲近的程度这个范围内。

---

① 英语,"我"的意思。

"因此,现在回想起来,转学到松山的高中后不久,之所以独自前往传说中的美国文化中心,虽说目的是阅读借助翻译文本熟悉起来的《哈克贝利·费恩历险记》原著……同时却也在深处专门摆放装帧漂亮的图书的书架上,找到了单行本的《爱伦·坡诗集》。然后,便借助原文确认在《安娜贝尔·李》译文中记住的那些部分,这也是……就连其后的抄写也是……很清楚的。在我的记忆里,日夏译文中比较暧昧难解的部分在英文原作里却很清淡,这让我有一种期待落空的感觉。这就是以下两行:

And this maiden she lived with no other thought
　　Then to love and be loved by me.①

还有下面这三行:

I was a child and *she* was a child,
　　In this kingdom by the sea,
But we loved with a love that was more than love——②

"樱,对于《安娜贝尔·李》电影的摄影本身,至今一直耿耿于怀吧?"

柳夫人的关心之所在,至此逐渐清晰起来,她和我都将视线转向陷入沉思的樱。就在这时,一位与日本姑娘不同,刚才以静悄悄的走路方式出现的东南亚年轻女佣弯下腰身,口唇仿佛就要触碰到樱的侧脸一般,在向她说着什么。

樱说是纽约挂来了电话,便以闲适却不拖沓的姿势站起身来,并

---

① 此节大意为"这位少女活着没有别的心愿/只为与我两情相许"。
② 此节大意为"我是个孩子,她也是孩子/在海边的这个王国里/举世无双的不尽深爱"。

用同样的脚步离去。目送她离去后,柳夫人继续说道:

"先前我说樱是'永远的处女'了吧?您显现出像是难以置信的神情。当时,我可是打算解开这个谜的……这个谜团却可能更深了……

"像您这样的小说家,迟早会去写樱的事吧?由于你们之间的交往今后就要开始……樱对您很看重……所以我想向您说出重要情况。在目前这个阶段,您不太了解情况,那也是很自然的。不过,以后,将渐渐地……啊哈哈!"

"现在,围绕'安娜贝尔·李',你说的也许是对的吧。"除此之外,我没有能够应对的话语。

这也是因为我联想到吾良用奇妙方法让我看到的剧照。我只是眺望着被微黑的格棂牢牢固定住玻璃的门扉外面意外连为一大片(却又好像可以控制)的簇生蔷薇群。我甚至觉得,对我说了那番话之后没有继续开口,也是柳夫人生活的一种方式。

樱回到这里,态度和声音都如平常那样对柳夫人说道:

"迪比多被诊断为癌症,而且发展得很快……(接着,樱将话题转向我。)让您联想到您所敬爱的渡边先生,真是不好意思……关于那件事,木守说是想和您谈谈。出门沿着右边的走廊走到尽头,就是'电话间'。虽说这是老式建筑……姑且就这么叫吧。"

木守正等待着我。

"你从樱那里听说了吧?咱马上着手安排她回国的班机。咱对樱提议,考虑把电影从克莱斯特两百年诞辰的活动日程中脱离出来。但是樱的答复是积极的,说是将按现在的预定计划,于明年春天开始拍摄。而且电影的主要内容,就是她与你商量好了的、把米夏埃尔·科尔哈斯调换为女性角色。她表示对于这一点是不会妥协的,说到'M 计划',还是作为这部电影的女主演与她签订合同吧……就这么办吧。

"她还说,去年,原本肯定要在韩国开拍的电影因故作罢,'M 计划'当时只提出替代的制作方案,却没有给予经济方面的补偿……那也就算了。她说,在今年更新的新合同中,她和律师仔细拟定条款,使之非常严谨。'M 计划'如果不按照她的方案制作电影,她就用从他们那里得到的补偿金再加上迪比多的遗产……不是还没死吗?……自己独立制作电影。她就是这么决定的。听说,她相信你的剧本可以在今年以内完成。"

"……那么,你是怎么回答的呢?"

"如此一来呀,都已经和樱说到了这个程度的剧本,如果你半年内不能完成的话,恐怕你也难以交代吧?为樱的演员生涯画上句号的这部电影,是咱提出来的,咱现在也难以拒绝樱的要求。

"首先,是向'M 计划'建议实施你们的方案。如果无法依赖'M 计划'的话,就探讨是否可能与咱拉来的日本财界的投资团队另行商量。不过,咱们拥有樱为之准备的资金,日本方面出资与否不可能成为难题。

"因此,就看你的剧本了。咱知道这与上次在电话里扯的那些话相互矛盾,而根本性的前提发生了变化。因为在此之前我'M 计划'是老板,不过从现在起,樱就是老板了。而且你与樱之间没有对立点。那就干吧?"

"干吧!"我说道。

"好,OK 了。只是有一点,咱必须请你先有精神准备。在电影制作的初始阶段,借用咱们在驹场时代经常使用的话语,你必须要 engager[①]。剧本写作完成后,并不意味着那时间以后就没事了。在

[①] 法语,意为做出保证。

圣诞节休假之前,咱想把剧本的日、英两种文本交给所有参与者。截稿期就定在十一月末吧。

"从现在起你对咱们必须engager。咱和樱、新的制片团队、摄影剧务等等,都要对你完成的剧本进行讨论,要请你一次次地修改。从明年年初起,你就不能再从事其他工作了。这就是包括此项内容在内的engager!"

4

回到客厅后,却看不到樱的身影,只见柳夫人一人站在那里,肩头披着的浅米色开司米山羊绒围巾,上面浮现出勾玉形植物花样。她在抚摩被龟背竹遮掩住的青铜仙鹤上雕着羽毛的鹤背……她转过失去血色的冷峻面庞说道:

"樱受到了刺激,让她服用药物后上床休息了。她那人呀,只要穿上和服,自己一人就无法做睡前准备。尽管如此,却还在担心您是否会为了剧本的事与木守吵起来。

"对不起,能请您去二楼的寝室吗?才十岁时就成了孤儿,是个被美国兵收养的孩子,就连相同年岁的我都感到可怜。请您帮帮她。"

在二楼上,面对公用道路一侧的土地据说已经售出,用作新界线的混凝土围墙逼近过来,这一侧的狭小空间则被巨大的光叶榉树所围拥。沿着被高大繁茂的树枝遮掩住的昏暗走廊前行,便是一间有着高高玻璃房门、书架直至天花板的书房,看样子,这书房里放置了床铺,虽然有屏风隔开而看不到里面的情况,三面镜、化妆用品、茶几,还有几只路易·威登的旅行箱却显露出来。

柳夫人稍稍掀开厚实的窗帘,将放置在窗前明亮处书桌边的椅子和镜台旁的圆凳端过来,再关上我们刚刚经过的房门。显现出来的窗子外侧被光叶榉树的一根树枝遮住,虽然目前正是盛夏,室内却显得冷飕飕和阴暗。我在高背椅上坐了下来,柳夫人刚在圆凳上落座,随即站起身来背靠着窗框,或许是因为她那种不愿处于我的俯视之下的禀性吧。

"与木守谈得还算圆满吧?"柳夫人提高声调问道。

"木守本人应该对樱都说了,但我还是重新说一下他的想法吧。他明确表示,即便从'M计划'独立出来,他也会按照樱的计划,让女性来出演米夏埃尔·科尔哈斯的角色。

"我也根据他的这个方案,承诺于十一月完成剧本的第一稿。"

于是,樱也加入了我们的谈话:

"出于对迪比多罗患癌症的……该说是同情吧……木守支持我的设想,问题已经不存在了。不过我也曾经想过,虽然这是件好事,可是因此向您催促剧本是否合适呢。我对您也曾表示过,从令堂和亚沙那里听了有关《'铭助妈妈'出征》后,就热衷于这个故事,觉得是个巨大的收获……却没有充分考虑这与你有关米夏埃尔·科尔哈斯电影的构想是否吻合……"

"上次听你说起这话时,我就打算做出回答,那就是已经被你对《'铭助妈妈'出征》的理解所吸引。在那之后,或许是阿婆的关爱没收到效果吧,当时所听到话语的残渣碎片,竟在自己模糊不清的记忆里开始活动。从在我的眼前情绪高涨的樱的身上,我想象着由樱扮演的'铭助妈妈'。

"在那之前,我把暗地里支持着'铭助'的年轻母亲的角色,与支持着米夏埃尔·科尔哈斯的丽丝珀的角色重叠起来,写出了第一场暴动。构思第二场暴动时,又把照顾'铭助的转世之人'的那位上了年岁的'铭助妈妈',与吉卜赛女郎的强悍重叠在一起……现在,我将对这两场暴动进行归纳,尝试从一开始就把'铭助妈妈'作为暴动领导人。我估计这会是艰难的工作,然而我还知道,我的母亲和阿婆实际上已经完成了这项工作,让挤满了戏园子的女人们为之感动……

"因此,对于我来说,就是在夏季里回到大森林……妹妹也一定会向医院请假,围绕演出戏剧这个话题,让她说出从母亲那里听来的内容。我曾以各种形式写了村子里的历史和传说。读了那些作品后,妹妹便站在母亲一方对我进行批判。因此,她肯定会有不少东西不愿意告诉我。在樱的电影中,却是要将'铭助妈妈'作为英雄人物进行综合处理,所以妹妹也会转而积极起来吧。她这个人呀,一直为了女权运动而试图团结护士里的伙伴。

"渡边一夫先生去世后,我再也不能专注于某一件事,妻子为此而一直担心。最近这段时间却有一种真切感,不管记卡片还是写笔记,两个小时也好,三个小时也好,很快就过去了。在那之前,也曾有过无法集中精力进行工作的时期,要说如何才能从那种状态中恢复过来,那就是当这种真实感来临时,自己无论学习还是工作,都会回到原先的状态中去。

"而且,自己现在正要开始的,是樱和木守这两方面都予以支持的工作,所以应该不会出现徒劳无功的现象。"

屏风那边好像在闲适地挪动身体,从那里传来了香水的……更准确地说……像是鲜活女人的体香的余温。

"我将回华盛顿处理一些必要事务,在那期间……也许能够收到剧本最初的梗概吧。"

"与其如此,我打算每当被木守催促时,便作具体的报告。他大概会立即转告给你吧。"

"樱,你的心情这就好些了吧?我会用车子送先生回去的,你就香香甜甜地睡上一觉吧,就以这种心情……"

"比起心情来,身体倒是非常疲倦……不过,倘若睡着以后呀,也许就会做噩梦……总是在刚刚睡着的时候就做噩梦,在梦中想要解开纠结成一团的东西。因此,还是再向您打听一个问题吧。

"您刚才说到在松山的美国文化中心看过的电影?那是迪比多摄制的胶片,可是我自己却没有看过,所以非常惦记这件事。似乎是历史剧的台词,不过,电影描绘的却是走向不幸的命运。

"我在迪比多的安排下到达松山时,他隶属于中心的视听部门。迪比多在那里摄制的胶片,处于中心的管理之下。在我作为民间电影的儿童演员被录用而离开松山时,题为《安娜贝尔·李》的电影之所以留在那里,就是因为这个缘故。

"是旧金山媾和条约生效那一年吧……还是第二年,迪比多辞去占领军的工作而在东京的大学里开始学习,当他得知松山的文化中心里的图书和视听部门收集到的资料,全都要赠送给松山市的图书馆时,便开始奔走活动。却被告知,只有电影胶片理应由专业机关负责保管……

"最终,华盛顿的大学得到了电影胶片,这也是他和我与那所大学发生关系的契机,一同进入了那所大学。迪比多在那里的日本研究所获得职位后,便由他来管理那些资料。因此,我多次向他提出想要看那部电影,然而迪比多总是不同意,表示那是占领军收集的资料,离公开这些情报还有一段时期……我一直存有某种担心……甚或成为噩梦的根源,就这样延续下来了。

"您十七岁时看到了那部电影,您还详细地叙述了认真观看临近结束时的那些场面的情景,甚至能够记住我在电影中的脸型。我想请教的是我身上那套衣服的情况。当时面对摄影机摆出姿势的我自己是什么模样,我已经记不得了。摄制过程中,我竟然睡着了……

"在护城河畔狭小的草坪上……与其说那是草坪,我记得更像是杂草丛生的小道,由于让我穿着新衣服就躺在那杂草地上,当时非常担心会把那衣服给弄脏了……担心把,借用您朋友话说,把那白色……('是白色宽衣。'我补充道。所谓宽衣,仅仅意味宽舒的衣服。我想,那是吾良对意大利文艺复兴的绘画里出现的姑娘们身穿的……只用白布简单裁剪而成的服装留下的印象。)宽衣给弄脏了……

"而且呀,虽说杂草丛生,却也是人们行走的道路,正中间就凸了起来,把我的后背硌得生疼。刚一扭动身子,迪比多就生气地说,你扮演的可是死去的小姑娘!

"现在回想起来,当时的迪比多是个消瘦且神经质的青年,在那之前还没对我发过火……尽管如此,那时却没有停止摄影。结果,他从美国军人的工作用衬衫口袋里掏出一个纸袋,用指甲将一片药分为一半或是四分之一,让我吞服下那个药片。由于没有水,他便让我将唾液积在口中……

"于是我就睡着了。不过,在空袭中丧生了的妈妈曾经告诉我,我的睡相很不好看,因而我就担心,如果躺在地面上翻动身体,衣服会被揉弄得多脏呀。醒过来时,我已经躺在吉普车的坐席上,现出非常悲伤的神情,深深低着头的迪比多则坐在我的脑袋旁边。我估计身上的衣服已经乱七八糟了,提心吊胆地抬起头来看去,却是和早晨穿上这衣服时一模一样的……白色宽衣,也就放下心来。虽然如此,却仍然感觉到某种不可思议的东西,便一直放心不下……

"在电影的最后场景里,我的衣服漂亮吗?"

"漂亮,因为吾良特意强调了白色宽衣。"

"那就太好了。"樱深深松了一口气,然后说道。

吾良那帧剧照上的裸体少女浮现在我的脑海里……

这时,樱开始发出睡眠中的粗重呼吸。柳夫人站起身来,前去打开通往走廊的房门,返回来时,又抱起窗帘的下摆,不出声响地拉上了窗帘。柳夫人一面走下楼梯,一面说道:

"'I'没有胡乱折腾安娜贝尔·李的尸体吧?"

第三章　You can see my tummy.

1

翌年三月中旬，我接到镰仓的柳夫人打来的电话：

"樱将于四月初来日本。第二周的星期一，将与木守召集来的电影制作人员见面，不过地点却是在京都。这是由于在四国要长期拍摄外景，而且制片厂本身也在京都。就这一点而言，我的期望也落了空。那时，您要对剧本的最后一稿进行修改，就不能参加与制作人员见面的会议了，而樱说是想与您就包括个人问题在内的内容，进行只有两个人的谈话。如果在见面会的前一天去京都的话，能请您同行吗？"

"我将非常高兴。"我回答道。

"那么，晚餐的地点就由樱来安排。至于第二周星期日前往京都的新干线车票以及住宿（面积不大、安静的房间），说是请您帮助预订。可是，您对这种事务性安排并不擅长吧……"

我接受了对方的请求。我在这方面的能力一如柳夫人放心不下的那样，因而请出版社的熟人帮助寻找京都的旅馆，却由于正逢樱花时节，有着良好评级的旅馆全都客满，只筹划到一个套房。不过，据说因花期等具体问题而取消订房的例子每年都有,到了旅馆后在大堂交涉一下便可解决。

我很少进行个人旅行,为写通讯报道前往采访或为演讲而外出时,都是请相关方面帮助制定旅程。这次我自己安排预订,最后阶段便掉以轻心了,随即就惹出了乱子,前往东京车站时感到紧张就是事实,其标记便是竟然早到了三十分钟,为了让樱她们看到自己,特地带上十七岁时购买的《爱伦·坡诗集》在站台上阅读。这时,并不是折返的列车,而是在车库准备完毕的"光"号驶入车站,我便上车继续阅读。

当我注意到外面的动静时,樱和柳夫人一行就站在车窗外看着我专心读书的模样。这一天,樱头戴大檐遮阳帽,既实用又漂亮,说不上是在表现自我,倒是显得威风凛凛。旁边的柳夫人也好,她家那位抱着作为女用包具未免过大的文件包的女佣站立着的姿势也好,共同形成了某种氛围。乘坐新干线时从不曾见到的、老派的小红帽,提着大号和中号的皮箱站在她们的身后。

原本想下车到站台上接过行李,眼力敏锐的柳夫人却制止住我。樱从容不迫地上了车,我只是站起身来注视着小红帽将行李放上网架。樱的举手投足和与其相称的小红帽从容的举止,让我为之感到新鲜。

柳夫人通过电话传达的指示比较详尽,因而我根据对方的意思,为樱一人预订了软席车厢的两个坐席。她需要在身旁留有空间以便放置女用小提包以及其他物件,更重要的是,如果一位能记得她少女时代的面容的影迷恰巧坐在邻席的话,那可就麻烦了……我则坐在她后一排挨着过道一侧的坐席上。这是为了需要帮助樱的时候,能够立即起身过去。靠窗的坐席上,坐着两三年前我在美国大学里的短期研究班讨论会上常见的那种类型的姑娘,她带着当时颇受好评的批判性的关于越南战争的精装本图书,落座后便开始阅读。

樱费了一番周折后刚安定下来,就说不到前面来说会儿话吗。我便移坐到前排去,不管怎么样,先对樱的丈夫的死亡表示了哀悼。

她摘下太阳镜,目不转睛地看着我,仿佛我说出了什么离奇古怪的话一样。

"您曾关注过作为日本文学研究者的迪比多·马加尔沙克吗?('不要说他的研究工作了,就连他的名字我也不知道。'我只能坦率地回答。)与您开始一起工作时,我担心迪比多是否写过针对您的作品的批判文章,便往华盛顿挂了电话。他的态度则是不偏不倚,回答说只在系里的研究班讨论会上使用过您的初期作品《揪芽打仔》。似乎并不是作为专门研究的对象……因为他不是与自己年岁相仿的唐纳德·金①、爱德华·G.萨登斯特克②。那些先生的弟子呀,正在翻译着您的作品哪。"

"是的。约翰·内森③。这位与我年龄相当的优秀研究者正在工作着。"

"迪比多并不从事文学翻译,因为他的母语是俄语。他千辛万苦地掌握了英语,然后又学习了日语,听说他在军队里非常勤奋地学习。他与研究日本的第一代大家们存在着差异,很快就被哈佛大学以及普林斯顿大学的青年才俊追赶上……我认为,迪比多的研究生

---

① 唐纳德·金(Donald Keene,1922—2019),美国著名学者、日本文化、文学史研究家,哥伦比亚大学名誉教授。著有《日本文学史》(全18卷)、《日本的文学》和《与日本邂逅1992年》等。

② 爱德华·G.萨登斯特克(Edward G. Seidensticker,1921—2007),哥伦比亚大学名誉教授,日本文学研究者、翻译家,译有川端康成的《雪国》《千只鹤》和谷崎润一郎的《细雪》等。

③ 约翰·内森(John Nathan,1940—),曾任哈佛大学研究员、普林斯顿大学教授,现为加利福尼亚大学芭芭拉分校教授,从事日本以及东方文学研究和翻译,著有《三岛由纪夫传》等,译有大江健三郎的《个人的体验》等。

涯已经停滞不前了。

"如果仅仅从外语教学的角度来看,他是优秀的教育工作者,拥有很好的声誉。我在年龄很小的时候得到此人的帮助,不过更准确地说,是作为学生接受了严格的教育。由于这个缘故,才能够从事现在的工作。我回国后随即前往探视,在那个阶段,迪比多对日本研究并未留下兴趣。毋宁说,倒更像是卸下了重荷……他才五十来岁,作为学者而言,他死得太早了,不过我在想,他在一个比较好的时间点上走到了生命的尽头。"

樱做了深思熟虑的总结,意在防止我哪怕是出于礼节而悼念迪比多·马加尔沙克教授时浪费时间。

在说着这些话时,从女佣那里接过的皮包(而非小红帽送来的皮箱)中,樱取出装帧漂亮的剧本(我收到的是日语版和英语版各自分开的两册,而樱手中的则是将其合订在一起的版本),并在跷起的二郎腿上摊开来。

"木守的工作很有成效,最终还是作为'M计划'摄制电影……请您对剧本的序幕部分修改了好几次。纽约那些人非常重视'M计划'的世界统一性,由于米夏埃尔·科尔哈斯的叛乱故事能够得到清晰的解释,他们也就放心了。较之于克莱斯特小说里出现的科尔哈斯,年轻的'铭助'则被描绘为构思新颖的领导人。

"把野生马匹圈养起来的场所,被村落外的森林遮掩起来。那是叫作'鞘'的地方吧。"

"'鞘'是实际存在的场所,就在我们村子……现在已经与邻镇合并……的森林里的高处。巨大的陨石飞落下来,将森林撕裂开。宽度约为三十公尺,长度则有一百五十公尺。新制中学成立后,也设置了社会学科,第一次自由研究就是前去测量。我就是那一代人。"

"我也是和您同年同岁的,不过我在美国学校就读。"樱说道。

"据传，那里就是连续两次暴动的……维新前那次暴动中，'铭助'训练前卫以迎击藩兵……的场所。从'鞘'的北面涌出的泉水形成河流并与村里的河流汇合的地方，叫作大竹薮，说是当时就从那里伐下用作竹枪的竹子。"

"就在那个有着各种传说的地方，一些年轻人圈养着马匹，圈养着如同米夏埃尔·科尔哈斯打算带到莱比锡那个大规模马市上去的'全都养得肥硕而毛色发亮的'小马……

"木守告诉我，尽管剧本中的故事是虚构的，但是将其置放在有着民间传说的场所倒也合适，这是古义人那个作家编织故事的技法。

"我喜欢电影片头……那些年轻人骑着小马，奔驰在森林中开阔的绿草地上，同样年纪轻轻的'铭助妈妈'注视着他们……的那个场面。村里难以向藩府交纳地租，铭助便拴上五匹小马前往下游的城下町。然而，岂止没能得到奖赏，还遭到城代家老①儿子的侮辱，马匹也被没收，还被殴打着驱赶回来。以此为契机，遭到穷追猛打的那些年轻人便挺身反抗。被屈辱地驱赶回来时，奔逃出来的几匹马追上了正从山巅回顾城廓和城下町的'铭助'。于是年轻人骑上那些马匹，作为暴动的先头部队出征……这一段情节，也与科尔哈斯的叛乱故事相近，写得很好。

"在暴动的开始阶段，'铭助妈妈'大概多大岁数？"

"妹妹正在读一百几十年前的……曾当过村吏的……我家当家人写的日记。借此机会，我让她帮助查阅从暴动前不久开始，涉及女性的记载都有哪些。听说，上面记载着'迎娶十六岁之新娘'字样。假设这个新娘在十七八岁产下第一个儿子的话，再假如那个儿子在二十岁时参加暴动，那么他的母亲那时也才三十来岁。

---

① 大名外出时代其掌管城中防务和一切政务的家臣。

"再说'铭助'发起的暴动。就迫使藩府领导人接受穷苦农民的要求这一点而言,暴动是成功的。然而,在与藩兵的第一次冲突中,他将竹枪队中每五十人分为前队和后队,突破了藩府快枪队……在那次作战中,杀伤甚至杀死了藩兵吧,于是'铭助'的死罪便在所难免。只是还没等到处决那一天,他就死于狱中了。在那之前,'铭助妈妈'被允许前往狱中探视和护理,因而有可能成为'铭助的转世之人'的母亲。"

"'铭助妈妈'鼓励卧病不起'铭助'的那些话让我很喜欢。'就算你死去,我也会再生出一个你来,没关系。'

"您认为'铭助妈妈'利用那个机会,也就是说,将'铭助'作为孩子父亲,产下了'铭助的转世之人'?"

"也有这么传说的民间故事。不过,顾忌到母子相奸这个忌讳,便把'铭助妈妈'调整为'铭助'的岳母。就像童话故事那样被传下来的东西……"

"是吗?我倒是在想,即便是亲生的母亲,那就算是恶行吗?"樱沉思着说道。

我想起樱曾经说过同样的话。当时,她更为谦恭地说:"我甚至在想,那算是恶行吗?"正是因为那句话,我和樱之间的心理距离现在才如此接近。当时说起路德针对米夏埃尔·科尔哈斯写了第一份文告:……汝之下场,今生当遭车裂与斩首之极刑,彼世则因恶行与渎神而遭诅咒。

我感觉到了樱的视线,便抬起脸来,此时她正要转换话题:

"木守让他们把迪比多收藏在大学的日本研究所资料库里的所有东西全都返还给我。木守正在整理之中,不过,我首先看了'安娜贝尔·李电影'。此前一直担心的最后场景,正如您所说的那样,直至您观看到的部分为止,身上的衣服都很洁净。

"当时迪比多才二十来岁,他的声音让我怀念。但是……每个小节之间,都会留出一些时间,用以朗诵《安娜贝尔·李》。然而,朗诵一直临近最后那个小节吧?只有这一点,我觉得不可思议。不过,能够亲眼看到电影真是太好了。"

这么说完后,樱便结束谈话,将剧本放入文件包,做出一副想要整理装束的模样。我回到自己的坐席,窗边的美国姑娘已将椅背后仰,在继续读着她的书。越过那本书,我眺望着山樱花簇淡淡的白色浮现而出的远山。

我回想起,自己十七岁时在观看八毫米胶片摄制的"安娜贝尔·李电影"之际,为画面配上的诗歌朗诵突然停止……每当一个小节结束时,吾良便会播放他负责的音乐,然而那音乐也消失了……后来电影便被中断,我只得独自离开放映室,恋恋不舍地看着经自己确认了的诗集中剩余的部分:

> For the moon never beams, without bringing me dreams
> Of the beautiful ANNABEL LEE;
> And the stars never rise, but I feel the bright eyes
> Of the beautiful ANNABEL LEE;
> And so, all the night- tide, I lie down by the side
> Of my darling—my darling—my life and my bride,
> In the sepulchre there by the sea,
> In her tomb by the sounding sea.

> 每当月泛光华,
> 我便梦见优美的安娜贝尔·李,
> 每当星辰生辉,
> 我便看见优美的安娜贝尔·李明眸闪烁,

伴着夜晚的海潮我躺在她的身旁，
我的爱人——我的新娘，
在海边的石冢里，
在她海边的陵寝中。

2

临近名古屋车站时，一直在阅读有关越南战争那本书的邻座姑娘起身，从网架取下带有小轮的行李箱。由于那是小型箱子，我没有上前协助，不过，为了便于她将放在脚边的行李箱挪到过道上，我必须先站出去。面对站起身来的我，姑娘用英语问道：

"前面座位上的女士，是樱·荻·马加尔沙克夫人吗？"

我表示了肯定。姑娘用一只手推着行李箱，轻盈地迈出一步（另一只手仍然抓着那本精装本硬皮书），向樱招呼道：

"你扮演了在西贡的美国大使馆避难的越南女人，她充满威严地述说家里的鸡全都被政府军的大兵偷走了。比起整座村庄被美军烧毁的农民，你更同情那个女人所遭受的损失吗？"

"的确，我按照导演的要求，演出了拥有威严的越南女人。"

"那样制作出来的电影，在政治上正确吗？"

"你认为那部电影是个在政治上不正确的作品吗？"

"我不认为表演头脑里只有鸡的那个女人的威严是正确的。"

"制作了那部电影的，是一些为美国感到忧虑的人。你手上这本书的作者之一，提供了那部电影的原案。他们没有对我的表演表示不满。"

姑娘用力推动行李箱，沿着过道离去了。樱维持着回答姑娘时的姿势和表情闭上了眼睛。

在京都车站,把樱和自己的行李运到距离颇远的出租车乘车点,使我备尝艰辛。但在旅馆门前,等候着我们的门童用英语毕恭毕敬地称呼着樱的英语名,一切都很顺利,没有任何问题。然而,当樱在服务台签上名,我在她身旁刚要开始交涉,此前一直站在适当距离外的经理,便显露出另有隐情的神情走了过来。

我便介绍说,自己为这位女士预订房间时,旅馆说是如果来店当天提出要求的话,可以提供被取消预订的房间。经理对此回应说,今年的樱花,花期的长期预报非常准确,现在正是盛开时节,没有出现任何取消订房的现象,整座旅馆全都客满。这么说了以后,他又转向樱说道:不过,马加尔沙克夫人的经纪人木守先生刚才来了电话,说是他今天晚上也将在这个旅馆与马加尔沙克夫人汇合,但是无法订上房间。他说,其实还有一人,是为他们的电影制作提供剧本的作家,也处于没能在这家旅馆定上房间的困境。因此,他想提议按照在美国以及欧洲的摄制现场一直采用的手法。马加尔沙克夫人已经取得了套房,听说卧室里有两张大号床铺,可以把其中一张大号床铺改为单人床,卧室的空间就加大了。另一张单人床则放到客厅里去,这样一来,三人就各自拥有一张床铺了,能够帮助这样安排吗?

他还说,这并不是非夫妇关系的几个男女住在一个房间里,而是电影制作团队的三个人在使用这个套房,所以,不会成为作家与女演员幽会这种丑闻的材料。经理转述完以上内容后,脸上露出期待樱笑出来的表情。他继续说道,于是,我就在这里一直恭候着马加尔沙克夫人的光临。木守先生以及马加尔沙克夫人,还有这位先生共三位客人,同意像刚才所说的那样使用客房吗?只要得到您的许可,我们就将按照木守先生的提议进行安排……会预先准备好一切。

"那就请你这么安排吧。"樱闲适地应答道,"那么,木守先生说他什么时候到达?"

服务台的接待人员便回复道,说是十点到达。樱于是让那位青年帮助确认日本式酒家的坐席,并预定了前往那里的车辆。她还表示,出发前自己要睡上一会儿,这位先生就在套房的客厅里工作或是读书,至于为三人投宿而做的准备,希望在自己和这位先生于七点钟外出之后进行。于是,一切都在樱那确实体现出威严的指挥下解决了。

摁下从十二楼升往上面贵宾房楼层的电梯操作键后,那位客房女服务员便注意着不从正面注视樱和我,在共同使用房间的问题上,我觉得自己被从协商程序里排除出去之事已经为那位女服务员所知,却依然对樱问道:

"木守已经确切知道今天在京都仍然没订上房间,而你并没有时间同木守就目前情况商量紧急对策,这一切都是他在演独角戏,他不但知道你和我到了这家旅馆,还知道我只预订了你的套房,他是怎么估计到你和我将要下榻在这家旅馆的呢?"

"只要给柳夫人挂上电话,说是有急事想要和我联系,木守就可以套问出所有事情来。即便如此,对于今天晚间的安排,木守还是有意向您做出尽可能多的让步。因为,直至今天的晚餐会结束,他都不会出现……"

樱和我进入套房。彼此相连的几个房间的这一侧是客厅,为来客服务的设施一应俱全,甚至还摆放着巨大的书桌。从这里通往里面寝室的、窗子一侧和内里一侧那两扇桃花心木门也显得堂皇富丽。樱往寝室里走去(皮箱也被送了进来),同时对我说了她的安排:在她淋浴和小睡一会儿期间,我可以独自使用客厅,晚上七点起,前往她活跃于日本电影界时期曾亲密交往过的女演员在祇园开办的料亭①并在那里用晚餐。

---

① 专做日式菜肴的高级酒家。

所幸的是，客厅这边甚至也有供来客使用的、包括厕所和简易梳妆台在内的小房间，我在里面更换了毛衣和灯芯绒外裤，然后开始工作。

樱在新干线的车厢里铺摊开来的英语版和日语版这两种文字的剧本，反映了去年年底以来，在我和木守之间反复往来讨论的、现阶段的最终版。上周我也收到了剧本，说是首先有必要与参加这次制作的美国方面工作人员进行协商，便确认完成了装订为上、下两个分册的英语版。木守早年在教养学系选修了英语专业，在他的协助下完成的英译本中，对我的日语版剧本的翻译并未出现误译，只是就感觉而言，诸多纯熟的成语和谚语，却由于指望能被纽约的"M 计划"相关人员理解而被改得通俗化了。而然，现在打开日语版一看，只见新近加入制作现场工作的年轻电影人团队用蓝色、黑色甚至红色圆珠笔加批的参考意见却出现在每个页码上。

他们已经讨论了的部分只占大约一半，然而，对于我作为"铭助妈妈"与年轻的"铭助"以及暴动初期的伙伴之间进行的对话而写上的台词，可以说在每一行都批上过长、希望改为原文的三分之一等文字，在脚本的空白处，甚至写有重新改写过的一两个实例。

至于小说的稿子，编辑者经常会指出意义含混不清以及语句重复的地方，却从不曾如此要求进行实际改写。而且，这次只是一个劲儿地要求"缩短"句子！

一直以来，我本身都在有意识地对小说文章进行可称为苦心之作的修改。然而在这里被要求的，却是不同于我此前一直在进行修改的宗旨。直率地说，就是被要求"缩短"句子。

起初，我为之感到茫然。细说起来，当初被拉到这项工作中来的时候，台词的长度不就已经让木守和樱感到担心了吗？

尽管如此，我还是试着对一些具体实例做了修改。不过这种做法很有趣，其中存在着与那些以自己的文体感觉进行调整而改写文章所不同的挑战性刺激！毋宁说,我发现了这个现象,越来越迷上这种感觉。

从年轻时开始,倒不是打算出版,我一直尝试着独自翻译艾略特和奥登[1]的诗句。首先,我有意识地逐字翻译(当然,比起原诗来就变长了)。然后将其缩短。故意尽量将其译为与自己的散文文体有所不同的口语文体。在那过程中,我经常听到一种新的、不是出于自己身体的声响。就这么一点点地、我被引导着重新创造自己的文体。目前的情况与那时相似……

我埋头于眼前的这项工作,六点半时,在脑袋近旁鸣响(听起来如此)的门铃却将我惊醒。樱说从寝室打电话联系了客房服务,便送来了两人份的咖啡。我同意边饮用放在工作台顶端的咖啡边谈话。在樱假寐的房间隔壁,能够如此专注地长时间修改剧本,是因为在这段对自己来说漫长的三个小时期间,这是内心不被扰乱的惟一方法,就是不断地书写文字！

从寝室里走出来的樱的身上,已经丝毫不见乘坐新干线时闭上眼睛之际显现出(与年龄相称的)疲劳的印象。她穿着暗紫红色的针织连衣裙,肩头披着大围巾,那是镰仓的柳夫人裹在身上以抵御马加尔沙克教授身患重病的坏消息时的那条大围巾。樱还对我说,饭后去观赏圆山公园的垂枝樱花吧。木守那时应该已经抵达旅馆,樱却对此毫不在意的孩子气的一席话,让我感到了喜悦。

在复杂且狭窄的道路下了车后,走入更为狭窄的巷子里,被引导去的料亭就在这里。店铺的格局以及玄关都不很显眼,及至入内并上楼梯走到尽头,觉得那间房间静静地关闭着房门,事后我也曾想过

---

[1] 奥登(Wystan Hugh Auden,1907—1973),英国诗人,十九世纪三十年代新诗运动的领袖,写有《不安的时代》等诗歌、《第二个世界》等评论文章。

这个问题,难道柳夫人所说由樱寻找的,就是这么一家旅馆吗？在休息室里,我停住脚步,观看我也知道的一位西洋画画家在一公尺见方的纸上只写了一个字的作品。

"我领迪比多来这里的时候,他说,与其说这是书法,莫如说是绘画。"樱冷淡地说道。

走入那间在六铺席空间铺上地毯、两张漆器高桌拼合在一起并放着椅子的房间后,我并没有端详壁龛里的挂轴。

"说是觉得这里是明治高官们密谈的房间,也曾出现在新东宝电影的画面中。"

对于过来寒暄的女主人对此表现出的谦虚,樱当即敷衍过去,而对女主人为马加尔沙克教授的去世表示出的哀悼之意,也没有给予真挚的回礼。

樱表示,自己与这位先生有话要说,请为先生送上酒壶和酒杯,而且都要大号(自己则要小号)的,经常送些热酒来,这就可以了。于是,我们的晚餐就被照此送了过来。房间在二楼,楼下装有玻璃的屏风对面是短廊和与此相称的庭院,院子被板墙围着,植有一株挂着零星樱花的樱树。

在屏风被打开的一处,短廊上放置着硕大的火盆,炽烈的炭火(蒙着金属丝网)正烧烤着诸子鱼,最后还上了甲鱼炖锅什么的,这就是留存在我记忆里的、那天晚上的菜肴。如同体力劳动者摄取必要能量似的,对于送上来的盘、碟里的东西,樱从不曾置之不理。在如此大快朵颐的同时,她同样不停口地一直对我诉说着,从她与马加尔沙克教授的结婚生活直至"安娜贝尔·李电影"的故事,始终抓住我不放。

就倾听一方的感觉而言,樱以她的方法开始讲述的、那些平日里精心准备好的内容唐突地进入了核心。事后回想起来,樱首先向我说到的,是她对木守说起的、萦绕在她心头的那些事情。

"去年在镰仓,就在迪比多罹患癌症的消息传来前不久,与木守商议好了,所以……就成了那样的结果。不过,柳夫人纠缠于《洛丽塔》的开首部分。她想知道,《安娜贝尔·李》中的少女与诗歌的叙述者、也就是那位少年之间是否有肉体关系。而且,她露骨地说了亨伯特·亨伯特少年的权杖以及少女安娜贝尔的蜜露等等……除此之外,还故弄玄虚地说起'永远的处女'之类的内容。虽然如此,在她与我单独相处时,却绝不会说起那样的话题。因为我会予以拒绝。她是我从十岁开始交往的朋友,既有令人气愤的地方,也会有真诚羞涩的时候……

"说实话,我呀,到了年龄后也曾有过很多男朋友,至于相互拥抱和亲吻这种程度的亲热也体验过不少。而且,顶在自己腹部的权杖之坚硬,直至大腿上都沾满蜜露,恋情冷淡下来后又感到心情难受,这一切我都曾经历过。以前我认为,那种事是不能对别人说的,可是……我在这个国家成为电影界的偶像时也是如此,所以去了美国以后,就更是登峰造极了。有一次,我和高中的一个男孩儿在沙发上调情,却在转瞬间感觉到尖锐的疼痛……如此一来,便被不可抑制的恐怖所俘虏,我的身体弄伤了那个男孩子。男孩子的父母把迪比多告上了法庭。再后来,迪比多败诉。我并不清楚判决的详细内容。

"老实说,以此为契机……也是为了我能够在好莱坞工作……当时最为要紧的,就是为了避免被强制遣送回日本,我与迪比多结了婚。从十岁开始,我就一直在迪比多的保护下生活,小时候害怕宽敞的大屋子,便一起睡在同一张床上,即便成为大姑娘之后,也一同在迪比多出于日本情趣而修建的日式浴室里洗浴。结婚时,对于今后将要在同一间寝室睡觉并没有什么反感。即使实际结婚之后……就像孩童时代早已做过的那样,我们在同一张床上睡觉,可那人却什么也不做。一切都很自然。在我睡着之前,只是一直拥抱着接吻……这也与我在孩童时代一样。

"尽管如此,这样的婚姻生活持续两三年之后,倒不是迪比多在强制,也不是我在诱惑,爱抚的方式发生了变化。迪比多的手原本只放在我的腹部和大腿上,不知不觉间,随着我身体的自然扭动,他的手以及手指仿佛被吸引过来一般,开始直接爱抚那个地方。进行爱抚的,是迪比多,而怀着眷念之情让这种爱抚长时间持续下去的,则是我……

"我当然知道,自己与迪比多长久持续着的,并不是夫妇间的性关系。也是因为如此,我觉得自己在神的面前不会感到羞耻。因为,我的性知识当时已经比较丰富,这是对照那些性知识做出的判断。因为,无论爱抚持续多长时间,迪比多都从不曾进入我的身体。

"又经过一段时间,确实是出于偶然,我的手掌无意中包裹住迪比多的性器时,迪比多把他的手覆盖住那里并开始蠕动,一个新的现象便出现了。起初或是腹部或是屁股,他顶住我的身体并流淌着……于是,在我来说,此前一直长久持续的愉快心情越发高涨,就'啊——啊——'地呻吟出声。然后,我们重新拥抱在一起,安详、平静地沉入梦乡。当这种形式成为习惯后,让迪比多在我的腹部、大腿甚至屁股上喷射,就成了我的快感进入某个必要阶段的象征,我还会催促着说'快来!'

"……就这样,迪比多和我之间就有了持续多年的婚姻生活。我认为,对于我们来说,那也是最出色的婚姻生活。

"上次和您见面并谈到'安娜贝尔·李电影'的时候,我曾追根问底地寻问在电影最后部分的画面上,我躺卧在地面,身上的西式服装到底怎么样了。那是从孩童时代起就一直做着的噩梦,那个噩梦便是和'安娜贝尔·李电影'的最后场景……我恍惚地在想,他们是用什么方法的呢？……相连接。因为那个担忧一直延续至今。虽说是可怕的噩梦，可也只像刚才所说的那样精神恍惚。我知道，可怕和残酷的是那个噩梦的真相，我却不知道，究竟是什么真相以及如何可怕和残酷。真的，甚至都无法进行想象。即便在梦境里，也是无法想象你所不知道的事物吧？虽然像是在恍惚地想象着，可睁开睡眼后存留在头脑里的，惟有可怕和残酷的感觉。事后，我也只能像孩子那样以小小的滑稽空想着，在梦中该不是如此这般吧。

"不知该说'尽管如此'为好……还是'正因为如此'为好，总之，感觉上的可怕总是存留于梦中，而整体上却一直难见真容的事件，是我真实的经历，还是空想的幻影？即便真是空想，也只是曾那般尝试着复原梦境的、无足轻重的小小成果……其秘密线索难道就反映在'安娜贝尔·李电影'之中？这就是我长久以来的担忧。然而，观看木守为我取回来的'安娜贝尔·李电影'时，却是一如您所说过的那样。只有身穿漂亮西式服装的安娜贝尔·李……身穿白色宽衣的、十岁时的我，安静地躺卧在那里……

"因此，终于我也明白了迪比多不想让我观看那部八毫米胶片电影的原因，因为那是一部既没有可怕也没有残酷，只有身着美丽西式服装的少女躺卧着的'安娜贝尔·李电影'。至于我怎样地遭受了那般折磨，迪比多大概并不清楚吧。他那人讨厌非逻辑性的东西。

"我在想，倘若没有您的那番话语，即便是在迪比多的禁止之谜被解开的现在，我也不会有勇气观看那部八毫米胶片电影吧。我曾作为那么可怕的、残酷的……恍惚的噩梦的俘虏，一直生活到现在……

"我想表示我的谢意，便对木守和您说了这些话。"

3

对我而言,此前从不曾在那样的场所(榻榻米上铺着地毯,两把椅子相对)倾听那样的女性述说知心话……那冗长的讲述刚一完毕,樱便立即让我观赏垂枝樱花。狭窄街道的两侧人来人往,车子从行人中穿行而过。街道的路灯并不高,紧挨着头顶的、颇有重量感的黑暗压迫下来。这样的空间,与一直在世界各地从事村落调查的友人所说的空间并无二致,对于在京都的街市上没有熟人的我来说虽然新奇,却也同样让我真实地领略到眷念……

我把自己的感受告诉了樱。一反在料亭时的饶舌,她在车里的黑暗中沉默不语。我对她说,尤其是现在,就在这条街道上。而且,对千鳃以外的女性述说这种含混不清的感想,竟让自己感觉到了愉快。也就是说,我喝醉了。樱的认识却与我的愉快直线相连,她说道:

"我也是那样,感觉到新奇和眷念。在墨西哥也曾有过这样的感受……"

在那半年之后,我独自生活在墨西哥期间,在市中心的中心广场乘坐出租车(说是深夜乘车而漫天要价,完全不参考计价器)前往大学城的宿舍,为驶入起义者大街南路而进入的那条道路上行人杂沓、光线阴暗,头顶上是有着漆黑且巨大黑暗的静谧,啊啊,难道在京都就已经预先体验了目前在墨西哥的感觉吗?我怀念般地想道。樱当时的对应,竟是正确得不可思议。

又经过一些时候,在写这一切的现在,我不禁回想起那个夜晚的情景。从停车场通向圆山公园的下坡道路上的拥挤与混乱,虽然规模不大,却与墨西哥城中心广场比较相似……在那个缓坡上,被灯光照亮了的垂枝樱花的老树,较之于层层叠叠盛开着的樱花本身,那株如同人的裸体般鲜明的树干给我和樱留下了更深刻的印象。也只转了一圈,我们便踏上了归程。

于是,樱和我之间最为亲密的时期便结束了!在出租车驶入旅馆门廊时,早已等候着的经理便抢步跑了过来。

"给马加尔沙克夫人您带来了不便……我们尽力做了准备,把寝室里两张床中的一张标准床用西式屏风围了起来,洋溢着独立的单人房间的感觉,就请您在那里安静地休息。

"木守先生显示出宽宏大量的理解……听说这是世界级别的电影制作呀。先前已经在房间里等候了。我们的总经理向马加尔沙克夫人送上了鲜花、香槟和水果。"

"已经喝了很多酒,所以想尽快上床休息。"樱打断了对方的话语。

在客房女服务员的引领下,樱和我进入套房,寝室的几个门扉里,只有浴室、盥洗室和厕所那边的门被打开,正在急急整理衣着的木守的招呼声从那里传了出来。客厅已被布置成单人寝室,樱从置放在床铺旁的桌面上取过矿泉水,站立着倒入自己的水杯并喝了起来,同时把矿泉水瓶递给我。就在这时,木守边把胳膊往上衣里套着边走出来说道:

"哎呀,在你上床之前,咱们到酒吧喝上一杯吧。樱的寝室早就妥善收拾好了。咱的床铺是和这张床一样的单人床,像是婢女的休息室那样的感觉,一直顶到浴室的墙壁上,因此躺在那里是看不到樱的床铺的。"

"木守君,今天晚上我对先生呀,说了我看过你从大学取回来的八毫米胶片电影,还对先生说了我穿着漂亮的西式服装睡着了的姿势,以及其后……毫无保留地对你说过的那些内容……的那件事。"

"说到了那种程度?"木守像是不情愿地说道,樱却心情愉快地打断了他的话(我意识到,她也喝醉了):

"如果你要问起为什么对先生说了这些,那是因为,作为这次的电影制片人,你的关怀不够多。自'铭助妈妈'鼓励那些年轻人的场景开始,我想把她塑造为一直活跃到最后的、性格开朗的女人,从发生在大河滩的暴动,直至在城下町那场人数很少……米夏埃尔·科尔哈斯最初同样只有十几个人的小规模……的夜袭。我想请先生预先意识到这一点。就是这么一回事。假如先生将我视作沦为占领军军官的性奴隶的少女,那种写法就不合情理了吧?自从与城代家老及其儿子的邪恶势力开始战斗以来,'铭助妈妈'在那个过程中就承担起了悲惨的命运。这倒也可以接受,我会认真地表演这一段。剧情进一步发展下去,就应该是身为魂灵的表现了。但是,作为其起点的'铭助妈妈',却是一个性格开朗的三十来岁女人。

"因此呀,我希望先生能够正确把握迪比多与我的关系,希望把我当作受到庇护、受到宠爱,直至成人后自然而然地结婚……虽然如此,在性关系上,却让我按照少女自己的方式恣意行事的……完全自立的女性来加以把握。而且呀,还因为和先生的交往刚刚开始,柳夫人便没羞没臊地试图镌刻上可怜的孤儿生涯这种印象……

"为答谢让我回忆出'安娜贝尔·李电影'而表示的谢意,就是这些!"

然后,樱突然转变话题,开始嘲弄木守的着装。事实上,看到睡了一会儿后来到客厅的木守,我似乎回到往昔的驹场时代,泛起交汇着眷念和滑稽的情感。木守大概预见到樱和我将迟归,这才决定上床假寐一会儿的吧。我本身正想穿上准备好的睡衣,便想到"啊,原来如此",木守替换下对我的身体来说也过于肥大的睡衣了吧,而旅馆送来的那件睡衣,该不是住在套房里的一家外国人中的、孩子穿用的睡衣吧？现在，木守穿在西服上衣里面的那件睡衣的立领上，缀着层层非常可爱的花边。刚刚洗过的头发，确实使得驹场校园里那位仍带着少年俊美的木守有再现在我的眼前。

我们在吧台前比邻而坐，酒吧侍者不是向木守，而是对我显现出踌躇的神色。（如果在外国的话，一定会询问木守的年龄。）木守感觉到了这一点，要了两杯爱尔兰威士忌的量、兑酒用的水和黑啤酒。接着，我对侍者表示也要相同的酒水。我们为樱的热情、为她不因马加尔沙克教授的死而畏惧，将表演赋予个性化的那种积极的热情而干杯。话虽如此，木守却没有说得更多，似乎仅仅在消磨着时间。他只喝啤酒，对于刚才点着牌子要来的威士忌，却碰也没碰一下。

我们返回到套房时，樱像是已经睡熟了，木守和我也默不作声地在各自床铺上躺卧下来。在大寝室和放置了我床铺的客厅之间的那扇门被打开，木守将门扉固定在了门吸上。这应该是表示他没有与樱同居在一个单间里。于是我也打开枕边灯，却不能从事工作或是读书。我躺在黑暗中挨过很长时间，感觉到与独自躺在放置于书房里的那张床上度过的不眠之夜全然不同的愉快心情。

又过去一段时间，觉得就在耳边响起了幼女或是少女的抽泣。幼儿难道会有这般胆怯和颤抖着的声音……不用说，这一定是樱在梦中哭出来的声音……

木守进行劝慰的镇静语音传了过来。在那抽泣声依然持续着的期间，他照旧平静地、像是为了对理应尚未睡着（确实如此）的我表示一个决断似的说道：

"没办法……那就去那边吧。"

这时我有一种感觉，觉得我们这孪生兄弟中的那一人倘若不这样做的话，我就将承担起发挥作用的责任。（此时，我明白了先前心情愉快的原因。）我将脸埋入没完全叠好的枕头间，倾听着自己心脏强有力的鼓动。那边的状态长久持续着,我则沉入了睡眠之中,哪怕只是很短一段时间。不久后,听起来像是孩子气的声音再度传来,却已经不是抽泣着的少女的,而是与年龄相称的粗大嗓音在说:

"阿×,快来!"

我立即反应过来,便想要起身。但是,敏捷地制止住我这愚蠢反应的,是少年(听上去的确像是少年)越发高涨起来的急促呼吸,与其瞬间屏住气息相呼应,樱发出了从容的"啊——啊——"的声音……

在邻室透过来的淡淡灯光下睁开眼睛,只见从对面横穿而过的人影打开盥洗室照明灯,停步在被反映得亮堂堂的镜子前,片刻后,坚定地向浴室那边迈步而去……

在那让我感到眼花缭乱的眼睛里,犹如将两斤①泛着红色光泽的英式面包不留间隔地紧紧挤压在一起似的屁股构成了残留的影像。

听着颇有气势的淋浴声响,从很久前被塙吾良一瞥之后放入翻领衬衣口袋里的那帧照片上,我联想到因长年摄取与日本人饮食迥然有别的营养而成就的肉体!

4

睁开眼睛时,已是早晨八点钟了。我必须乘坐新干线在下午的早些时候到达东京。向着透入微弱光线的接缝处,我裸脚踏上地毯,将窗帘拉开少许,以便透入的光亮能够略微照亮室内。在我的记忆里,到达旅馆后从行李箱中取出的东西,惟有装订好的剧本和装有笔

---

① 日本的重量单位,一斤相当于三百五十至四百克。

记用具的帆布小袋。收拾好这些东西并穿上西服套上鞋子后,邻室仍然寂静无声,向墙边那张在透过去的光亮里浮现而出的床铺瞥去,却看不出身体并不很大的木守是否在毛毯下面。或许他换到里间的标准床上后就在那里过夜了,那就更没必要向他打招呼了。

我直接出了房间,发现房门外侧的报箱里空无一物。提着行李箱上了电梯后,却有了新的想法,便在大餐厅下了电梯。木守一人远离其他客人,坐在因飘起雨丝而阴暗下来的窗口,面对着比他所习惯的分量要多的西式早餐。

"哎呀,这就要出发?咱们定于午餐时碰面,('我这边只要咖啡。')直接就开始商量。由于中心议题是摄影人员对剧本提出的各种批评意见,咱觉得还是自己先归纳整理,然后再与你讨论为好。就是这种情况,今天就不挽留你了。"

"我也没做那项安排。"我回答道,"这次来京都旅行,是响应樱的提议,就由我来付费。想到这里来抓住你,然后对你说,旅馆的费用由我自己承担……因此,就拐到餐厅来了。"

"旅馆的房费就不用付了。让他们加急重新布置了套房,所以呀,费用可要比你的预想高出许多。电影制作团队的日程是从今天正式开始,说是咱和樱提前一天到达,就计算在预算内吧。只是昨天晚上的京都料理,听说是樱安排的,因此在她支付之前,你先到服务台付了吧。"

我表示了同意。

于是,木守想要从事务性琐事上转移话题,他从早餐上抬起眼睛直视着我。木守精心梳理了头发(像是精心准备了整理头发的美发用品),早已不见昨天夜晚那少年般的面容,俨然一副壮年实业家的气派。

"樱也对你说了她与马加尔沙克教授的婚姻生活,你们如此迅速地接近,咱或许会产生'被你超越了'的想法……就是这么一种状况,你可不要辩解。昨晚你还没睡着的时候,后来看见她去浴室淋浴了吧?

"也就是说,就像你所看到的那样,在她那个年龄上,还能有那么好的皮肤和体型,这甚至可以说是罕见,对吧?如果让咱再补充说上一句,那就是在咱这手指下,她分泌出来的体液可真是丰沛啊。我在想呀,即便在性关系上,马加尔沙克教授不也很幸福吗?"

"那么,你就留在幸福的余波里,我可是要去服务台了。"我决定制止木守的饶舌。

"唉呀,是这么一回事。"木守表现出此前不动声色的人出现动摇后的妙处,略微想要挽留住我,"马加尔沙克教授的遗物已经全都取了回来,很快就让樱观看了'安娜贝尔·李电影'。一如你依凭记忆准确讲述的那样,她得以亲眼确认了其中细节。她说,长年间的……自己也不清楚的疑念,现在可是彻底解决了。那种解放感,或许会让她产生一种冲动,对咱和你讲述她与那个已经不再需要担心的马加尔沙克教授的半世生活。然而……其实还有一个。关于这个情况,我在想,是否需要重新对你说说……

"马加尔沙克教授的黑匣子里,确实藏有特殊收藏品。咱仔细筛选、区分了可以让樱看的东西以及并非如此的东西。就是这么一回事。可以让她在不知情中走完人生的事物,就不让她知道……在回忆附有漂亮花饰之往昔的同时,面对没有马加尔沙克教授的新生活,假如发展成这样的局面,那又有什么不合适?

"今天清晨咱早早起床出来,考虑那个人在咱们的电影以圆满成功告结束后的余生。作为仅仅是在补偿个人罪过的美国兵,马加尔沙克教授早年从东京大空袭的废墟中保护了已是孤儿的少女,对于樱来说,咱认为这位教授是个必须存在的人物。现在他却去世了。

那么,在马加尔沙克教授死去后,咱就在想,由咱来承担樱在工作上和生活中的监护人这一角色,这也是可能的吧。

"细想起来,事情发展至今,也真是不可思议的缘分,咱可以与之商量这件事之全局的……而且,在那么深的层面上呀,樱那一方也能够信任的商量对象,也只有你啊。那么,剧本的最后一次讨论和完成的日期,咱再与你联系。你就继续研究目前收到的那部分吧。"

5

在驶往东京的新干线电气列车上,也是因为邻座空着的缘故,我记得自己一直在修改剧本的台词。在京都的旅馆里已经开始的、根据剧本上那些批注缩短台词的工作,一旦确定了原则(这个原则是在实际修改时一点点形成的),在对草稿反复进行第二稿甚至第三稿修改的过程中,原本没有自信的台词的风格,我也渐渐地有了比较好的感觉。就小说中会话的风格而言,所谓"缩短"这个条件并不重要,而在电影剧本里,已经成形的意味不容更改,但是大幅度削减……"缩短"台词这个程序却是必不可少。在电影里,通过演员和女演员进行叙述的台词的风格化,大多是借助他们的表演技巧来体现的吧。我认为,这当然也是演出者的工作,应当在想象他们表演技巧的同时改写剧本。我将这种做法当作自己风格的剧本语法。

我遵循这个语法最先着手的,是对"铭助妈妈"的台词进行改写。我觉察到,自己现在可以把"缩短"了的台词放置在樱的肉体上加以推敲。我想象着将历史剧电影的戏装穿在泛着红色光亮且略显丰腴的肌体、滑腻且没有一丝皱褶的皮肤上的女性形象。于是,我感觉到了"铭助妈妈"那些被缩短了的台词显现出的现实感(也就是我感觉中的风格化)。如同此前的漫长岁月里,对于《安娜贝尔·李》

日夏译本的阅读,借助身着白色宽衣的少女照片获得现实感并被风格化……我体味着新的专注。

出了东京车站的八重洲出口后,我向神田神保町旧书街走去,我的小说被翻译、出版以来,一直负责相关版权业务的著作权事务所就在那里。这家事务所的负责人是我的多年老友,对于著作权事务所来说,日本文学作品的出口业务并不能带来收益。虽然如此,这位朋友即便在复杂的事务不时遇上麻烦时,也从不曾显露出不满或是困惑的神情。

然而,这一天他却没有掩饰自己的不快。我知道,这是他必须处理的事务本身令人不愉快。不过,即便面对这样的事情,他仍然表现出从容的幽默,这是一个能够将非常认真的态度与幽默并存的人。这次他从一开始就用苦恼的口吻说道:

"美国本土不知出了什么事,最近,海关连续查出前往亚洲主要大城市旅行的人在当地饭店小卖部购买并带回来的英语版写真集。是从十岁到十五岁的、被认为是日本少女和幼女的写真集,内容让人感到恶心。

"照片像是从大范围收集品里挑选出来的,拍摄那些照片的时期,是在我国战败后不久,所以彩色照片只占一小部分。不过,那些黑白照片已经让人非常恶心,有些黑白照片还上了浓烈的彩色。

"与最近出现的儿童色情画片比较起来,这些照片显得质朴,甚至还有制作民俗学资料所需要的认真,只是被作为模特儿的那些孩子可真可怜,更让人觉得恶心。进口并贩卖这种东西的专业公司就在附近,他们表示,对于这方面的思想犯亦即爱好者来说,这可是非常有趣的好东西。

"这种东西为什么会和你有所关联呢?……书中内容就没必要看了,是这么大的精装本硬皮书,请看一眼在封套内面特地用日语和英语印刷的引用文字吧。"

我看了看那文字。在那之前,书名"You can see my tummy"如同肮脏的手指一般蛮横地插入我的记忆里……

"如果你想要看的话,"少女从喉咙里发出尖细、稚嫩的声音说道,"你可以看看我的肚皮。"

"If you want to", the girl said in shrill childish voice that caught in her throat, "you can see my tummy."

"你注意到了吧,这是从《揪芽打仔》里摘录下来的。在引用的英文下面用小号铅字标注着书名'Nip the buds, shoot the kids',还用罗马字标注了你的名字。这算是本着良心而加的注吧。当然,你不知道这一切吧?今后,调查工作将从是否真有书上所记载的纽约这家出版社开始……"

我打量着一直没有翻开的这本书的全书包皮设计和书名,一个奇怪(却并非不可能)的想法突然涌现——樱说过,在我的作品中,马加尔沙克教授只把《揪芽打仔》作为教材而使用过。

在装有马加尔沙克教授个人收藏品的黑匣子(木守的说法)里,假设他将那文章里自己中意的几行文字打印出来并粘贴在照片上的话,想要把那黑匣子里取出的资料做成图书出版的人,不就有可能引用这段文字作为写真集的书名吗?如此说来,这部写真集与木守将所有东西都从大学取回去并进行整理的黑匣子不是也有着关联吗?……

短短的造访期间,友人终究没有翻开写真集让我查看书中内容。在海外出版的有关日本的诸多图书被整理得井然有序,沿着陈列这些图书的书柜旁的过道,友人将我送上小型电梯之际,对我这么说道:

"针对占领军的民众暴动,在这个国家里一次也没有发生,我从学生时代就一直关注着这件事。这些被收藏的照片在拍摄的时候……摄影者当然是占领军相关人员,若干小道具已经证明了这一点……假如交到与现在的青年诸君所不同的、当时的学生们手中并被公开的话,情况会怎么样呢?

"关于维新前后那两场暴动的……你的'米夏埃尔·科尔哈斯电影'进展得顺利吗?"

第四章 "安娜贝尔·李电影"无删节版

1

木守重新以京都的旅馆作为办事处，为了在四国的森林中建立外景拍摄营地，他访问了我的家乡，将必要的谈判工作委托给了我妹妹。在打来的电话里，说进展还算顺利。实际上，亚沙忘我地四处活动，是因为与母亲一同见了樱后便对她抱有好感所致。紧接着木守的电话汇报，亚沙毫不耽搁地给我写来了信函，因而我用电话确认后发现，协调工作很可能会遇上一个根本性的障碍。现在我将结合妹妹的汇报写下去。有关"米夏埃尔·科尔哈斯电影"制作的消息，无论是全国性报纸还是爱媛县地方的报纸都做了报道，加之松山的一位大学教授在地方报纸上表明了自己的不安，说这部电影有可能将歪曲了的地方史信息传播到全国去。这个问题便被当地教育委员会委员以及站在县知事一方的县议会的议员们表面化了。亚沙被叫到有志恳谈会这个由响当当的权势者构成的组织去，回答了长时间的质疑。据亚沙说，批判都是曾集中在我身上的那些言辞的重复，因此很好回答。

小说之所以在如此广泛的范围内被视为问题，大致是因为将要被改编为电影的消息传扬出来所致。通过自己祖先的口头传说，我已把发生于维新前后的两场暴动写进了《万延元年的 Football》中。曾有人提出要将这部小说改编为电影。两场暴动中的第一场，其后在刊发的乡土史中被命名为"奥福骚动"①。我在孩童时代从阿婆和母亲那里作为"奥福故事"听到的暴动领导人奥福，曾在庆应二年②夏天的这场暴动中集结了一万多农民。一如阿婆讲述的"述怀"，农民们打破邻镇酒铺的六尺③大酒桶，让酒流淌出来。乡土史里也有这样的记述。（你们暴动之际，一定要牢记！须得从上往下把桶箍砸去！）

乡土史家的批判出现在地方报纸上的言辞，现在也还能见到只言片语。明治四年④颁发废藩置县令，为了抵制取代藩主的大参事这个新体制的首长就任，第二次暴动爆发了。这显然属于历史。小说则是根据相关传说进行写作，说的是农民们反抗山本大参事的武力镇压，最终逼迫其自杀身亡。对于这个解释，批判一方认为这是在贬低大参事美丽的自我牺牲。在此期间，与我无关的争论持续着，改编电影的计划也就此夭折。

我再次给妹妹挂去电话，打听她现在居住的、也是我们老家的那个村落里的反应。新的反对论调，得到了这个县里因日本教职员工会的活动陷入低潮而活跃起来的势力中的干将的指导。倘若放任不

---

① 于一八六六年七月十五日发生在包括大江健三郎故乡大濑在内的奥筋地区的、规模达万余人的农民暴动。因暴动领导人名为福五郎（亦有福太郎、福二郎、福次郎之说），便取奥筋中的奥以及福五郎中的福，将该暴动称之为奥福骚动。
② 庆应为孝明·明治天皇的年号，在一八六五至一八六八年之间。以此推算，庆应二年应为一八六六年。
③ 日本的长度单位，一尺约为三十点三厘米。
④ 明治天皇在位期间的年号，在一八六八至一九一二年之间。以此推算，明治四年应为一八七一年。

管的话,租借外景摄影用地就可能遭到县里或镇上的干涉。这边采取先发制人的措施如何?古义(这是我幼时在老家的小名)写一篇代替声明的文章,就说电影中的故事是以孩童时代听来的传说为基础展开想象的产物,与这个县的历史性事实全然没有任何关联,希望大家能够如此理解……只要提出这个要求就可以了。妹妹这么说道。说实话,如果说到史实的话,"奥福骚动"的首谋者死于狱中是在庆应二年以后,而在狱中受孕后出生的孩子成为明治四年的、第二场暴动的领导人,这根本就是不可能的。谁都知道,"铭助的转世之人"毕竟只是传说中的英雄……

"因此,对于让樱也很受感动的、母亲在演出戏剧中时所说'siyauya 述怀',我已经开始寻访老人并作记录。首先是找母亲进行确认,她在纸上写了'庄屋①述怀'几个字,不过我们家祖上只有人当过村吏,并没有人当过庄屋呀。如果将来出版这个剧本而且有必要加脚注什么的话,就请你用假名而非汉字来书写'siyauya 述怀'。在实际讲这句话的时候,'铭助妈妈'这样呼吁道:我等遭受了如此苦难,今后定将遭受更大苦难,既然如此,就干脆参加暴动吧②……'siyauya 述怀'就从这里演化而成了!

"我寻访的那些对象……都是还记得曾观看过戏剧的老人……里,有人毫无忌讳地讲述戏剧第二幕魂灵那一场中'铭助妈妈'的'述怀',说那是非常悲惨的故事,恐怕只能哭喊着述怀。

"古义,你在舞台上听到的台词确实什么也不记得了吗?或是

---

① 庄屋的日语发音为 syoya,语速放慢时易于听成 siyauya。此外,庄屋是江户时期管理庄园事务的庄司和庄官之遗称,由领主任命村民中声望较高者出任,隶属于郡代、代官,为一村或数村之长,负责纳税和其他事务。
② 此处表示劝诱的"吧",在原文里的发音为 syoya,故而有后句"siyauya 述怀"之表述。

仍然记得却不愿说出来？……亲自表演了'述怀'的母亲也是这样吧……难道所说的台词过于恐怖，因此在孩童时代就尽量忘掉，而这个心理控制机制直至目前还在发挥着作用？如果是这样的话，为了解除这个抑制机制，就像往水泵里加点儿水启动那样，给你也加点儿水启动吧，这么一来，回忆的话语不就像奔流而出的水一样了吗？为了发挥启动的作用，我先说一些寻访来的毫无忌讳的话。

"即便对方承诺满足暴动中所提出的要求，农民们仍然担心队伍一旦解散，'铭助妈妈'和'铭助的转世之人'就会遭到处罚，便聚集在大河滩临时搭建的小屋里，听到大参事自杀的消息后，便错误地以为藩主将会回来而放下心来并各自回到村里。'铭助妈妈'意识到处境危险，便打算领着'铭助的转世之人'藏匿到森林中去……关于这一点，也存在其他解释……总之，她们登上山道往森林而去。然而，曾迫害'铭助'并使其死于狱中的那帮人……城代家老在制度上已经不存在了，但在当地还很有势力的他儿子那一伙人……便追赶上来。据说，他们强奸了'铭助妈妈'，而'铭助的转世之人'则被他们扔入深洞，用碎石子给活埋了……

"在《M/T与森林中的奇异故事》里，'铭助的转世之人'登山进入森林，作为永远的童子一直生活在那里，古义你不是这么写的吗？这该不是孩童时代的你觉得听到的那一切过于残酷，因而将其改为幻想故事记忆下来的吧？

"不过，据说古义还在修改之中，完成了的剧本我可以让木守先转给我阅读，我也不是因此就认为能够改变最后的场景。只是樱对我说了，她希望知道演出《'铭助妈妈'出征》这台戏的第二幕时，我们这地方的女人们挤得戏园子里水泄不通、摇晃着身体甚至哭喊起来的秘密，所以我还要继续寻访并作记录。因为我在想，在这次的电影表演中，樱的演技底蕴里如果增加点儿什么就好了。

"因为我还在想,即便一如古义现在写着的这个结尾,拽着'铭助的转世之人'骑乘的马匹走向森林的'铭助妈妈',也是不可能不知道今后将要面对的苦难。而表演这种神态的演技,则正是樱所擅长的……与樱实际见了面……演技也是这样,一种截然不同的东西之所以深深打动了我,是因为那人自然浮现出来的庄重的悲切之情!"

2

亚沙期待着樱赋予"铭助妈妈"以个性,只是与她的这个期待不同,樱本人通过柳夫人向我探寻,在提交木守进行确认之前,打算直接与我探讨是否可能在剧本中写出"铭助妈妈"的另一个侧面。

为了准备电影开首处的、"铭助"与伙伴们在森林中"鞘"那里练习骑马的场景,就在京都附近的马场进行现场训练。听了这个消息后,柳夫人便与樱事先商量好,那一天就离开镰仓前来参观。当然,这是为扮演"铭助"的演员和其他一些演员而安排的训练。然而,樱这一天也穿着骑马服出现在马场,说这是为了解决运动不足的问题,然后便骑上了马。看着这一切,在"黑泽明电影"中作为骑马教练而必不可少的那人惊叹不已。在墨西哥拍电影的时候,樱曾扮演难以区分出是土匪还是革命家的那位年轻的萨帕塔的妻子,与丈夫和部下在荒野上纵马奔驰的场景受到了好评!

"是这么一回事:是否可以请先生向木守提出建议,说是可以从一开始就把'铭助妈妈'设定为积极的个性。"

倘若果真将"铭助妈妈"推到前景来的话,从第一次暴动开始,就可以顺利地让她参加"铭助"和他的伙伴们向城下町展开游击活动的马队。而且,即便这样改变原先的设定,作为"铭助"的支持者中的一人,电影前半部分"铭助妈妈"的活动没有台词,所以剧本的改写工作能够轻易完成。木守与我短暂商议之后,深深理解了电影的框架和细部,随即接受了我的建议。就在我打算重新评价木守之际,柳夫人打来电话,说是樱对于事情的进展感到高兴,而木守似乎也对我予以好评。然后,她补充说道:

"这都是樱夸奖你的话,当樱得到迪比多患上不断恶化的癌症的消息时,您……木守也是如此……承诺会按照她的意图重新构造电影故事,是这样吧?我在旁边听到了。您说,此前您一直把'铭助妈妈'当作在暗中支撑'铭助'的角色来把握的,不过,也可以从一开始就把她改写为叛乱的同谋者。您还说,可以如此来准备在第二次叛乱中指导'铭助的转世之人'的'铭助妈妈'。后来的进展果然是这样。樱说您深入构思了角色,改写部分在往强化人物形象的方向发展。

"把这话告诉木守时,他也对我谈起了往事,说自己在驹场校区那位二十岁上下的 Kensanrou 身上尽管觉察到奇异的趣味,却从未觉得这会是为将来积累什么的根据。就是在小说家这个职业中,他也有一种'生活方式的习惯',那是经由杰克·马里坦①学习了弗兰纳里·奥康纳②的所谓'生活方式的习惯'。在驹场校区,那家伙即便存在些许趣味之处,却是一个连有天分的人都算不上的乡巴佬。如果从这一点加以考虑的话,自己虽然一直忙忙碌碌地劳作不休,却没有因为'生活方式的习惯'而获得成果……"

就这样,柳夫人作为毫无顾忌地公开传达信息的人,与千鳖也成

---

① 杰克·马里坦(Jacques Maritain,1882—1973),法国天主教哲学家,第二次世界大战后前往美国,著有《认识的诸阶段》等。
② 弗兰纳里·奥康纳(Flannery O'Connor,1925—1964),美国女作家,著有长篇小说《聪敏的血》《狂暴者得逞》等。

了能够亲密交谈的朋友。五月初,千鲣甚至带着光前往镰仓观看宅第里的蔷薇园。

在樱将据点转移到京都之后,柳夫人便负责照顾迟到一步的电影制作人员,同时挑选并训练她一直指导着的芭蕾教室里的少女。为了准备"米夏埃尔·科尔哈斯电影"中的一个幻想镜头,将让少女们环绕"铭助的转世之人"跳起群舞……电影制作人员中的三人小组由摄影、照明和录音组成,他们将拍摄用于宣传的资料。在千鲣看来,与木守一同工作的加拿大国籍的三人小组,尤其在这个场所,似乎并没有制定摄影计划。摄影师四处走动、拍摄剧照,更多时候拷着的是好几台莱卡相机和尼康相机而非沉重的摄影机。柳夫人用法语与那位叫作菲利普·A 的青年交谈,还对他说,作为摄影作品,用彩色胶卷拍摄蔷薇要胜于用黑白胶卷拍摄少女的照片。

千鲣造访镰仓之后两三天,柳夫人随同蔷薇照片寄来了光的一帧抓拍照片,这帧照片让千鲣十分喜欢(那位摄影者很快就将电影制作卷入巨大麻烦之中,千鲣为此非常厌恶他,而将其与光的抓拍照片割裂开来则是她一贯的个性),三十年后的今天仍然摆列在她的床铺旁边。

在照片里,主建筑的壁炉烟囱的砖塔和黑色格棂分隔开的玻璃门,洋溢着一个时代甚至两个时代前的氛围,芭蕾练习场被镶嵌着整块大玻璃的框架围起来,光站在这两座建筑物之间无节制疯长的蔷薇丛中。他头戴登山帽,背负小型帆布背包,面对着斜上方。千鲣和我随即就明白过来,这是因为光被从那里传来的音响给吸引了。照片是从右后方拍摄的,因而只能看到光的侧脸,他抬起左肘,用前臂遮住面孔。倘若光没有闭上眼睛的话,他理应看到的情景,也会被相机拍摄下来。越过玻璃框看到的少女们的群像占据了照片的三分之二。真正白色宽衣的、或站立或屈身的幼小女孩群像,犹如彩色粉笔勾勒出的素描一般浮现而出。毋宁说，菲利普像是为了获得这种效果才从蔷薇园外拍摄室内情景的，而闯入其视野的光的身姿，则刺激了他身为摄影家的想象力。

菲利普拍摄这幅照片后，在他与千鲣之间发生了小小的争论。来到日本的大多数具有知性的外国人惟有用英语说话时，并非不在意被不特定多数的人听懂，而用法语说话时，则并不在意会惹恼第三者的感情。千鲣是这么说的。这一天，菲利普对柳夫人所说的话语便引发了千鲣的反驳，为了表示歉意，这才将包括这幅照片在内的几幅抓拍照片寄过来的吧。

事情的经过是这样的：当时，菲利普说他发现光感受到魅惑的神态，认为他在窥视芭蕾练习场的女孩子们，从而显现出了绝佳的陶醉神情，在这么说着的同时，他拍下了好几幅照片，而千鲣则反驳了他的这番言论。

那时，光无意中听到了弹奏舒伯特即兴曲集的钢琴声。（千鲣在我观看这幅照片时对我说了这个意思，光随即在旁边插嘴说道，"是作品142中变A长调的曲子！"）芭蕾练习场里也有一台新的电子琴，然而在古老建筑物那宽大客厅里弹奏三角钢琴的，是负责"米夏埃尔·科尔哈斯电影"配乐的作曲家，他和导演一同来到日本，临时住在柳夫人原本为樱准备的寝室里。

"光是为了听清楚小和音，才走到蔷薇丛里去的。由于菲利普摆出得意的神情说那是在窥视玻璃房里的情景，我就反驳说，光对于女孩子们近似裸体的装扮是嫌恶的。假如你是摄影师的话，只关注拍摄对象的表面现象，不是拍不出什么好作品来吗？于是加拿大人笑着敷衍过去，后来柳夫人看了未经放大的原照，说她的看法和我一样，便把她让菲利普放大的照片寄了过来。

"光朝向钢琴声传来的方向，却用左臂遮住了眼睛……拳头的反光映照在嘴巴旁边。在电话里,柳夫人笑着告诉我,菲利普确认了这个细节后便是一副垂头丧气的模样。不过,这可不是闹着玩的,听说芭蕾教室那些孩子们的母亲在抗议菲利普的摄影方式……"

3

从镰仓的警察署来了两个警察进行调查,说是"想要暂时收存柳夫人寄到府上的、芭蕾教室那些学生们的照片"。两位警察中一人喋喋不休,另一人则沉默不语,这两人晃了晃警察证件便开始询问,数年前在我家也曾有过一次。说是自称为"赤卫军"的家伙在自卫队营地里刺杀了自卫队员后,被窝藏在京都大学助教的公寓里,警方在那里发现了寄送内部文件的记录,那上面写有府上的地址和姓名。因此,想要知道这是一种什么关系。我老老实实地做了回答。如此激进的新左翼理论家把我称之为"战后民主主义傻瓜"。或许他们早已预见到将会遭到搜查,如果作为障眼法而在邮寄记录上面写上我的名字,那也是可能的……

然而,喋喋不休的那一位照旧喋喋不休,沉默不语那一位也依然沉默不语,在我家里竟坐了一个小时。

出于以往那个经验,这次我始终默不作声。千鲣此前已经得到柳夫人的通知,知道她目前所陷入的困境。这时,千鲣立即提供了菲利普拍摄的几幅照片,至于从背后抓拍的那一幅,她认为较之于所要搜查的少女们的照片,这幅照片只能分辨出白色形体。出示了这幅作品的实物后,千鲣便不再答复其他问题。

柳夫人在通知时说的是这么一回事。

电影开拍在即,制作团队的成员全都从镰仓的宅第去了京都。一间大浴室由于日渐陈旧便没再使用,当时就借给菲利普用作冲洗照片的显像室。他们离开后，那浴室一直锁着门，东南亚来的女佣想要入内打扫，便从柳夫人那里要来钥匙打开了浴室。浴室里到处拉着电线，挂在那些电线上（离去时大概还没晾干）的照片显现出了什么？

女佣被自己的发现惊呆了，她没向柳夫人报告，却告诉了从同一个国家来这里打工的朋友。她的朋友是在瑞典总领事的高级公寓里工作的女佣。总领事夫人是日本人，她是关注亚洲儿童卖淫问题的活动家，与清除儿童色情画片的国际运动也一直有联系，已经从同事那里听说了在柳夫人的芭蕾教室里为电影开拍做准备的摄像师纠缠不休地拍摄少女们的传闻。

在总领事夫人的吩咐下，柳夫人宅第里的女佣取出了浴室中的所有照片，让芭蕾教室的母亲们中的志同道合者观看了这些照片。镰仓警察署受理了她们的举报。

第二天，木守从京都径直前往镰仓警察署，作为电影制作团队的负责人谈了话。菲利普·A原本约好与他同行，前来说明为配合幻想场景的摄影准备而拍摄了剧照的意图，可他却并未如约出现在新干线的月台上，木守只得独自赶到警察署。正等候着他的柳夫人告诉他，菲利普已被神奈川县警察要求应随时与传讯的警察一同前往最近的警察机构。（在那个瞬间，思路敏捷的木守似乎已经有了精神准备，结合韩国的例子来看，"米夏埃尔·科尔哈斯电影"将再度遭到摄影中止的厄运。）

菲利普将行李从旅馆里运出去，做好自伊丹飞往羽田、然后在那里搭乘国际航班的准备。当他到达羽田机场等待出关时，却被等候在那里的警官当场叫住。从他的大型皮箱里，警察查抄出各种各样的物证。与"米夏埃尔·科尔哈斯电影"相并行，菲利普·A已经收集了足以制作一册儿童色情图片的材料。少女们的监护人的检举如果被报道出来,已表明参加"M 计划"的日本大企业将会减少吧。

"因此,你呀,"从镰仓绕道藤泽然后继续乘坐小田急线于深夜赶到成城学院车站的木守说,"就说自己只为世界范围的纪念克莱斯特二百周年诞辰计划'米夏埃尔·科尔哈斯电影'写了日本版剧本而已。这么说就行了。除此以外,不要对媒体说任何东西。"

"就算我被要求说些什么,可对于你所说的菲利普·A 的工作状况,实际上我确实什么都不知道。千鲣倒是告诉过我,讲法语的那家伙说光在性方面有所萌动,千鲣因而反驳了他的说法。她可不是那种喜欢借此四处吹嘘、与媒体有着密切交往的人。"

我的回答使得木守不再用发布命令的口吻说话,却转而提起涉及我家庭的话题:

"是关于你在墨西哥城的'墨西哥学院大学'教授'日本文化论'的话题。樱很有兴致地说到,她曾对你说起出售西凯罗斯版画的场所,而你则对此产生了兴趣。那件事怎么样了?咱从千鲣那里听说,你正在与提供往返机票的国际交流基金会交涉。"

"交出剧本的定稿后,没有继续干下去的想法,原本打算今年三月前往墨西哥,可是根据你的提议,说是在摄影终了之前需要留在这里,就请对方调整为秋季开学的半年期,这个安排又一次因为电影的缘故,顺延到了明年三月出发,可那就要一人承担两个学期了,目前的进展就是这样。"

"这是最后决定吗?"

"唉呀,从秋季学期开始的方案,对于学校来说最合适呀……对方还询问'难道真的不能维持九月开课的提议吗?'"

"那就接受对方的建议,如何?而且呀,即便从秋季学期开课,也希望夏日里你先去适应墨西哥的气候。如此一来,从七月起就可以接受吧。说到年薪,反正你的薪金是固定的,而且宿舍就是大学里的学院俱乐部吧。

"如果这样进行安排的话,你在今后一个月内就可以从东京的麻烦事中解脱出来。就按照这个方针办吧。这么一来,咱可就放心啦。"

"这是怎么回事呀?"

"咱呀,想要把你、千鲣还有光安排在能够与媒体隔离开的环境里,并为此而绞尽脑汁。如果你去了墨西哥城,估计千鲣和光就都能很方便地离开东京。直截了当地说,我不希望周刊杂志的记者跑到位于成城的你家里来。"

"感谢你为我们家诸多挂虑,可我只是承担了你委托的电影剧本写作工作……也就是说,这与千鲣也好,光也好,不是没有任何关系吗?"

"因为你是个动辄就发火的家伙,一旦怒气爆发,就可能会在周刊杂志等媒体刺激下我行我素,咱考虑的可是这些啊。咱谋求在自己的能力范围内,将事情迅速了结,尤其不想让千鲣和光被各种程度的骚扰所波及。咱希望能够如此。譬如说,在拍摄的诸多照片中,光注视着在大玻璃板墙对面更衣的少女们的……至少看起来像是那样的照片,或许已经落入那帮家伙的手里。他们什么事都可能干得出来。你们一家可不像你想象的那么安全。就算你们想要确切存好那幅冲洗出来的照片,可是底片胶卷应该已经被查抄了。

"而且,必须要做的事已经让咱忙得不可开交了。幸运的是,樱在逆境中没有消沉、沮丧,因为她毕竟是不知后退的电影精神的女神……对于她来说,这已经是第二次了,说服她只能放弃这个电影构想,这可是项艰巨的工作。且不说你是否会积极地予以支持,总之,你能一同参加这次谈话吗?"

4

为了参加木守设法向樱说明当前逆境的谈话,我及时去了柳夫人的宅第。那天上午先去了国际交流基金会,递交请求认可变更前往墨西哥出发时间的申请书。而且,这也是接受木守的建议,去见那个与我同期在东大读书、后来进了外务省、又从那里派驻国际交流基金会的官僚模样的家伙。听说,在东大驹场校区教养学专业里,木守与那家伙是朋友,还请他为这次的电影制作承担了一点儿工作。木守告诉我,他已经与那家伙说好,让其尽早开出前往墨西哥的机票,尽管不很痛快,却也确实为我办理了相关手续。也就是说,目前我不会就电影计划无限期推延而提出索赔要求,可是如何让樱理解这一切,则是留给木守的问题了。

然而,关于这次谈话,由于柳夫人让我在木守到达前赶到那里,我便早早抵达宅第,樱就重新评价剧本最后场景的配乐问题而对我没完没了地说个不停!

樱惟有上半身用宽大的衣料包裹起来,下肢的衣着则设计得细长、苗条,这上、下两边的麻布衣服相得益彰,让人感到着衣人的动作显得自由、潇洒。柳夫人站立在她身边,介绍说这是为摄影而设计的衣服的备份,樱经常穿在身上,用以设想自己的动作。柳夫人向我如此说明着,脸上的阴翳清晰可见,却没有往樱那与她不同的、显现出来的积极态度泼凉水。对于降临到电影摄制团队头上来的灾难,樱不可能一无所知,总之,我感觉到,柳夫人试图将樱的反应全都以自然形式加以接受和理解。

"您对于对白台词的改写,表现出了清晰的意图。'铭助'的台词自不必说,就连他的伙伴们的台词,其中风格也清晰地显现出来了,我在想,这到底是小说家做的工作呀。

"在这个国家的电影里,情况可不是这样的。不过,美国呀西班牙的电影里……即便在墨西哥的电影里,很有才华的导演摄制的……毋宁说,在插空上映的小成本制作的电影作品里,台词的风格倒是饶有趣味。对于自己在电影里喜欢讲的那些台词,即便电影结束后仍然难以忘怀,便经常试着使用那些台词说话。迪比多的研究所里那些有才能的人之所以说我是智力型什么的,就是因为这个缘故。虽然我是由童星成长起来的外国人……

"通过这次的电影工作,我初次发现了一些东西。也就是这种台词的风格,首先是已经完成了的台词,接着是对其修改过后的台词……在这不间断的动态里,独特的风格便显现出来了。在连续阅读您写的剧本这一过程中,自己变为了那种台词风格的人,在用自己的声音叙说那种风格的台词……自己正在转变为那个人物,我之所以有那么一种感觉,该不是由于这个缘故吧?

"该说是满足感呢?抑或是充实感?我开始体验到这种感觉。只是我考虑来考虑去,总觉得有一个场景让我深深挂念。

"亚沙走访了峡谷和'在'里那些老年人并作了记录,她送给我的那个记录里的、令堂在演出戏剧时'述怀'的话语,就是事情最初的缘起。亚沙当时说,等她好歹在宏观上大致有了头绪后,再整理出来让您过目……

"话虽如此,在目前已经收集到的材料中,有一些确实非常有趣的东西让她无法沉默,就表示每当这个时候便会给我送来……那个'述怀'里断片般的话语,一下子就渗透到了我的内心,因此我就在想,这不正是为表演'铭助妈妈'而做的准备吗?……

"那确实是非常正确的解答!我呀,甚至在想,在自己经历过各种情况的人生中,还从不曾遇见到亚沙这样的先生……是与迪比多有所不同的那种先生……每一封信函都让我受益匪浅。

"亚沙说,'铭助的转世之人'和'铭助妈妈'觉察到了危险,便避开沿河道路,试图从山上往森林里去的小路回来,却遭到已经没了实权却仍然拥有残余力量的城代家老的浪荡公子一帮人的袭击。

"这些内容也曾听你说起过……听说,'铭助的转世之人'被扔进道路下方沼泽地里一个敞开洞口的深洞,用碎石子给活埋了。'铭助妈妈'则被强奸,而且是被很多男人给轮奸了。由于这两人迟迟未归,村里一些年轻人便前来寻找,此时夜幕已经降下,因此大家对于寻找被用碎石子活埋了的'铭助的转世之人'不再抱有希望,只将全身瘫软的'铭助妈妈'放在门板上抬了回来。

"回来的道路上,在第一次暴动中被摧毁了的酿酒出售的酒铺的那家老板正等候在那里,这时便做出一副为躺在门板上的人喂水的模样,实际上却问了些什么。'铭助妈妈'猛然挡开那个长柄水构,从门板上扬起头来大声答道:'如果你想知道心里好受吗,老爷,下次就该轮到你了吧!'这种强烈的台词如果与悲剧的梗概结合在一起,'述怀'就一定会被森林中的女人们一代代地传承下去……

"即便上次的暴动获得了成功,具有这种不屈服的反抗精神的女性,也是注定要再度与新时代的权利者大参事进行战斗的。即使在这次战斗胜利之后,刚刚离开参加暴动的大多数人,儿子就被用碎石子给活埋,自己也惨遭强奸、轮奸。面对眼前这个因绝望而瘫倒在门板上的女人,却有人试图打听出'罢休了没有'……今后也是如此,无论世间如何变化,女人将依旧持续着她们的苦难。从一开始就醒悟到这一点的人,让'铭助的转世之人'骑在马上,自己则牵着这匹马往山上的森林里而去。就是这么一回事儿吧?……

"我们电影中的最后一个场景,即便从表面上看起来是神态安详的母子俩登程上路,'铭助妈妈'的灵魂也会镌刻在观看电影的那些女人心里,我希望能够这样结束。怎么才能达到这个效果呢?

"目前,亚沙和我在考虑这样一个方案:从笼罩着密林的黄昏时分的天际,'铭助妈妈'魂灵的'述怀'情绪的余韵,以四国歌舞伎中的三弦琴呀笛子呀大鼓的音乐而越发高涨……即使电影的故事是另一回事,倘若将音乐作为'siyauya述怀'的音乐而奏响的话,应该传承下去的东西不就可以传承下去了吗?

"导演说了,这次出了这样一个事件,再度开始摄影工作就需要等待很长时间了,所以我在想,能请您探讨一下这个计划吗?对于亚沙也是这样,我打算请她把整理好的材料尽快给您送去。"

柳夫人这天一直沉默寡言,当她此时预见到樱的讲话将要结束之际,却像是抑制着高涨的情绪似的补充道:

"樱虽然不认为这个事件是电影制作的重大危机,但是木守却并不乐观。事件发生后,说是也没能与先生充分交换意见,樱和木守之间在理解上存在着差异,说是想对先生说说。"

"柳夫人是当地的老住户,因而对外面的传闻比较在意,另一方面,她对于新住户比较神经质……尤其不希望把芭蕾教室的学生们的母亲视为敌人。我想要说的是,对于我们的电影来说,这个问题现在仍然是无法承受的巨大打击。

"只是把女孩子们穿着白色宽衣玩耍的情景拍成了照片,母亲们有必要把这个问题提交给警察吗?说实话,我也曾为了类似经历而担忧。长期以来都是如此,可在实际看了那是怎样的胶片后,我与那位白色宽衣的少女便实现了幸福的和解。那可不是再见,而是和解!如果菲利普那本漂亮的写真集能够出版,妈妈们一定会感到放心,女孩子们本身,甚至会将其作为一生中的美好回忆。"

"樱,看了'安娜贝尔·李电影'之后,你不再做那些可怕和凄惨的噩梦了吧?"柳夫人突然改变态度地问道。

"……对此进行分析的大夫告诉我,在有意识的层面上已经接受了,但长期以来积累在无意识层面上的东西还是会渗透进来。"

安装在院门口简易车棚侧面的电铃被摁了下去。女佣带着照片去了瑞典总领事家后,便再也没有回来。必须前去打开私人道路入口处的铁丝网栅栏,柳夫人这么说着便站起身来。樱原本出于习惯而闲适地沉默等待着,这时便开口提起新的话题:

"您在十七岁的时候,与朋友在松山的美国文化中心看过一次,而柳夫人一次也没看过'安娜贝尔·李电影'。今天晚上,听说木守要放映两部没放在旅馆里的电影,说是被警察作为参考资料没收去可就太冤了。

"为我安排成寝室的这个房间,是柳夫人祖父的书房,你看正面深处是个漂亮的大书架吧?把门扉往两边打开,便可以抽出银幕来。八毫米和十六毫米的放映机就放在橱架下面。这里是放映室。小时候,柳夫人和我经常在这里举办电影观赏会,放过十六毫米胶片电影《米老鼠》啦,《阿尔发发老爷子》①啦……还有她父亲留学时拍摄的八毫米胶片电影,那是作为礼物带回来的……

"柳夫人做了种种准备,把寝室恢复为放映室……今天她还独自一人做了晚餐,真是太辛苦了。"

木守被柳夫人引入寝室,他提着黑色旅行袋站在那里,显现出这次重逢以来不曾见过的疲劳,与平日里相反,显得比实际年龄要苍老许多……我曾写到在这次见面三十年后再度相会时,我从木守的模样想到舞会上的一段描述:他像是在比较年龄的化妆舞会上扮演"少年"的老人。由于妆化得非常糟糕,真正的自己便从裂缝中显现出来了。我不禁在想,当年的木守还是壮年,却像是预先得到了这个

---

① 保罗·泰瑞于一九一六年创作的早期无声卡通片。

形象。

5

我们在客厅隔壁那间铺着略显黑色的地板的餐厅里用了晚餐。樱告诉大家,晚餐的菜肴是柳夫人操办的,只准备了铺放熏制大马哈鱼和油浸沙丁鱼的薄面包片冷盘。木守带来超过两公斤的鸡肉里脊,他甚至漂亮地切好了里脊肉。樱还说,拿来三瓶这家地下室里储藏着的罗亚河白葡萄酒,就一次都打开了吧。柳夫人将放入冰水的那只富丽堂皇的冰桶放在餐桌上,继续冷却着白葡萄酒。

加了咸味的鸡肉味道鲜美而且量也很多,据说那鸡是用特殊饲料喂养大的,而葡萄酒则连罕见地沉默少言的木守都夸奖为好年头的"波伊-弗梅"①,大家都专注于这鸡肉和葡萄酒搭配而成的晚餐。即便这样,晚餐刚开始的时候,樱就说起如何让剧终配乐扣人心弦的话题,并催促我就此发言。然而,樱本人以及柳夫人都已经知道其中内容,木守则与樱对我的热情相待正好相反,只显现出冷淡的反应。我再度领会到的是,对于电影的继续摄制,木守和柳夫人最终死了心,只有樱表示不能接受这一切。

在这一过程中,樱的用餐方式出现了明显变化。据我所知,进餐时她会尽快且确切地摄取必要的能量。与其说樱对这个晚餐会感到腻烦,倒更是表现出另一种态度——蔑视大盘子里的鸡肉,然而正是因为如此,又一次次地挑出来连续不断地吃下去。柳夫人则在一旁为樱斟着葡萄酒,虽然她每次都控制着只斟入很少,樱却是频频举起那酒杯。再看木守那边,他也是把第三瓶葡萄酒放在自己面前,不停

---

① 法文原文为 Poilly-Fume。

地往他本人和我的酒杯里斟酒。他脸上那些失去光泽的毛孔看上去有点儿脏,惟有乌黑的眼睛将挑衅的目光转向樱和柳夫人……

然而,樱发出了更具有挑衅性的声音:

"健康的少女们呀,穿上芭蕾练功服时……在那之前的、罕见地只穿着贴身内衣的模样……被抓拍下来,就这么点儿事,便大吵大闹,有这个必要吗?柳夫人,你那位加入瑞典国籍的朋友,甚至要把这事炒作成国际问题,这是为什么?她真就那么痛心疾首吗?

"我读了总领事夫人寄到京都的旅馆来的快信,觉得无法理解。(随后,樱把视线定在我的身上。)先生,您在少年时代观看了白色宽衣的女孩子的电影,您觉得自己被勾起了柳夫人饶有兴趣的、juvenile① 的性欲了吗?"

"是这么一回事,樱,至于当今的成年人如何看待那部白色宽衣的电影,还是实际看看再说吧。就像事先通知的那样,咱从马加尔沙克教授的黑匣子里带来了两部电影胶片。一部是最初的版本,另一部则是谁都没看过的'安娜贝尔·李电影'无删节版。今天晚上就与原先的计划相反,先来鉴赏这一部吧。"

说完这些话后,就像被束缚在高椅那笔直靠背上的孩子扭动身体逃开似的,木守离开餐桌站在地板上,往客厅那边小步疾走而去,随后抓着两个八毫米胶片电影的盒子回到餐厅。

"樱,在华盛顿放映的'安娜贝尔·李电影'让你为之感动。听Kensanrou说,他在美国文化中心看过这电影后,觉得最后场景中的白色宽衣之美简直到了极限……"

接着,木守转向我说道:

"那确实是你在十七岁时看过的东西。但是,咱可是存有一个

---

① 英语,大意为少年的、少女的、未成熟的少年或少女的,等等。

疑问。据说让你和塙吾良看电影的那个年轻的美国大兵,曾短暂中断电影,让你离开放映室,只留下年长的吾良继续观看剩余部分。然而,那是为什么?咱看了那部'安娜贝尔·李电影',并不觉得有必要顾忌到未成年人。因此,围绕只有自己留下来观看了的内容,吾良说过哪怕是暗示性的话吗?"

我摇了摇头。然而与此同时,一个记忆却模模糊糊地显现出来,那是看了电影后没多久,夹放在吾良交给我的那本法文书中的照片引发的记忆。原本一直以为那是显像在相纸上的照片,可那该不会是从电影胶片上剪下来的东西吧?就连对着日光仰视时,自己的脸的角度的感觉都开始复苏。而且,我还对比查看那两三张连在一起的胶片,该不是为了确认暴露在外的胯股间的黑点(小穴)吧?

吾良得到了较长的胶片,便特意从中分出一些给我,而我却退还回去,他便表现出"这个小屁孩儿!"的神情。难道情况果然如此?

"然而,应该还有一部'安娜贝尔·李电影',惟有这部电影,对马加尔沙克教授来说才是极为重要的东西。不妨将其称为无删节版,不过在制作时间上,那一部在后,是第一部胶片的复制品,加上新技术后重新编辑而成的。那是马加尔沙克教授从美国文化中心取回最初这一部胶片并置于自己的控制下之后所做的工作吧。

"原本想建议樱连同最初版本再一起观看这个版本的。对于电影来说,这部绝对优秀。还配了音乐。虽然我不能够确定是什么作曲家创作的曲子,但我知道那是悲剧性的神秘曲子。刚才听到的'米夏埃尔·科尔哈斯电影'最后一遍修改稿,与樱所思考的音乐该不是相通的吧?中性的少女身着白色宽衣的照片,在编辑手下有可能变成什么样的东西,就这个意义而言,总之,是有其观看价值的。"

此前一直表现出忧郁神情的柳夫人兴致盎然地站起身,樱也跟在领先站到灯光黯淡的大廊下的柳夫人身后,木守和我便也跟随在她们后面。走上楼梯时,在眼前那用不可思议的裁剪法制成的麻质和服里,我在确认二斤英式面包的有力蠕动。走进放映室的我们四个人,分摊了三个空空如也的"波伊-弗梅"葡萄酒瓶带来的醉意。

转动书桌前那张大扶手椅,便朝向正面抽出来的银幕。在柳夫人的指示下,木守挂上了银幕。柳夫人从书架下方抽出安置放映机的小桌,木守便将胶片装入其中。接着,柳夫人为她自己和我搬过两把原本支撑着围在樱的床铺周围的高背椅,樱则搬出完全被染上花卉图案的花布椅套包裹住的座椅。柳夫人在木守身旁操纵着电源,房间暗了下来,放映机开始启动。

电影的开首部分,在我的记忆里全然没有任何印象。第一个很长的镜头,是高个子美国大兵和身着演出之证据的白色宽衣的少女,牵手从城里被空袭连片烧毁的废墟中的街道向这边走来。在下一个镜头中,两人越发挨近,美国大兵的躯体从银幕消失,只留下长长的胳膊,搂住这条胳膊走来的少女的面庞映现出来。我对这张紧张的小脸存有记忆……

接下去的镜头,是在一个感觉非常开阔、光线阴暗的房间里,或许就在眼前这个房间里。白色宽衣的少女刚刚坐下,却又站起身来行走,这个连续动作被长时间地快速放映着。对于这个镜头也有印象。虽然始终只是少女一人,但可以看出她在专注于这一侧(八毫米胶片摄像机的摄影者)。在这期间,"安娜贝尔·李"的第一节和第二节的朗读声起。是在朗读爱伦·坡的原诗,然而在记忆中的画面引导下,浮现在我耳畔的却是日夏耿之介的译文:

  这位少女活着没有别的心愿,
   只为与我两情相许。

倘若摄影者便是那个我的话:

> 在海边的这个王国里,
> 举世无双的不尽深爱。

在如此动作的同时,那位少女在表现着她对那个我的爱慕吧。

音乐填充了两小节诗朗诵之间停顿了的空间,少女此时仍在不停地舞动和静止。那种连续和非连续的每一个瞬间都与我的记忆严丝合缝地重合在一起。

画面切换为户外。荒芜贫寒却是大面积的草地(豆的丝蔓在那里舒展开来,另一个角落则被开垦为种植红薯的旱田)和蔷薇园。此前场景里的从容、闲适的印象为之一变。(其唐突造成的憋闷感觉至今仍记忆犹新。)少女四处乱窜、到处乱跑。摄影机追踪着长时间拍摄。少女摔了一个大跟头,惊慌失措地仰头看着,却无人搭理,便露出死了心的神情站起身来,再度开始乱跑,与第三节的朗读相重合。

> 这就成了不幸之肇端,久远的往昔
> 在这个海边的王国里,
> 夜里吹来一股寒风,
> 寒彻了我的安娜贝尔·李
> 她那些高贵的亲戚急忙赶来,
> 从我身边将她带走,
> 把她关进了一座石冢,
> 在海边的这个王国里。

画面转暗,倒也没有黑黢黢的。那黑暗之中有个东西(阴暗并不动弹的什么东西)被映现出来。摄影机描画着比放映出电影来的银幕更大的剧照的细部。废墟的场面,但不同于先前放映出来的废墟。摄影机从背后拍向耸立在那里的铜像,与其右侧荒凉风景延展开去的情景形成对比。摄影机对准巨大的剧照的细部,继续逼近。那尊士兵铜像尽管古式老旧,却也显出现代要素,头戴结实的钢盔,身披的铠甲便是宽大的军用外套,虽说有些歪斜,但仍旧立在那里。摄影机镜头里的铜像背部特写。如同墙壁一般的士兵背部,以完成这尊铜像雕刻时健壮、坚固的样式,还被雕出了一对翅膀。朗读在持续。

> 是啊,这就是缘由(在海边的这个王国里,无论谁都知道)
> 从云端吹来的寒风,冻僵了我的安娜贝尔·李,
> 寒彻颤栗早逝去。

比画面更宽大的剧照被从银幕画面上揭下,同时出现一幅令人意外并充满眷念之情的风景。那是十七岁的自己曾在电影里看到过的场面,也是我本人在那块土地上实际站立过的场所。那就是环绕在护城河内侧的小径,这小径围拥着已被改用为美国文化中心的原练兵场。只见对面有个白色物体。摄影机向风景中的白色物体拉近。萌发出些许小草的路中央,一个头冲对面的、越发让我眷念不已的身体躺卧在那里。不是白色宽衣的白色,而是小小裸体的白色。

占据整个银幕的大特写,是从消瘦的下腹部到大腿的部位。那里没穿裙子,一如我记忆中的情形那样,右腿向外弯曲,胯股间暴露出黑色小点。接着,那黑点变为小孔。粗大的拇指转动着强行戳进狭小的小穴。与指头相连接的手,与手背相连接的胳膊,那上面长着硬毛,穿着质地较厚的外套。摄影机变换角度。外套被蒙在树墩一般矮胖的身躯(向前弯腰的人体)上。玩弄全裸少女胯股间的那位大兵脱去了外套?总之,那外套的后背上,描画着刚才那尊铜像上的翅膀……

樱消失在左侧乌黑的屏风的另一面。宛若从扶手椅上漂浮而起

一般,露出上半身的木守遮挡住柳夫人伸向放映机的手。发出干巴巴声响的胶片、晃动着的画面。柳夫人探出半个身子,几乎遮住了大约半幅银幕,她为威吓木守而举起一只胳膊,就那么尾随着樱追赶而去。我试图站起身来,守护着放映机的木守的胳膊却紧紧挤压着我的肩头。

我观看着终于稳定下来的画面再度映现出的剧照上的腹部和大腿。现在,从看上去像是被剜过了的伤痕处直至屁股的裂缝里,都被胡乱涂抹上鲜艳夺目的浓烈红色(电影里第一次出现彩色)。经过一段长时间的间隔,剧照切换为其他镜头。下腹部和大腿虽然相同,伤口处的红色污秽却被清理得非常干净。(如同经过富有医疗经验的手极为仔细地拭去一般。莫非是据说当过军医助手的那个男人之手?)只是斑迹状的东西沾附在边缘,小穴看上去像是绽放开来。

接着,银幕再度映现出活动画面。护城河上白花花地漂浮着樱花瓣,小径沿着护城河向远处蜿蜒。摄影机镜头向前推去。身穿洁净白色宽衣、令人眷念的少女,静静地躺卧在那里。音乐持续着,耳边传来曾经听过的小段,我意识到,刚才以破坏性强音响起的音乐,也取自于贝多芬最后的钢琴奏鸣曲……

电影结束了,木守的胳膊从我的肩头挪开。我刚离开椅子,木守便也站起身来,在银幕反映出的只有白色的光晕里,意外映现出他昂然的面孔。

"你能一直看到结束,太好了。"木守说道,"确实有一些怪异镜头,不过,电影情节的展开,是在对遭受伤害的少女进行安魂。而且,这少女还活着。假如能把这一切推向你经常写的恢复……"

我茫然呆立。不知木守是如何理解我这种反应的,他走近放映机,倒回一定长度的胶片再度放映。毋宁说,那是以音乐为主体的部分。直至放完之后,我对重新面向我的木守说道:

"电影并不是你制作的。不过,那些诡辩之辞却很卑劣。"我说。

"卑劣……诡辩?"

"做下这种事,究竟成何体统?"

"做下这种事?"

"就是把你所说的怪异镜头让当事人本人看。"

尽管面对着面,脸挨着脸,我们争论时仍压低了声音,然而粗大嗓门的女低音哭泣声还是往我们头上倾盆降下,以曾在京都的旅馆里听过的、梦中哭泣的少女的呼吸节奏连续发出"啊——啊——"的声音。我推开木守的身体往出口走去。木守追上来缠住我,在微微发暗的走廊里将他的手伸向我的肩膀。我不禁怒上心头,回头望去,木守并不在意(没忘记从我的背后将房门扣上),回答我说:

"诡辩就不去说了,不过卑劣可是涉及到人格啊!"

"是的。听到樱的哭泣了吧,说是悲惨也好还是什么也好,那哭声简直无法形容。你为了尽快打击樱的执着以及必须表明放弃决心而焦躁不安。你曾长时间与她合作工作,甚至有了更亲密的关系。然而,你为了打垮她而不惜让她发出那样一种哭声。你用了那么一种方法,我则把那种手段视为人格上的卑劣。"

"你是说那么一种方法呀。对于樱来说,这是她生涯中的重大问题,是个需要面对并在此基础上实现根本性恢复的关口。让她什么时候做这一切? 如果是在这里的话,又有柳夫人又有你,借用一个中国通的美国人经常说的话,那就是'危机'既是 danger[①] 也是 chance[②]。在咱看来,现在正是让她超越心理障碍的好机会。"

"樱被打垮了,你的'危机'就得以避开了吧。于是,你便以为自

[①] 英语,大意为危险、风险等。

[②] 英语,大意为机会。

己是精神病科的大夫了吧？你认为做下那么卑劣的事情成何体统？"

木守收紧下颚，左手摆出架势，不停歇地用右直拳向我击来。他的手臂如同孩子手臂那么短，都没能触碰到我的鼻尖。我张开手掌把木守的拳头推回去，他失去平衡，摔倒在房门上并发出声响。柳夫人随即从对面看着这边的动静，挺起的长长面孔上现出平日里没有注意到的、像是古老名门特有的严肃神情，她用专横的声调说道：

"木守君，你伸臂的长度与先生可是有着差距，请停下手来，坐到里面樱的床铺旁边去。刚刚给她注射过，估计会睡上一会儿。在此期间，我要在楼下对先生说点儿事。"

在客厅的一角，她为自己和樱精心设置了一个能够清净下来的空间，我和她就在那里坐下来谈话。照明并没有使用吊挂在天井上的进口枝形吊灯。龟背竹的蔓藤与中国古老的青铜仙鹤复制品缠绕在一起，相同曲线的台灯支架亦混其中。我落座于柳夫人示意的那把椅子上，却由于那弹力而使得龟背竹叶片上的结露犹如泪水般扑簌簌地落入我的脖颈。

"对于您从心底里生气并说出'做下这种事，究竟成何体统？'我深有同感。（柳夫人虽说仍然板着冷酷的面孔，语调却变得柔和起来。）

"做下那种事，或许会有助于木守的商务活动，然而他那人所说的……夸大其辞的争论点，只会使得事态恶化。樱将会回到精神病科的病房去吧。我也是第一次看到这部可怕的电影，不过从很久以前开始，我就什么都知道了。自孩童时代直至现在，或许也曾听到几次樱被噩梦魇住时发出的哭喊。而且，还曾数度目送樱前去住院治疗。

"电影中，对少女干下残忍之事的美国大兵的外套上……首先引用了苏联或是德国军人的铜像……描画着天使的翅膀,那是在暗示杀死了安娜贝尔·李的'六翼天使'。迪比多首先是想让自己相信,猥亵了少女樱的人并不是自己而是天使,而且,他整年对孩童时代的樱不断洗脑。结果,樱对于任何记忆都无法确认,只剩下为噩梦所苦的大半辈子。

"她那人呀,从孩童时代起,直率地说,就患上了由此引发的严重的抑郁症,可是迪比多却让她向专科大夫也隐瞒了噩梦的内容。尽管如此,他自己还非要制作那样的电影。而且,樱还看到了那部电影,所以,岂止不会出现木守所说的治疗效果,只怕她的抑郁症将会出现迄今所没有的症状。实际上,该不是已经出现了吧?

"马加尔沙克教授已经不在了,照料樱回华盛顿并安排她住进多年来常打交道的那家医院等事务,就只能请木守代劳了。对于樱的精神方面的治疗所说的远大构想,也只是他的瞎吹牛吧,没想到那个机会却出现了。为了延长自己作为电影制片人的职业寿命,他做下的事是卑劣的,尽管如此,他还不至于成为从这里逃出去的卑劣家伙吧。如果确实有效地利用这个事态,往好的方向引导的话,那么他在事实上就可能变为一个不再卑劣的人!

"借用他那人的口头禅,也就是毫无保留地说,当您接受陪樱同去京都的邀请时,我就在想,这倒是意想不到的新趋势呀。难道是《性的人》之作者的先生您吗?然而,那只煮熟了的鸭子却被木守抢走了。

"但是,仔细考虑之下,您就不用去承担那个人的那份责任了,这可太好了。耽搁您的时间了……请回到千鰹和光的身边去吧。"

刚才说着危险的笑话时,柳夫人今天第一次出现了"啊哈哈、啊哈哈"大笑的口型,却没有发出笑声。我向着恍若黑漆漆墙壁般阻挡在前面的光叶榉树和樟树走去。

终章　每当月泛光华，我便梦见
　　　优美的安娜贝尔·李，每
　　　当星辰生辉，我便看见优
　　　美的安娜贝尔·李明眸闪烁

1

从背后传来的沉重脚步声的那个行人，使得光踏入柏油路边冬日里的枯草丛中。回首瞥去，此人像是少年，却用老人的声音招呼道：

"What! are you here?"

"怎么，你竟然会在这种地方？……是这句话吧？"

"就知道你会如此回答，才故意这么说说看的。"

"你还是老样子呀，无论从哪方面来说。有多少年没见面了？"

"有三十年没见了。"眉宇间白皙的皮肤上堆挤着皱纹（这也与往昔一般无二），刚一停下话头，就打量起我们父子俩。

接着，他唐突且颇有气势地说了起来：

…………

我就这样开始写起相隔多年后再度相会的木守有与自己的故事

（我们都只不过是配角而已）。然而，看上去如同少年的那位老人的声音的号召力是强大的，我很快就从现在被推回到三十年前。虽然这在我的小说创作方法中尚不曾有过，却照原样连续写成了长长的故事。

那是因为，我当然是在等待原本就有着奇异风姿的家伙木守有表明，他也只能将主角的位置让给樱·荻·马加尔沙克。然后，我和木守还有光，重新回到现在时的运河河畔那条散步小道上来……

现在再一次，老年的我提着弹力红色树脂棒、已是中年男子的光则提着弹力蓝色树脂棒在进行步行训练。（而且，迎来了恍若孩童一般、却是身经百战、久经战阵的老人木守有这位新加入的步行训练伙伴。）动过前列腺癌手术后，木守想要非常小心谨慎地恢复体力，也是出于他的希望，边训练边与我进行协商，这已经成为我们将近黄昏时分的习惯。

光的步行训练，现在已成为我打发时间中必不可少的组成部分。不过，这是最近这段时期刚刚开始形成的。此外，还有一个与积累经验无法相比的每天的习惯。这个习惯，便是千鲣自从光出生以来坚持写着的每日记录上，记录了"米夏埃尔·科尔哈斯电影"开始启动的那段时期每天的具体内容。也就是说，至少在三十年前，那就已经成为我生活中每一天的工作了。

记录表明，就在我与参加电影开拍见面会的樱同去京都那天，留在家里的千鲣的工作量便增加了。

> 他爸因"M 计划"去京都。晚上十二点，光的寝室还亮着灯。前往查看，正一动不动地坐在床上。说是已经上过厕所了，还不见爸爸来盖毛毯。"该怎么办呢？"我笑了。

在此三年之前，光去箱根进行护理学校的年级寄宿训练，被告知要取下尿布。在那以前，与其说是为了夜尿症，毋宁说是因为光没有深夜起床上厕所的习惯才戴上的。从此，他便在深夜睡醒后自己去厕所。位于寝室斜对面的厕所总是开着门，电灯也是彻夜亮着。觉察到他上厕所的响动后，此前一直在餐厅工作的我便去整理好他的床铺，等光回到寝室后就对他说一声：

"好啊，了不起！"同时用毛毯包裹住他的身体，这是我的工作。我回到餐厅，喝上一杯纯麦芽制威士忌和相对清淡的两罐啤酒后便上二楼我的寝室去。

只要我在家里，每天夜晚都在做这件事。现在看起来，我之所以一直如此做着，并不是因为光不能依靠自己的力量包裹好身体，这已经成为他和我之间的一种礼仪。近几年，光早已不是孩童了，他躺在床铺上注视着我，如果他的头部从枕头滑落下来的话，我便会示意他将身体蹿上去，并对他说道：

"好啊，了不起！"这时我会觉得，我在扶正光的头部，在永远做着这个动作，而在这么做的瞬间里，则产生了永远的时间……

现在，我想要回到故事里的"现在时"中，直至觉得上一章的三十年前与将要继续写下去的"现在时"毗连、接壤在了一起。之所以有这种想法，该不是出自于每天所品味的这种永远的时间感觉吧？今后用不了几年（明年就将到达渡边先生故去的殁年），当父亲不再实际存在之后，每天夜晚十二点，光将躺在床上由自己来包裹自己的身体，那时，他该不会从离他很近的上方听到一个声音在说：

"好啊，了不起！"……

"怎么样，两三天后咱给你打电话。那时候，关于你是否愿意再度会面并继续这个话题，你能够回答咱吗？"

木守说出这番话后，我同意了。恰好在第三天，木守在挂来的电话里开口便说道：

"Kenzaburo！①"

这是已经习惯于海外生活的日本人的发音,与他在运河边引用艾略特的一行诗呼唤我意义相同。

在支援金芝河的绝食斗争现场,当大学毕业以来素无交往的木守用驹场校区少数朋友使用的称谓时,我觉察到一种别别扭扭的感觉。那是出于——说实在的——木守试图把与他并无亲密关系的同学拉扯到自己的工作中去的计谋吧。而现在的 Kenzaburo 这一召唤,大概来自于木守在美国与樱谈话时所使用的有关于我的称谓。

"日前在这条散步小道与你再会的时候……咱倒是想那么打主意的,可是……咱对你说,与樱关于'M 计划'的官司结束了,精神病院的疗养生活也宽松下来的那些年月里,咱并没有与她频繁见面。

"那首先是不想让你觉得麻烦,就频繁这个单词的定义而言,从把精神崩溃了的樱带回美国时开始,最糟糕的时候自不待言,其后也是每个月都要在她身边度过两天……就这么活了三十年,因此大致见了七百天。咱的后半生,自从因'米夏埃尔·科尔哈斯电影'而信誉大大扫地以来……毫无保留地说,在实施了让樱观看'安娜贝尔·李电影'的设想之后……就一直背负着做梦都不曾想到的状况直至今日……

"咱到日本后,很快就在新宿拥挤的人群中偶尔目睹了你的困境……窘境,理解到 Kenzaburo 也是这么一直活在与光共同生活的人生中。成为东大学生、在驹场校区春风得意的那家伙,恐怕做梦也没想到会是这样的人生吧……当时咱就是这么想的。

"随后,咱想起自己的人生中也有樱投下的多年阴影。在京都的旅馆里,咱知道你没睡着,在咱与樱发生那么一种关系时,咱呀,只

---

① 健三郎的日语发音。

有一种满足感,那就是让你这个在社会知名度和与此相应的经济能力上都走到咱前面去的那家伙吓一大跳……

"就在这时,情况出现了那种变化,无论是你还是咱都愉快不起来。然而,在那之中并没有打出剧终字样。让樱那经年累月的执着燃烧起来的构想也不是寻常的想法。樱这位女性呀,是一个只能以特殊生存方式生活过来的人。对于咱来说,惟有感叹这种人物的在她海边的陵寝中。不过,与诗不同的是,这个人现在仍然充满活力地生活着!

"而且呀,Kenzaburo,老先生你也不能无视已经收到的樱的口信吧。对于那个人怀有三十年之久的相关电影的热情,恐怕你不能说自己毫无责任吧?即便你不去扮演吹旺野心之炭火的角色,作为包裹在炭火上的炭灰,你也要大力发挥保温的作用吧!

"关于樱与咱商议的内容,咱这就交给你……咱来这里是想对你说,不要去惩罚最为糟糕的先例,尝试着开展咱和你之间新的合作……那内容呀,已经不是重新,而是想要去做'最后的工作'。

"嗯,你让咱继续说下去!看在咱经历了漫长旅行来到这里的分上……《大宇宙之旅——穿越时间和空间》这本书,咱还是孩子的时候,那书就在哥哥的书架上。咱也经历了漫长的旅行,站在你的面前……能让咱把积攒下来的话都说出来吗?樱让咱把最后的王牌打出来,老实说,对于那玩意儿是否有效,咱可是怀疑。因此,这就是咱自己负担旅费的动机之形成。说是你也在过着不写小说的生活。像现在这样与光一同进行步行训练倒是也很重要。但是,从你的年龄来说吧,不是还有更应该尝试着去做的工作吗?"

在黄昏的运河边,我和木守开始了实质性谈话。如果问及樱(她才是完成了极为漫长的苦旅的人)那个相隔三十年的委托是什么内容?对我来说,其轮廓是否就不着边际?实际上并非如此。因为在四国的峡谷里,当母亲临近九十五岁之际去世以后,妹妹亚沙仍独自生活在那里,她与樱一直保持着联系,并把联系的情况都告诉了我。亚沙在积累着始自三十年前的活动,走访村里观看过在《"铭助妈妈"出征》的戏剧中由母亲出演的"述怀"、且现在还活着的老人,并记录下她们的回忆。而且,亚沙说自从母亲去世后,她就改良了走访和记录的手法,首先从对方口里引出对于母亲的去世表示哀悼的话语,然后让她继续说下去。她还说,使用这种手法从而发现了能够更生动地进行回忆的老太婆。

木守说出来的内容是,樱想要拍摄亚沙如此期待并一直在旁边做着准备的电影,说是想让自己这位上了年岁的女演员,从正面原样出演《"铭助妈妈"出征》的"述怀"。而且,她要在森林深处重建戏园子的舞台,想原样拍摄在那里演出"述怀"的电影……

"自从亚沙与樱在三十年前见过一面后,就结为牢固的同盟。从亚沙那里寄去的、曾观看过《'铭助妈妈'出征》的那些人所回忆的走访材料,就是樱以两幕的形式复原了的戏剧资料。樱在出演戏剧时穿用的衣裳,也包括'铭助的转世之人'那份,都由亚沙一人负责管理,特地把那些戏装运送到歌舞伎小道具手艺人那里,对衣裳和假发都进行了修补……

"两年前,当樱提出要重新制作'米夏埃尔·科尔哈斯电影'的时候呀,咱也说过'那是不可能的'。现在的咱呀,既没有组织电影制作团队的体力,也没有筹措资金的头绪。克莱斯特诞辰二百周年纪念活动已经是很久以前的事了。而现在,倒是快到死后二百周年了。以此为目标进行试探,如果四处寻找的话或许会有,可即便如此……

"然而,樱提出了确实经过认真思考的提议:不需要大型电影制作团队,必要的资金将由自己来安排!而且,新的电影只拍《'铭助妈妈'出征》中魂灵的'述怀'。

"然后呀,樱对咱毫无保留地说出经过深思熟虑的想法。你的母亲在战后的困难时期,而且是其后将只依靠她一个女劳力培养孩子的时期,在国家改变了方针,上代传下来的工作将无法再持续下去的情况下,她却在如此苦境中逆势而为,勇敢地四处奔走,弄来了一大笔钱。然而,那可是违反国家统管统制的黑市买卖,一旦败露就将被抓走。到了那时,孩子们为了活下去,就只能沦为当时四处可见的流浪儿。她却把冒着这么大危险挣来的那笔钱里的一大半投入到演出戏剧中去!

"这可是了不起的作为呀。你的母亲叹息来叹息去,还发出了怒吼……想要'述怀'再'述怀',这不是本身就积累着巨大的抑郁吗?面对那个'述怀',森林中的和森林周围的女人们全都哭泣着摇晃身体,大半天的时间里一直在表现着自己的感动。那些观众的真实感情,在亚沙的采访记录里渐渐清晰起来。那是这块土地上的所有女人自暴动以来长年积累的悲叹和愤怒!

"然后,樱像是拿定主意似的说,三十年前,为拍摄'米夏埃尔·科尔哈斯电影'而被这个演出戏剧的故事打动时,说实在的,对于自己能否胜任这个角色是没把握的。但是,现在自己也有了许多悲叹和愤怒的体验。正是现在,她想出演这个角色。而且,电影剧本就拜托 Kenzaburo 了。亚沙说了,无论哥哥成为小说家,还是其后一直艰难地从事着写作,在一定程度上,都是母亲将'述怀的精神'传承给了哥哥的缘故……

"于是,咱这还是第一次……做好精神准备,带着所托之事出面,来到把咱臭骂为卑劣并一直断绝交往的人、也就是你的面前……怎么样,即便是对咱,你也很难说出不接受吧?"

我同意了。

2

又过了三天,我和光进行步行训练的时候,木守出现了,说是用电子邮件向樱做了阶段性报告(亚沙也在挂给我的电话里说,樱给她发来了非常高兴的电子邮件)。随后,在木守说到他本身的个人情况(用淡淡的语调说起他身患前列腺癌,手术过后已经顺利进入第三年)时,提到了从其他角度思考有关樱的新电影的构思。木守是这样设想的:这次的电影计划,考虑到与此相关的我们的年龄,无论遭遇什么样的异常变化,也决不能让樱的电影无果而终。我在想,这是由于我不可能拒绝樱的提议,木守因此才考虑到与我直接谈判的必要性,从而来到了日本,这或许就是真正的原因。

"这次当樱说出要再次对'米夏埃尔·科尔哈斯电影'发起挑战时,刚才咱也讲过了,说实话,咱并没有积极响应,觉得那事已经结束了。毋宁说,从那事结束的时候起,'樱的问题'就开始了。咱不能从这里逃开。而且连逃开的打算都没有,这就是对于你针对咱的批判所做的回答。在倾听樱讲述的过程中,咱确实感觉到,这已经不是上了年岁的女演员在怀旧。对咱特别奏效的,是樱的这最后一击——她表示这部电影将不设导演,由她本人和咱还有 Kenzaburo 这三人共同制作电影!

"那么,最近咱又是怎么生活过来的呢?那事的失败是致命性的,在国际上的电影商务活动中没人再来找咱。不过,日本这个国家处在向泡沫经济突飞猛进的高潮期呀……没有任何实质却有充裕预算的广告产业就把咱给收留了。譬如说,把好莱坞的明星拉到商务广告中来,以非常高的演出费只在日本放映,就是这么一种买卖。这是谁都能干的工作。多年的老熟人在东京的广告行业工作,只要他们在纽约开一个办事处就行。而且,这是日本方面在支付巨款,所以大少爷似的就能做成买卖。

"就在那样的日子里,咱去多伦多做拍电影的准备工作。说起咱与加拿大电影产业的关系呀,最新的关系,就是造成那事失败之原因的家伙,当时,咱可是蒙受了损失的当事人,所以电影界的老朋友们就来犒劳咱。大家都很真诚,说起了在加拿大出版的一本有关电影的书。那是一本包括与那块土地有着很深渊源的马尔科姆·劳里①的电影的书,咱得到并读了那本受到好评的书。那本书很有趣。你不是屡次三番地写到马尔科姆·劳里吗?咱们读大学的时候,除了以教授名义翻译了《在火山下》的小团体外,在日本这个国家,劳里是个不多见的作家,此前一直没能成为大家关注的话题,你在小说里却原样写入了有关劳里的内容。此外,关于菲茨杰拉德②也是如此,咱还记得,在驹场校区,你抱着《夜色温柔》走进教室,咱从旁边把那本书抽出来让你着急上火。

"把这两个人结合起来考虑呀,就从那本有关电影的书联想到了你,那本书的书名叫作《*The Cinema of Malcolm Lowry*》③。劳里和原为女演员的夫人玛杰里·博纳④……樱说,她在墨西哥电影界听说过此人的传闻……写了《夜色温柔》的电影剧本。收集和研究了没被拍成电影的各种水准的草稿之后,加上了题为 *A Scholarly E-*

---

① 马尔科姆·劳里(Malcolm Lowry Poesies Completes,1909—1957),英国小说家,著有长篇小说《在火山下》《在海的彼岸》等。
② 菲茨杰拉德(Fitzgerald,Francis Scott Key,1896—1940),美国小说家,著有长篇小说《人间天堂》《夜色温柔》等。
③ 英语,意为《马尔科姆·劳里的电影》。
④ 玛杰里·博纳(Margerie Bonner,1905—1988),少女时代在好莱坞出演过几部西部片,一九三八年离婚后在洛杉矶邂逅马尔科姆并相爱,一九四〇年在劳里离婚后与其在同年底结婚。劳里于一九五七年死去后,玛杰里经营他留下的文学遗产,编辑其未完成的稿件、书信集、诗歌和短篇等。

dition of Lowry's 'Tender Is Night'①的副标题。你听明白咱说的意思了吧?

"劳里显然是作为小说家将菲茨杰拉尔德的小说改编为电影剧本的。注意,是作为小说家。说起来,在电影院里,影迷们都大气不敢出地观看着被拍成电影并上映的《夜色温柔》……那是用原作风格的语言写成的剧本。在读着这个剧本的同时,咱就在想,如果是这种手法的话,Kenzaburo 也会写呀。

"就电影制片人来说,咱是行家里手,说实话,你不是一个合格的剧本作家。而且,马尔科姆·劳里也不是写剧本的行家里手。是那样吧?

"且说今后吧。樱是电影女演员里的老行家,她想要不设置导演而拍电影……咱要面对她这份自负和精神准备,这就是咱的考虑。

"事实上,劳里又是怎么做的呢?就像刚才所说的那样,他并没有写剧本!假设把菲茨杰拉尔德的小说完美地改编成了电影,他自己则与玛杰里·博纳一同看着这部电影。他设置了这个视点,并从这个视点把电影看下去,然后原封不动地写了第三人称现在时的小说。与一般剧本比较起来,则到处都是伤痕。过于冗长的动作、表情说明以及舞台提示,暗示摄影师的详情描写……也就是说,他写的只是劳里电影、他自己的电影的小说!Kenzaburo,你已经写过一次剧本。你自己也能想象出,倘若那剧本拍成电影后会是什么情形。咱想请你在与此相关的回忆中进行写作。想请你作为写小说的行家里手去写电影的小说。然后以此为文本,樱自由地拍摄电影。她才是电影的行家里手。这一切是能够做到的。

"而且呀,Kenzaburo,关于这部电影的制作方法,有着此前咱从

---

① 英语,大意为"劳里的《夜色温柔》的一个学术版本"。

不曾想到过的……细想起来，对咱也有切实的……优点。毫无保留地说，即便咱的前列腺癌再度发作，甚至连这部电影也半途而废……那是可能的。即便是你，就有那个自信？自信惟有自己能够健康地活下去看到完成了的电影？

"樱的寿命一定会很长。即便少了咱和你这两位合作者，实际的计划半途而废，可只要读到你那部完成了的作为小说的电影剧本，就能够看到咱们的电影了。而且，通过 Kenzaburo 的小说，将来会有相当多人体验到与观看樱的电影相同的感觉吧。樱本人如果活到一百岁的话，通过阅读你的小说，或许也会怀念起电影中的自己……

"虽然这对光有益，如同你每天如此热衷于步行训练所显示的那样，但是你正在远离小说，这是咱听千鲣这么说的。那不正是你返回职业小说家生涯的契机吗？事实上，你呀，Kenzaburo，听到咱现在说的话，难道没感到想象力和右手腕在发痒……你如果借用咱那有点儿腻人的话来说，就是……在技痒？"

木守闭上嘴巴，以沉思的表情注视着我的右手腕，然后继续说道：

"你听过樱常说的 It's only movies,but movies it is!① 吗？这就是'虽只是棒球，可毕竟是棒球'那种滑稽模仿。"

"从未直接听过这句话。但是，亚沙说是樱在电子邮件里富有成效地使用这个句子。这句话在我的内心与我连接起来了。我们的母亲去世后，当葬礼完毕返回森林的时候，亚沙对于附近的人所表示的哀悼心不在焉，她抓住我表明了自己的决心，说是母亲一生中惟有那一次在人前表演'铭助妈妈'的魂灵的戏剧，自己要把走访观看者的记录继续写下去。她表示，樱将这些资料综合起来拍成电影……

---

① 英语，大意为"虽只是电影，可毕竟是电影"。

她还说,想象着那一个个场景,即便今后将面对独自生活的余生,内心里还是鼓起了勇气……"

"这就是'电影的力量'。让你上了一个当,前不久,咱说到在京都的旅馆里的那件事,如果只是那么点儿动机的话,仅仅一夜的出轨还是能够做好善后处理的。大致说来,咱信奉 Phallus = Vagina 原理主义①,不是那种为了连插都插不进去的性爱而甘愿豁出命去的类型。

"在那之后,很快就出了那件事,善后处理时因为过于急躁,做下了被你骂为卑劣的事,虽然维护了'M 计划',此后还是被对方当作麻烦给甩掉。尽管如此,咱仍然被以渎职罪告上法庭,樱也遭到了起诉。尤其是她住院生活期间,艰难岁月持续了更长久……也就是说,这三十年间,咱从未离开过那个人的引力圈,其结果,就是目前还在为她最后的电影制作而四处奔走。

"于是,咱仔细思考了一下,难道这一切并不是因为樱,而是被她所具体化了的'电影的力量'所操弄的吗?再说,咱意识到,这就是咱本身嘟囔着那人口头禅的始末。

"It's only movies, but movies it is!"

3

就这样,我被木守有拉回到樱的电影制作中去了。这一次,木守没再说什么世界性框架的"M 计划"、什么日本这个国家的大企业的参与。虽然是小规模,他的措施却是一个个地、踏踏实实地传了过

---

① 英语,大意为阴茎=阴道,在某种宗教中,前者被视为生殖力之象征的男根形象。

来。在协助木守的同时,显示出扎根于当地的人的那种实力的,则是亚沙,她不辞辛苦地持续工作着。

七月初,木守回了一趟美国。于是,在这边继续推进具体计划的亚沙便从四国的森林中带着两个女性来到东京。千鲣为亚沙和她的伙伴们做好了在家里住宿的准备,亚沙本人接受了千鲣的建议,却说还有樱吩咐要去做的工作,便把另外两位年轻伙伴连同她们携带的大行李一起送往镰仓的柳夫人宅第。(据说在泡沫经济时期,她以高价位卖出了其中二分之一,用这笔钱建起高级公寓并经营成功,当国内经济转向低潮时,她又将卖出去的那块尚未开发的土地原样买了回来。)亚沙的伙伴们带来的,是经过整修的"铭助妈妈"的衣裳和假发,这是为了让柳夫人试穿并进行微小调整,因为从孩童时代的往昔到成为老年妇女的现在,柳夫人身体的尺寸和重量都没有什么变化。

对着我、千鲣,还有在一旁听着调频立体声广播却也在注意着来客讲话的光,亚沙再度说起自己帮助樱实现新电影计划的由来。

"在'米夏埃尔·科尔哈斯电影'中止后,我仍然继续走访曾观看母亲演出戏剧的老人并作记录。母亲本人直至最后也没有对此表现出兴趣,但是她的心里并非如此,曾有一件事让我从中解读出这个意思。当哥哥获得诺贝尔文学奖时,电视台赶到峡谷里来采访,设法打听母亲的事,半带作弄地问道:听说战败后不久,您就演出了戏剧,现在不乘这个机会再演一次吗?母亲回答说,那可太好哪,虽说是乡下的戏剧,可是戏剧就是戏剧,那可是非常有意思的东西呀!母亲的回答让那记者笑了起来。我感觉到母亲是认真的。在那之后,我第一次在樱的电子邮件里看到'It's only movies,but movies it is!'这样的说法,就说,这与母亲的看法相同呀。于是母亲便说道:'也许是那样哪,都是女演员,大概有相同的地方吧?'这一次,是让我笑了出来……

"母亲去世的时候,不是说过古义的现款挂号信全都没开封,就存放在从上海带回来的那只皮箱里吗?你们回答说可以自由运用那些钱,我就用来与附近一些年轻人组建了剧团。得到'米夏埃尔·科尔哈斯电影'的剧本后,我一直将其放在身边,因此我就在想,我们就以此为基础演出吧,战败后不久的演出戏剧,不也只是母亲和阿婆这两个女人唱下来的吗?……

"从那之前开始,我就把走访记录定期寄给樱,但是终究没有说出戏剧演出的事,对古义也没有说。尽管如此,樱的电子邮件里的一句话,却一直记在我的头脑里。

"我呀,如果这次的电影哪怕获得奥斯卡金像奖的单项奖……千鲣嫂,这并不荒诞吧?我就从未想到古义竟能获得诺贝尔文学奖……在颁奖仪式上,我就想请樱说那句话:'It's only movies, but movies it is!'

"至于修建舞台,在时间上考虑到'鞘'那里阔叶林的红叶最盛期,要在此处拍摄电影……也就是十月下旬至十一月。听说古义的剧本会在夏天完成。我的伙伴们承担的任务,就是筹划这场演出,让观看那个舞台上的戏剧的女人们挤满整个'鞘'。目前正全力做着相关准备。

"尽量把动员观众和招募临时演员这两件事放在一起办理。在拍摄电影之前,先上演我们剧团演出的、从上次那个剧本中的'铭助妈妈'和'铭助的转世之人'故事改编而成的戏剧,以便在电影上映之前气氛就高涨起来。已经和樱约好,请她提前来到日本,在县内的好几所高中朗读英语诗并表演从新电影演化来的独角戏。

"……这是在互相联系的电子邮件中提及的问题,樱一直在思考戏剧=电影的结尾处的音乐。最初,打算使用我在走访记录中提到的母亲演出戏剧时伴奏的乡下歌舞伎的音乐。但是,樱突然想起被铭刻在她记忆里的特殊音乐,那已经是过去的老东西了,她找出每分钟三十三转的慢转速密纹唱片,想让演奏者或是谁原样复原那音乐。那还是她在少女时代表演第一次被拍摄的、就连内容也不大记得的电影中的音乐,后来当自己看到那电影时,受到的冲击非常之大……发现了电影胶片的木守为什么要让樱看呢?那不是比拍摄这部电影更卑劣吗?我这么一说,樱便表示 Kenzaburo 扑上去揍了他('不是正相反吗?'我在心里反驳道),不过那部电影里的音乐却是无法忘怀,便委托给木守,说是再度看那电影实在痛苦,请你只录制出那音乐并寄过来即可。

"重新听了寄过来的录音带,樱觉得自己的理解是准确的,而且也知道那是什么曲子了,可是……却无法查明演奏者。这次连在 NHK 放映之事都已经决定下来,只是电视台相关负责人担心那张慢转速密纹唱片演奏者的版权。我马上就回答说,那就托付给光吧。我从樱那里要来了重新录制的 CD 光盘。我也听说了古义厌恶那电影的事情,我能够理解这种感情,不过,那只是音乐,无所谓吧?怎么样啊光,能请你给听一听吗?"

光在努力观察我和千鰹的反应。我对千鰹说过在柳夫人宅第看到的电影内容以及与木守的冲突。我没有言及在那之后过去了的三十年以及由此而断绝的往来,便重新开始了我和木守之间的交往,还要将其迎入家里,甚至打算和他一起工作。我没从口里说出这一切,然而千鰹并不是对任何事物都予以认可的那种妥协性和解的性格。我对此而感到担心。她看出了我和光的犹豫。

"因为这是与光有关的事,"千鰹开口说道,"在与樱的关系中,也包括木守长期以来的献身,这是由此而引发的话题吧?如果超越这个范围的话……"

"我也是这么想的。"我说道。

光勇敢地接了过来,千鲣也一同听着那CD光盘。我无法与在自己内部仍然被黑暗包裹着的可怕影像切割开来,却被钢琴演奏声中的纤细所吸引。在平稳的、牧歌式的小段里,与骑坐在马背上的"铭助的转世之人"往林中道路而去的"铭助妈妈"步行的影像甚至浮现而出。其后的一个瞬间,旋律仿佛在预示暴力性的悲痛在接近。还有一种召唤超越了这一切,而我在全然不知其内容的状态下便跨上七十岁的台阶,这是来自于神秘性存在的、也是面向于其的召唤,借助不多几个音形成的、恍若歌唱般单纯的旋律,我感到自己仿佛听到了那个召唤。而且,我甚至无法从戳进那个小孔的拇指的威胁下逃开。

"是贝多芬作品一百一十一号的钢琴奏鸣曲。演奏者是弗里德里希·谷尔达①。"光平静地说道,"遗憾的是,这是非立体声的单声道……是一九五八年的录音,因为家里有这曲子的CD和其他作品,是爸爸从柏林买回来的廉价简装版!"

4

十月一日,樱和木守抵达成田机场,亚沙仍然带着那两位女性伙伴从四国赶到了这里。在等候从纽约搭乘直飞航班的乘客走出海关的那段时间里,我觉得亚沙剧团里被称为最年轻的女演员的那位姑娘似曾相识(此前就有这种感觉),便对她本人说了自己的感觉。

"倒不是觉得你本身面熟,而是你母亲什么的……"

---

① 弗里德里希·谷尔达(Friedrich Gulda,1930—2000),奥地利钢琴演奏家,经典演奏曲为贝多芬的《月光》和《热情》等。

"听说,我的祖母和先生是同年级的同学。在把儿童农协积攒起来的钱送到成年人的农协存储起来时,说是她和先生在一起。"姑娘说道。

在村内刚刚建立的新制中学里,我被选为儿童农协的会长,可实际工作的却只有我一个人,她会在我困难的时候前来帮助我。因此,我对她人存有印象。

年龄稍大的另一位,说是与那家在"奥福"暴动中"女人、老人也都到八百木的店铺去!"的命令下被摧毁了的酒铺有血缘关系。

"就像古义从阿婆那里学习了砸坏六尺大酒桶桶箍的知识一样,她的母亲……是我的同学……则被教导如何应对才会不刺激暴民。感到这位母亲果然是峡谷里的世家之人了吧?

"不过,她母亲的心情却很年轻,还带着年轻人前去纽约观看与百老汇商业戏剧相抗衡的樱的演出。"

"表演的是先生在《被偷换的孩子》里引用的、沃雷·索因卡的《死亡与国王的侍从》。巨大的悲剧刚一结束,先生笔下相当于族长的那位名叫依雅拉加的女人……不是向汇集在市场上的约鲁巴族女人们呼吁吗?'忘却死去的人吧,连同活着的人也一起忘却!只将你的心扉,向尚未出生的孩子敞开!'樱出演的就是那个依雅拉加。她那充满威严的英语,听起来像是要把我们弹开去。由于事先读过先生写的概要,因而能够明白其中意思。剧场比较小,但是整个舞台都被布置为市场,以挤满市场的女人们唱着挽歌的形式落下了帷幕,真了不起。于是我们也忘乎所以地商量起'鞘'的舞台之事来,说是我们也希望就像这样流着眼泪和汗水并摇晃着身体,合唱时喊叫着回应'铭助妈妈'魂灵的'述怀',以此作为挽歌送给参加暴动的女人们的'铭助妈妈'……

"扮演依雅拉加的樱让人觉得非常高大,虽然请亚沙在电子邮件中预先作了请求,却还是没能上前打招呼……"

　　从海关出来的樱与刚才所说的正好相反,比我记忆里的身材还要矮小,尽管并不瘦,却也丝毫没有老年女人的那种赘肉。她照例是以从容不迫且干脆麻利的脚步出现的,而且丰满的面庞上那忧郁的大眼睛(摘去了从海外回来的女演员模样的太阳镜)立即就认出了我。跟随在她后面的,是孤零零地蜷缩在轮椅上、比夏天见面时要瘦削的木守。他明显地露出疲态,甚至没对我们任何人回致问候,头上深深地压着礼帽,孩童般的脸上现出深灰色,已经停止了在运河边散步小道上再度相逢时的那种化妆。在写给亚沙的电子邮件里,木守说是在常规健康检查中被暗示其癌症将再次发作,若在美国住院治疗的话就不可能随意行动,便来到东京住院,想要以此为根据地,作为制片人来安排在四国的这最后一次演出和摄制。

　　准备好了的面包车的驾驶员坐席后面的三个座椅被改造成床铺,木守被抬进来躺卧在那上面,在其后面一排根据床铺横幅而固定住的两个座椅中,将樱安置在车窗边的座椅后,我也挨着坐了下来。亚沙则坐在过道对面的单个座椅上,来自四国的姑娘们与像是认识她们(把木守抬进车内)的NHK摄制人员都集中在后面的坐席上。

　　"最终脚本得到了。很好地满足了我和亚沙的希望,谢谢!"樱郑重地向我致意。

　　NHK还有另一个摄制组,他们计划从樱到达之时起进行全程摄像,这项工作也已经开始。这辆特殊的面包车,连同驾驶员在内,都是由NHK提供的。车子就这样驶向镰仓的柳夫人(她还有诸如安排木守的住院事宜等许多亟须处理的事务,因而没能前来成田机场)的宅第,我也同车乘坐至东京。

　　车子上了高速公路不久,樱便说道:

　　"一位电影史研究家编制了我的全作品一览表,他在NHK题为

'在海外活跃至今的日本人女性史'这个计划里,把连我自己都遗忘了的电影制成了DVD。在那里面呀,还有我和千鰄的哥哥共同演出的电影呢。原著是康拉德①的《吉姆爷》,由彼德·奥图尔②主演,而他所疼爱的……也是纠纷之源的部族长老之子,则是塙吾良。我出演的是母亲……由于大家都用英语说台词,所以在摄制期间没有意识到吾良是日本人……却成为那种状态,对千鰄来说真是可怜。"

"千鰄也会带着光去四国。除了光以外,戏剧上演时禁止男人入内,因此我将无法前去观看。不过千鰄表示,等摄制结束并恢复平静后,她想和柳夫人一起招待大家,由于气候变暖的缘故,蔷薇一直在开放。千鰄在非常积极期待着。

"今后几天,为了确保在'鞘'演出时的、亦为摄制对象的观众人数,请樱义务演出的日程排得真紧,年岁相仿的千鰄对此表示钦佩……"

亚沙将身体探出过道,她加入了谈话:

"关于请樱在各高中分别演出二十分钟独角戏的事呀,教育委员会好像也有意见,校长先生便说是想先看看脚本。三所高中全都……结果,无论哪所高中都质疑强奸、轮奸这些表述'合适吗?',甚至要求抽去这些台词。

"樱当时由于纽约的演出而非常繁忙,我就去和古义商量。然而,他却不愉快地表示那不是可以立即更换台词的部分……我们的伙伴们也持相同看法。于是,我就想到只把第二幕的摘录集锦置换为木守翻译的英语……就说是按照在美国的大学演出的风格进行表

---

① 康拉德(Conrad, Joseph, 1857—1924),出生于波兰的英国籍小说家,著有《吉姆爷》《台风》和《黑暗的中心》等中、长篇小说。
② 彼德·奥图尔(Peter O'Toole, 1932—2013),爱尔兰的电影演员,曾七次获得奥斯卡最佳男演员提名,出演过《吉姆爷》和《末代皇帝》等诸多电影。

演……而始自于第一幕的摘录集锦则是日语,如果第二幕改为英语的话,从外语教育的角度看不也很有趣吗?我作了如此说明后,三所高中都积极地表示了赞同。这就需要请樱做一些调整……这算怎么一回事呀?"

"与其说我翻译的、不如说我所表现的风格本身高雅。"木守在这一天里第一次开口说话。

"哎呀、哎呀?!"樱挑逗着,木守却由于长途旅行的消耗而没有搭理她。

制作准备顺利的"鞘"那里的舞台的录像,被 NHK 摄制小组通过安装在面包车前部的电视机播放出来。亚沙出面解说道:

"再有一个半月,环绕着'鞘'的阔叶林的树叶就要开始转为淡黄色了,高大的漆树树枝从后方紧挨着樱坐的位置垂悬着,与呈现出浓烈红色的红叶争奇斗艳。

"三十年前,'米夏埃尔·科尔哈斯电影'计划被中止时,我们将其理解为延期,此前一直在做着木守委托的各种准备工作的'村会'……古义带领音乐家朋友们来这里举办音乐会时成立的青年组织……说是要整修'鞘'。

"环绕着'鞘'的树丛原来是阔叶林,混杂进来的扁柏、杉树就被置换成了色木槭、山枫以及这座山上以往生长着很多的、作为木蜡原料的漆树,这个置换工作一直持续至今。这可是长达三十年的积累呀,现在可就非常壮观了。具体场所是在森林中僻静的深处,虽然并没有人前来观赏,却仍然是我们的骄傲。"

"我们设置摄影机的位置,现在以草图来表示……从正面和左右两面……是从这三面勾勒出的构图,如果有五百名观众的话,就能拍出从舞台前面直至两旁、完全占满'鞘'的照片。"摄制小组里的摄影师说道。

"五百人！"两位姑娘悯笑起来。

我们各自沉默着（樱沉默下来时，身体似乎在整体上缩小了一圈，只是脊背仍然笔直地支撑着头部，令人怀念的体味蔓延开来），眺望着昏暗下去的秋日景致。如同驶离成田之后被不时出现的田园风光所吸引一样，对于大海一侧出现的、林立于地方城市一角的那些显然属于现代……或是后现代……的高楼大厦，樱同样投以从容、闲适的目光。

当我不由得注视着这个景致时，樱再度开口说道：

"Kenzaburo，您听说'铭助妈妈'魂灵的'述怀'中的虚词①那事了吗？或者亚沙还没解决其真伪问题，就没来向您打听吧？"

"嗯，没听说。"

"亚沙剧团里的成员，寄来了请老年人吟唱的录音资料。还是七八岁时记下来的……不是也有音感极好的孩子吗？光小时候不也是那样吗？说是对于'述怀'本身是什么也不记得了，只记得'述怀'开始和中途的时候，以及在演出魂灵的人唱起来、挤满戏园子的女人们合唱时的那个虚词，在游戏的时候经常吟唱……

"用非常低沉的音调和缓慢的节奏……如果挑出歌谣中虚词的话，是这样的：

　　哈　嗯呀——考拉呀
　　朵、考伊　锵锵考拉呀

"不知道这是什么意思。亚沙请初中的音乐老师给辨听……说是那位老师表示，只要加快播放速度马上就能听出来……认为这是'北海盂兰盆舞歌谣'……

---

① 在歌谣中以及结尾处为谐韵而用的虚词，与歌谣本身的意思并无关系。

"如实照做之后,是觉得耳熟。不过,还原到原先的速度再一听,还是觉得难以舍弃。亚沙怀疑,'在'的阿婆里面有不好惹的人,或许是在让我们上当受骗……"

"'北海盂兰盆舞歌谣'嘛……我也不知道那个民谣究竟有多古老,但是可以设定一个假说。我曾把从阿婆和母亲那里听来的传说,全都统括在《M/T与森林中的奇异故事》里,于是宫古的一位女先生给我写来信函,说是'铭助'的'人是三千年开放一次的优昙花①!'这句鼓动话语,作为自己所在之地曾领导'三闭伊暴动'的头领说过的话也被写入了史料。这位三浦命助②是自己的祖先,不过四国的所谓'铭助'又是谁?

"于是我向当时还健在的母亲打听,母亲就告诉我,她听阿婆说起过,曾参加我们这里第一次暴动的神官③事后受到追究便远逃他乡,又参加了东北地区的暴动,新时代后重新回到这里,并四处吹嘘他的经历。在我们作为传说而记下来的故事中,包括被改称为'奥福'的这个土里土气的英雄名字在内,或许还加入了神官吹嘘的大话吧。或许这位神官是个独特的人物,他把当时的暴动全看作一回事,自由地前去参加发生在任何地方的暴动。

"假设情况是这样的话,神官很久以后把自己常去的东北地区盛冈或那一带的宴会上听来的民谣引为大话里的歌谣,这也是有可能的吧。"

"如果真是这样……像下面这么理解也可以吗?在'述怀'过程中,说是歌谣里的词句呀,令堂大声咏唱着,既是观众也是戏剧参与

---

① 印度想象中的植物,据说三千年开放一次,以此喻示极为罕见之事物。
② 三浦命助的日语发音为 Miura meisuke,与铭助之发音 meisuke 相同,故有后句之问。
③ 神社里的神职人员,负责主祭等事物。

者的、峡谷里的合唱队则在合唱。对于如何处理此处,最近一直感到困惑。

"这是 Kenzaburo 的脚本上有关第一次暴动中'铭助'的台词(樱的嗓门随之变为男声):谈判之对方,首先是城里官吏人等,然后是咱们的代表!直至赢得撤回增税和新税的'许可',乡党人等须对官吏人等打出'困苦'的旗号……让亚沙制作那个 小〇① 的旗子……向代表不停地以强硬态度高呼'不要被骗呀、不要被骗呀!'若有其他易于被错认为旗号的东西,譬如可爱小儿的长袖之类,则予以撕毁并弃之。不得闲聊。小〇,不要被骗呀,此外无须其他话语!

"我甚至在想,是否可以从中把'不要被骗呀、不要被骗呀!'引用过来,譬如现在将其改为如下形式。"

紧接着,樱用很难说是悲痛还是勇敢的粗大嗓门低沉地吟唱起来:

哈　嗯呀——考拉呀
朵、考伊　锵锵考拉呀
出来参加暴动呀
咱们女人　出来参加暴动呀
不要被骗呀、不要被骗呀!
哈　嗯呀——考拉呀
朵、考伊　锵锵考拉呀

我闭合上眼睛,发胖了的肩头感受着吟唱之人摇晃着的瘦削肩

---

① 在日语中,"小"读作"ko",〇则读作"maru",合起来就是"komaru",意为"困苦、困难、为难、贫困"之意。

膀的尖锐冲击。母亲身着体积庞大的衣裳,头戴很大的假发,她变成了"铭助妈妈"的魂灵,如同叹息一般、如同愤怒地呻吟着一般唱个不停,这种整体印象重又复苏,与现在的自我融为一体。在这期间,我让自身的肩头与传来压力的肩膀同步协调,自己的身体也摇晃起来……

樱刚刚吟唱完毕,从车子后部的坐席便传来姑娘们和摄影小组全体成员的掌声。木守也睁开眼睛,从临时设置的平坦床铺上抬起细细的脖颈,在胸口处拍手,加入了鼓掌的行列。樱只是没有站立起来,却从座椅靠背上挺起上半身,然后用力往下压去,向大家恳切地回致敬意。紧接着的那个瞬间,所有鼓掌的人全都寂静下来。

在沉默中,樱这才把上半身躺回座椅靠背,同时扳动坐席旁的后仰把柄。如同樱的胸部从她自己的面部开始深深沉陷下去一般,就连隔着通道相邻而坐的亚沙,也从我上半身的阴影中消失了。在樱沉下身体的那个瞬间之前,我没能看到的她的一只手的动作,在控制着车内长久持续着的沉默。在此期间,就在前面的低矮处,传来了木守的鼾声。

不大一会儿工夫,樱压低声音跟我搭话,我心情振奋地听她说道:

"就像现在这样,唱完歌谣便让人们都平静下来。这要请亚沙周到、细致地予以彻底贯彻。然后,等上两拍甚至三拍……这是光教给我的……便奏响贝多芬最后的钢琴奏鸣曲第二乐章,用足以让森林产生回音的音量。照明要将光圈集中到舞台上的'铭助妈妈'和'铭助的转世之人'身上,围拥在两人身边的那些女人组成的群像则只是身体的边缘发出亮光……在舞台所有人的上方,那个歌曲般的几小节响彻四方。"

在柳夫人的宅第,我逃入寝室中用屏风围起来的暗处,躺倒在床铺上不停息地颤抖。阴郁和痛苦、难受和恐惧……我已经听不到任何声响。压力在哪哪哪地击打着我的胸部和头部……我怎么了？那时,钢琴音乐的那一节从天际降了下来。我终于能够"啊——啊——"地发出声音了……在我的演出戏剧中,我想让"啊——啊——"这种声音响彻染红了森林的枫树林,借助那个音乐……

5

在樱和柳夫人为演出戏剧以及摄制电影而动身前往四国的前一天,包括再度前来迎接她们的亚沙以及 NHK 负责音乐的工作人员,在我家进行最后一次技术性协商。

在放音设备前,不仅有谷尔达的 CD,光还准备了钢琴奏鸣曲的大开本 CD 簿。樱对光问道:

"你的 CD 给了我非常大的鼓励!"

光彬彬有礼地避开这个话题,向我们所有人出示第二乐章小咏叹调①开首部分的乐谱,并叮嘱道"这是贝多芬《钢琴奏鸣曲全集》②"。

"这个录音中的、谷尔达就是这么弹的呀!"

"非常舒缓地、质朴地……可以这么说吧,光,而且,也可以说像是唱歌一般地。"柳夫人说道,话语中表现出与老年人的威严融洽在一起的幽默。

"是的,Arietta 就是'小咏叹调'的意思。"光回答过后便开始播放录音,我按下了记秒表。

---

① 原文为英语 Arietta。
② 原文为 Adagio molto, semplice e cantabile。

然而，我根本没必要计算时间。降低音量后，光便说道：

"到这里用了两分半。"

樱微微颔首。从这里再度返回至开首处，当那个包括舒缓、简洁、质朴的反复、像是唱歌般的音乐奏鸣至二分钟处时，樱发出了"啊——啊——"（确实如那个时候一样）的叫喊。尽管知道演出计划，我的内心还是受到了震撼。面对那虽然很好地进行了控制却仍然强有力的叫喊，平日里对较大声响比较神经质的光并没有退缩。越过这一节后，音乐继续播放着，当转换为更加轻快（犹若"铭助的转世之人"骑乘的那匹马在前进一般的响动）的节奏后，光彻底降下那音量，他说道：

"全部、一共四分半。"

NHK负责音乐的工作人员深深地点着头，樱仍保持着刚才发出叫喊声时的姿势对光微笑着。

"在这里，打向'铭助妈妈'之魂灵的照明转暗。"亚沙说道，"然后重新打开照明，接下去是要求重演的掌声，就是这么个程序。请你按照这个顺序编辑音乐录音带。正式演出时的那一份，还有对扮演舞台两旁和观众席前面那些女人的角色进行训练的那一份，请你一共制作两份，可以吗？还要请樱参与最后阶段的总加工。"

"是、彩排吧？"光询问道。

"是的，要赶上彩排呀，光，请你和千鲣妈妈一起到森林里来呀。"亚沙说道。（光看着我，仿佛对其中没有提到我的名字而感到有趣。）

情况正是那样，光和千鲣留下没能受到邀请的我而动身飞往松山机场那一天，我去探视了木守。真没想到，东京都内的大学附属医院还存留着木制的住院楼，木守在楼内那间六人病房里打发住院生活，自从剧本脱手之后，我已经前来探视了好几次。

刚开始住院时,木守曾意气轩昂地说:

"'述怀'之整体……头戴巨大假发,身穿歌舞伎戏装的樱·荻·马加尔沙克将会显现出往年的威严吧。被她拉到身边的那位头戴兀僧假发的'铭助的转世之人',六十年前可是你出演的角色。这次咱要来演。因为那是涂抹成大白脸的童子呀,这大概不至于让你联想到《无名的裘德》吧……

"那个时候呀,化疗的一个疗程就该结束了,咱就专心恢复身体,估计还是有那么些精力的。"

"不仅仅是精力,瘦下来的你呀,还像是驹场校区的 Petit Prince 呢。"

"你有那种感觉?咱这一生的黄金时代,细想起来,还是从初中到高中那一段时期。之所以活到今天这个岁数,就是为了在舞台上再次表演全盛时期的自己呀……而且,将用电影的形式将其留存下去。'It's only movies,but movies it is!'"

"即便电影不能完成……那就请你用马尔科姆·劳里的手法把那个场景写下来。(我没有告诉他,自己已经这样做了。)"

喋喋不休地说了这么一番话后,不知是因为疲惫还是厌倦的缘故,木守也沉默下来。是结束探视的时候了。看着我起身告别的那张小脸的周围(且不说皮肤的衰老,确实是一副美少年的脸型。由于在病房里想不到认真剃刮胡须,所以他应该是体毛稀薄的类型吧)以及胸部附近的床单非同寻常地混乱。

我试图整理一下枕头的位置,木守便机敏地转动着细细的脖颈予以配合。他注视着我收拾好胸部附近的床单,把我的手摁在他的心口。完全像是孩子的手背上,覆盖上了老年的皱纹和斑块。

这一天,把樱在高中的试演出获得了成功的消息告诉木守时,他没再提及自己将要出演的话题。

"电影临近结束时,那块土地附近的女人们,以其祖先逃散①或是暴动的规模蜂拥而至……请你复印来的岩波书店版'日本思想大系'中的三浦命助写的《露显状》里,就有'人民犹如云集'字样。近景是水泄不通的人群。樱说唱着经过完美排练的'述怀',并开始吟唱虚词。观众如同波涛一般呼应……"

"你好像在担心临时演员的日薪和交通费,不过,听说亚沙招募来的都是只需要开支实际费用的志愿者。虽然所有人全都穿着看上去像是农妇的衣裳,但是衣料的选择、染色以及裁剪加工似乎都很好。把在中国定做的、上下成套的衣服作为谢礼分发给了大家,说是很受欢迎。据说亚沙定了两千套……"

"这半年间,你一直忙个不停,不过你现在该不是那种冷不防从敞开口的凹坑里仰望天空的心情吧?在那凹坑里读什么书呢?"

"是你给我的《*The Cinema of Malcolm Lowry*》……那个剧本呀,我深深感到其细部写得非常出色,当然,是遵循菲茨杰拉尔德细致写入的内容,他把小说的每一行都作为电影场景重新解读。那种技巧恰好一击而中,我甚至想将其归为马尔科姆·劳里的代表作。写了那个剧本之后,由于长年的酒精中毒症,在加拿大也感到很痛苦,劳里此后便返回英国,终究还是在看似由醉酒造成的事故中自杀了……从你这里得到的那本书的封套上呀,有一帧把没对准焦点的抓拍放大了的照片。或许可以说,那是全盛时期的'海上家伙'的、也像是在夕阳照射下的肖像的……那个劳里'最后的工作'。"

"如果说,劳里多少也考虑到健康状态并开始锻炼身体的话,因

---

① 在日本的中世和近世,农民和山民为逃避沉重的年贡和徭役负担而采取的一种抵抗形式,人们舍弃土地逃亡至其他领地或城镇。

为那是电影方面的工作,因此确实可以说是'电影的力量'。

"咱的时间也确实冷不防就空了下来,什么也不干,只是在等候着并不期待的那个时刻的来临,就是这么一回事……现在呀,时间从不曾如此丰富。即便被医生告知只剩下一个月,可在孩童时代,那不也是等同于永久的长度吗?于是我就读书。

"咱现在、在读什么书?是通过亚马逊网订购的创元丛书版的《爱伦·坡诗集》。那可是初版书啊。在每天读这书的过程中,便沉迷于被你这位大作家所推崇的日夏耿之介的翻译,给四国的樱寄去了如下内容的情书……那里有 B6 的卡片吧?

> 你的美丽远胜于/神态的优美/高雅和美丽/应为世间　无限艳称之的/所谓爱——只是一部电影。

"当然不用提醒你,这是日夏译文中只是一点儿闲谈那个地方。"

"原诗的句子是'And love—a simple duty.'①……巧妙的谐模文。"

"倒不是因为被你夸奖,咱用这爱伦·坡、日夏译文的谐模文甚至起草了咱自己的墓志铭。樱和咱……领先的是咱,但也不是很大的差距吧。无限的时间,不就是对手吗?

> 伴着夜晚的森林我躺在她的身旁,
> 我的恋人——我的新娘,
> 在树丛边际的石冢里,
> 在她树丛边际的陵寝中。"

在回家去的拥挤的地铁中,我取出刚才与木守说到的那本书,站立在车门旁正要开始阅读,一个与我年岁相差无几的绅士把座位让

---

① 英语,大意为"以及爱——一个简单的责任"。

给了我。翻开书的最后一页,那里画上了线条甚至写上引自于辞典的内容。那是马尔科姆·劳里的手稿,详细指示着电影结束时的场面。

突然,就像电影开始时那样,夜空和闪烁着的群星的镜头不停反复。毋宁说,这是在再次确定。随后而起的音乐分为两个部分。瞬间高涨起来,发出不和谐音的叫喊、恐惧的痛苦之歌声。然后,以在这部电影所有场面中那般展开,直至解决的形式,在群星仍存留于银幕期间,奏响因胜利而昂然自得的和声,笔直向前的音乐。

摄影机分开被枫叶浓烈的红色映照着的树林所围拥着的女人们进入。樱那感叹和愤怒的"述怀"高涨起来,呼应着歌谣虚词的人们如波浪般摇晃。在那声浪的高潮点上,沉默和静止突如其来。"小咏叹调"充溢其间,此时,樱的喊叫声起,作为没有声音的回音,银幕上群星在闪烁……

大江健三郎文学互文性叙事策略及其意义

——以"奇怪的二人配"后三部曲为分析对象

许金龙

在大江健三郎文学浩瀚的小说作品中,创作过程历时十多年的"奇怪的二人配"六部曲(《被偷换的孩子》《愁容童子》《别了,我的书!》《优美的安娜贝尔·李 寒彻颤栗早逝去》《水死》和《晚年样式集》)无疑是大江文学的集大成之作,更是其剖肝以为纸、沥血以书辞的巅峰之作。尽管在大江文学的几乎所有小说文本中,都或多或少地存在与其他文本和自己的前文本之间的互文关系,可是较之于"奇怪的二人配"这晚年间创作的六部曲,此前的互文性写作可就算小巫见大巫了。囿于篇幅所限,本文将聚焦于后三部曲(即《优美的安娜贝尔·李 寒彻颤栗早逝去》《水死》和《晚年样式集》)的互文性叙事策略及其意义。

其实,互文性原本是文学批评术语,由文学批评家克里斯蒂娃于一九六七年在《词语,对话与小说》中提出,经由其导师罗兰·巴特的讨论而广泛传播,其拉丁语词源"intertexto"以及由此派生出的英语单词"intertexture"都是与纺织相关的用语,含有"编织、交织、混合"等语义。早在克里斯蒂娃提出互文性这个术语之前大约半个世纪，英国诗人T.S.艾略特就在诗歌创作中尝试了"编织、交织、混合"，并于一九二〇年在《圣林》一书中表示：在一个诗人的作品中，"不仅最好的部分，而且最具有个性的部分都是他前辈诗人最有力地表明他们不朽的地方"①。

在"奇怪的二人配"六部曲中，这种情况亦然：六部长篇小说里"最好的部分，而且最具有个性的部分"，照例也是其"编织、交织、混合"了诸多诗人、作家、剧作家、文化人类学家、作曲家等前辈的作品中具有意义的部分后，在生发出新的意义之际，"最有力地"佐证了这些前辈"不朽的地方"。譬如六部曲之第四部《优美的安娜贝尔·李 寒彻颤栗早逝去》与普鲁士剧作家和小说家海因里希·冯·克莱斯特的《米夏埃尔·科尔哈斯》之混糅，六部曲之第五部《水死》与法国启蒙运动时期思想家夏尔·德·塞孔达，孟德斯鸠的《波斯人信札》之混糅，六部曲之第六部《晚年样式集》与大江私淑的"大先生"鲁迅的《孤独者》之混糅，都"最有力地表明他们不朽的地方"。更为重要的是，大江借助如此互文叙事策略，在《优美的安娜贝尔·李 寒彻颤栗早逝去》中建构出一片跨越人种、民族和时空的场域，在这个场域里，无关人种和时空，社会底层贫民总是在经受着林林总总的苛捐杂税、巧取豪夺、强奸/轮奸、压榨和杀戮等梦魇式的各种苦难，当然，贫民们也总是在用其微弱的暴力反抗给他们带来巨大苦难的藩主和容克，尽管这种向死而生的反抗经常伴随着惨重的牺牲；在《水死》中，借用弗雷泽有关"杀王"记述，对自己的精神史进行解剖，从而发现日本社会种种危险征兆的根源皆在于绝对天皇制社会伦理，进而呼吁人们奋起斩杀存留于诸多日本人精神底层的绝对天皇

---

① 李应志著《互文性》(*Intertextuality*)，收录于《文化研究关键词》，译林出版社，二〇〇七年，P117。

制社会伦理这个庞大无比、无处不在的王,迎接将给日本带来和平与安详的民主主义的这个新王;在《晚年样式集》里,爱德华·萨义德之"作为意志行为的乐观主义"与鲁迅之"绝望之为虚妄,正与希望相同"的叠加作用,使得大江在文本内的分身长江古义人得以在"三·一一"东日本大地震、大海啸、福岛核电站大爆炸导致的核泄漏这一末日景象中挣扎着站立起来,为孩子们写下了"我无法重新活上一遍,可是/咱们却能重新活上一遍"……

如何与过往的历史进行对话,如何了解历史事件在其发生之时意味着什么,如何理解该历史事件对于当下甚或未来具有怎样的意义。"反省"是上述话语的关键词,也是大江从人文主义者渡边一夫那里继承、坚守并内化了的道德和伦理——"保持具有人性的反省……因为我们已经决定将这种反省置于正面而去思考"①。

这种从边缘和历史出发的叙事策略显然与"马克思主义批评理论一直在努力使文学批评具有历史维度"的主张高度契合,因为这种主张"认为需要返回历史,把历史当作重要的出发点来理解文化生产、批评概念、意识形态、政治和社会的范畴"②。就这个意义而言,大江在小说文本中频频引入暴动历史以展开边缘叙事也就不难理解了。

一、人文主义的审美指向——向死而生的战斗精神

晚年六部曲之第四部长篇小说《优美的安娜贝尔·李　寒彻颤

---

① 大江健三郎著《解读日本当代的人文主义者渡边一夫》,岩波书店,一九八四年,P79—80。
② 张京媛著《新历史主义与文学批评·前言》,引自《新历史主义与文学批评》,北京大学出版社,一九九七年,P2—3。

栗早逝去》出版于二〇〇七年十一月,这部小说里也有一位如同爱伦·坡笔下那位安娜贝尔·李一般纯洁的美丽少女,这位被称为"永远的处女"的女主人公樱身世悲惨,在惨烈的二战末期,除了她本人被疏散至农村而侥幸存活下来,其余家人均在东京大轰炸中身亡。美军占领日本后,她被一个美国军人收养,身穿让邻居羡慕的漂亮裙子,似乎从此过上了幸福生活,并在那个美国军人摄制的电影《安娜贝尔·李》中饰演身穿"白色宽衣"的少女安娜贝尔·李,樱由此被电影界所关注,很快便成为著名童星,最终活跃以好莱坞为中心的国际影坛。

为纪念普鲁士著名剧作家、小说家克莱斯特二百周年诞辰,一些国家的电影制作团队计划将其小说《米夏埃尔·科尔哈斯》制成不同版本的电影,樱被这个"M 计划"选定为亚洲版电影的女主角。电影即将开机之际,由于摄影师偷拍近似裸体的少女这一丑闻而被迫中止,制片人木守为迫使樱中止摄制计划,便心怀叵测地让其观看她少女时代出演的《安娜贝尔·李》原版电影,由此她才知道每夜所做噩梦的真相——拍摄那部电影时,自己被诱骗服下安眠药后,收养了自己的那个美国军人(后成为其丈夫)便在草地上残忍地将"粗大的拇指转动着强行戳进狭小的小穴"[1]……然而,当樱与其后变身为"马加尔沙克教授"的那个美国人结婚后,这位教授却从不曾与宁芙特征日渐消逝的樱发生真正意义上的性爱关系,只是在研究室里珍藏着当年拍下的《安娜贝尔·李》原版电影,或者说,珍藏着躺在草地上的那具白色的"小小裸体",至死都没有对樱说出这个秘密。当然,目睹自己幼时惨遭蹂躏的镜头所带来的刺激并不是惟一的打

---

[1] 大江健三郎著,许金龙译《优美的安娜贝尔·李 寒彻颤栗早逝去》,人民文学出版社,二〇〇九年一月,P167。

击——制片人木守不久前还在京都的旅馆里与樱同宿一床,为迫使她退出原计划摄制的电影,现在不惜用这个"卑劣"手段把她送进了精神病院……樱处于巅峰期的演员生涯至此不得不画上句号,从此沉寂了三十年之久。在这种令人绝望的状态中,樱始终抱持着一个不曾破灭的希望——回到日本那片森林里去,亲自出演发生在那里的两次农民暴动中的女英雄。就在这边缘地带的故乡森林里,在以边缘人物"母亲"为中心的历代农村女人的帮助下,樱振作起来回到日本,"……摄影机分开被枫叶浓烈的红色映照着的树林所围拥着的女人们进入。樱那感叹和愤怒的'述怀'高涨起来,呼应着歌谣虚词的人们如波浪般摇晃。在那声浪的高潮点上,沉默和静止突如其来。'小咏叹调'充溢其间,此时,樱的喊叫声起,作为没有声音的回音,银幕上群星在闪烁……"[1]

在大江的文学地形学图版上,故乡村外那座由阿婆和母亲长年供养的庚申堂这座小祠堂是个极为重要的符号,直接指涉其供养者阿婆和母亲。当然,在这个文本里也不例外,我们可以很容易地根据这个符号的相关指涉推演出这样一幅线路图:阿婆和母亲供养的小祠堂收藏着母亲演出用的戏服→母亲曾演出"铭助妈妈"并激昂"述怀"→"铭助妈妈"协助并实际参加了森林里的暴动→暴动胜利后,暴动领袖"铭助的转世之人"惨遭官方势力活埋,"铭助妈妈"则被藩府的打手们残忍轮奸→被救下山时,面对富商不怀好意的嘲弄,原本全身瘫软的"铭助妈妈"却"从门板上扬起头来大声答道:'如果你想知道心里好受吗,老爷,下次就该轮到你了吧!'"[2]→这种激越的台词与悲剧性情节形成悲苦、激愤和不屈的"述怀",借助"母亲"的吟

---

[1] 大江健三郎著,许金龙译《优美的安娜贝尔·李 寒彻颤栗早逝去》,人民文学出版社,二〇〇九年一月,P209。
[2] 同上,P156。

唱和樱的演出,"铭助妈妈"连同那段暴动历史被森林内外的女人们传承下来→"银幕上群星在闪烁"……

显然,这个源自大江故乡暴动历史的戏剧演出,使得不甘遭受藩府苛捐以及种种欺辱从而领导暴动的"铭助妈妈"母子噩梦般的苦难经历具有了广泛的社会性,森林内外的女人们尽管并未亲身经历那场苦难,却认同、接受了这个创伤记忆并感同身受地与之共情,再经由阿婆和母亲等女人们的戏剧演出一代代地传承开来。出于偶然也是必然,深陷绝望三十年之久的樱将"铭助妈妈"这个"女英雄"向死而生的战斗精神内化为自己的审美取向,从而成功饰演了这位"女英雄",在群星闪烁的银幕下,樱仿佛早已化身为那位"女英雄",在为自己找到希望的同时,也为更多处于绝望困境中的人们带来了希望……

这里的"群星在闪烁"无疑是个关键词组,使得我们立刻联想到《神曲》的《地狱篇》《炼狱篇》和《天国篇》各卷最后一个单词"群星"。在《神曲》原著中,但丁在此处特意且精准地使用了表示复数的 stelle 而非表示单数的 stella。《神曲》的中文译者田德望教授特意为我们指出,"地狱是痛苦和绝望的境界,色调是阴暗的或者浓淡不匀的;炼狱是宁静和希望的境界,色调是柔和的和爽目的;天国是幸福和喜悦的境界,色调是光辉耀眼的"[①],由此可以得知,樱在绝望境地里始终抱持着希望并为之不懈努力,终于在偏僻森林里的农村女人们的帮助下,从文化和地理意义上的边缘之地的边缘人物的记忆和传承中汲取力量,到达了"群星在闪烁"的"光辉耀眼"且"幸福和喜悦"的天国。

---

① 田德望著《译本序·但丁和他的〈神曲〉》,引自《神曲·地狱篇》,人民文学出版社 2002 年版,P21。

令人扼腕的是,尽管樱在群星闪烁的银幕下为自己找到了希望并获得了新生,大江在这个文本里平行安排的另一个暴动领袖科尔哈斯却被代表容克贵族利益的选帝侯送上了绞刑架。这里提及的科尔哈斯是克莱斯特发表于一八〇八至一八一〇年间的中篇小说里的主人公,也是樱原本计划饰演亚洲版《米夏埃尔·科尔哈斯》电影中女主人公丽丝珀的丈夫。这部小说源于十六世纪发生在普鲁士的真实暴动事件,大江如此概述了故事的缘起:

> 科尔哈斯和仆役赫尔泽一同领着几匹马渡过易北河,进入邻国萨克森时,在一座漂亮的城堡旁被横在路面上的、从不曾出现过的木栅拦住去路。科尔哈斯被守关人告知,曾是自己故知的那位老城主已经死去,名叫温策尔·封·容克的幼主继承了城主的地位,根据他的命令,需要拥有通行证才能通过城堡前的关卡。
>
> 科尔哈斯要求向新城主直接陈述意见,恰巧这里缺少农耕的马匹,在管事的怂恿下,新城主对健壮的黑马表现出兴趣,商洽却未能成功。科尔哈斯与对方约定,自己路过德累斯顿之际,办好通行证后即来这里,并以黑马为抵押,留下照料马匹的仆役后,科尔哈斯便继续前往马市大集所在地莱比锡。
>
> 然而到了目的地后,科尔哈斯被告知通行证之说只是一个谎言。他还听说,旅客们在特隆肯堡受到了非法待遇。在回去的路上,他刚走进城堡就听说自己的仆役被打走、黑马遭受酷役而变得不成模样⋯⋯
>
> 科尔哈斯办妥了在萨克森州德累斯顿的法院起诉容克少爷的手续,却由于容克有很多贵族亲戚在高层活动而遭致驳回。
>
> 于是科尔哈斯出卖了自己在勃兰登堡和萨克森的所有财产以筹措资金,决定用武力抗拒接连不断的各种非法迫害。为了阻止科尔哈斯的行动,妻子丽丝珀提议由自己代替丈夫,亲自前去将请愿书送到勃兰登堡的选帝侯手里。在实施这一计划的过程中,丽丝珀被阻止其接近国王的护卫所伤,不久后因此而死去。在葬礼这一天,冷酷无情的裁决书送

到了。

……那时,她以深情的眼神看着丈夫,握紧他的手,就这样咽气身亡了。科尔哈斯在心里想道:"我向上帝发誓,绝不原谅这个土财主!"他扑簌簌地流着眼泪,同时亲吻着妻子,将她的眼睛闭合上后,便离开了房间。

这时,大江不失时机地让文本中的角色木守有插上一句"这与幕府末年动乱期的社会气氛比较相似呀,应该会发展为皇帝无法控制的内乱"。这里的前一句话语将十六世纪发生于普鲁士的暴动与十九世纪发生于日本那座森林里的暴动巧妙地勾连起来,后一句话语则为大江在文本里思考暴动/革命的意义提供了空间,也为克莱斯特展开暴动/革命的叙事埋下了伏笔。与此同时,如此互文叙事策略还为其构建跨越时空和人种的历史场域提供了方便,这就使得文本中的历史维度具有越来越开阔的空间和越来越厚重的分量。他的这种从边缘和历史出发的叙事策略显然与"马克思主义批评理论一直在努力使文学批评具有历史维度"的主张高度契合,因为这种主张"认为需要返回历史,把历史当作重要的出发点来理解文化生产、批评概念、意识形态、政治和社会的范畴"[1]。就这个意义而言,大江在小说文本中频频引入暴动历史以展开边缘叙事也就不难理解了。

木守有所言"应该会发展为皇帝无法控制的内乱"这句话语,还预示了马贩子科尔哈斯为报复容克而发起的暴动将不断升级,最终发展至撼动国家政治秩序的暴烈程度。事实上也确实如此:遭受容克以及与之沆瀣一气的贵族们种种盘剥和欺辱并因此失去爱妻丽丝珀之后,"绝不原谅这个土财主!"的马贩子科尔哈斯变卖所有家财,

---

[1] 张京媛著《新历史主义与文学批评·前言》,引自《新历史主义与文学批评》,北京大学出版社,一九九七年,P2—3。

拉起队伍走上了为自己和爱妻讨回公道的暴力维权之路。这种伴随着极端暴力的维权行动不断升级,从纵火焚烧整座城市直至与"萨克森选帝侯集结起两千人马的大军"进行战斗,逐渐演变为暴动队伍与国家军队之间的正面战争。在酣畅淋漓地接连赢得胜利并获得底层民众的同情之际,科尔哈斯却也受到诸多指责和恶骂,被视为大奸大恶的残暴之人,"德高望重"的宗教改革家马丁·路德在张贴于柱子上的文告结尾处甚至如此怒骂:"汝当自知,汝所持之剑,为掠夺之剑,杀戮之剑,汝则为逆反之徒,而非正义之上帝的战士。汝之下场,今生当遭车裂与斩首之极刑,彼世则因恶行与渎神而遭诅咒。"①

由于既有政治架构的卫道士马丁·路德的介入,事态很快便发生了巨大转折:在马丁·路德的所谓"调停"下,科尔哈斯解散了暴动队伍,"他本人则为等待约定好了的公正审理而进入德累斯顿",最终在柏林将要接受"处刑之际,勃兰登堡选帝侯宣布,科尔哈斯通过军事行动所要求的一切权利都得到了满足。科尔哈斯满意地走向死亡"前,"当着萨克森选帝侯的面将写有占卜结果的纸片吞进肚里,实现了最后的复仇"②。

遭到科尔哈斯"最后的报复"的萨克森选帝侯是个对下属营私舞弊置之不理且生性冷酷之人,正是在他本人及其属下贵族与容克的联手迫害之下,才致使科尔哈斯在四处申诉无门之后,只能以非正义的极端暴力手段来伸张正义。理性、廉洁且温和的勃兰登堡选帝侯接手案子后,由两匹黑马引发的这桩惊天大血案很快便得到公正审理:一、满足科尔哈斯通过极端暴力手段追求的一切正当权益,由

---

① 大江健三郎著,许金龙译《优美的安娜贝尔·李 寒彻颤栗早逝去》,人民文学出版社,二〇〇九年一月,P56。
② 同上,P49。

政府抚养科尔哈斯将要遗下的一对儿女;二、科尔哈斯也必须对其造成的杀戮行为付出生命代价。小说写到此处时,克莱斯特安排了一个吉普赛女人将一张写有"为萨克森和勃兰登堡这两位选帝侯占卜命运并在纸上写出他们各自国家前途"①的纸条交给科尔哈斯,并告知萨克森选帝侯为获得这张纸条而化妆来到现场,等待科尔哈斯受刑并下葬后再掘开墓穴取出纸条。得知这一切后,面对永不能原谅的萨克森选帝侯,科尔哈斯在绞刑架下微笑着将纸条吞入肚里,带着报复的爽快被悬挂在绞架之上。

发生在亚洲和欧洲的这两场时隔约三百年的暴动就这样落下了帷幕,在大江的互文性叙事构建出的这个时空统一体中,尽管"铭助妈妈"和科尔哈斯这两位暴动领袖最终都遭到官方的毁灭性打击,他们向死而生的反抗意志却是依旧如一,譬如刚刚经历儿子惨遭活埋、自己亦被轮奸的"铭助妈妈"被救下山时,"面对眼前这个因绝望而瘫倒在门板上的女人,却有人试图打听出'罢休了没有'",而"'铭助妈妈'猛然挡开那个长柄水杓,从门板上扬起头来大声答道:'如果你想知道心里好受吗,老爷,下次就该轮到你了吧!'";再譬如在绞刑架上即将被绞死的科尔哈斯尽管已无力对屡屡迫害自己的萨克森选帝侯进行实质性复仇,却在生命的最后时刻吞下那张写有萨克森选帝侯个人及其国家命运的纸条,以杜绝这位选帝侯盗取纸条的图谋,从而带着爽快的微笑离开人世。显然,大江和克莱斯特这两位作家是想借此告诉他们的读者:为反抗暴政,暴动可以失败,人亦可以死亡,惟反抗精神永远不灭!这两位作家是在将人文主义思想化为武器,唤醒贫困民众的战斗精

---

① 大江健三郎著,许金龙译《优美的安娜贝尔·李 寒彻颤栗早逝去》,人民文学出版社,二〇〇九年一月,P48。

神,鼓舞他们用自身的微弱暴力反抗给他们带来巨大苦难的藩主和容克,尽管这种向死而生的反抗经常伴随着惨痛的牺牲。与此同时,两位作家也在呼吁暴动者需要有限且适当和必要地使用暴力,以制止来自于藩主和容克乃至国家强权对弱势者的巨大暴力压迫。显然,这便是人道主义的大慈悲和大悲鸣,也是两位作家的伟大人格使然。

二、民主主义的价值取向——大江在《水死》中追求的时代精神

绝对天皇制也称为近代天皇制,在战败后被象征天皇制所取代,然而战前和战争期间支撑着绝对天皇制的社会伦理并没有因此而消灭,近年来反而显现出越发活跃的势头,成为复活国家主义的沃土。大江健三郎在六部曲之第五部长篇小说《水死》中的互文性叙事,不啻于对自己的精神史进行了一场彻底解剖,发现日本社会种种危险征兆的根源皆在于绝对天皇制社会伦理,从而借用弗雷泽在《金枝》中的"杀王"记述,呼吁人们奋起斩杀存留于诸多日本人精神底层的绝对天皇制社会伦理这个庞大无比、无处不在的王,迎接将给日本带来和平与安详的民主主义的这个新王!毫无疑问,这也是大江借助《水死》所追求和传播的时代精神——"坚守和平宪法中的反战、非武装思想"的重要组成部分。

(一)"天皇陛下万岁"引发的有关时代精神的思考

如果说,社会伦理是有关社会共同生活的道德规范之总称,那么绝对天皇制社会伦理当然是指涉围绕绝对天皇制的社会共同生活道德之规范。近年来,日本社会越发显现出由这种绝对天皇制社会伦理引发的种种危险征兆,比如一九九九年通过《国旗国歌法》法案;

翌年五月,时任首相的森喜朗公然声称"日本是以天皇为中心的神国";二〇〇五年以《冲绳札记》"严重侵害原告的名誉和人格权"为由,右翼势力将其作者大江健三郎及发行商岩波书店送上法庭被告席;二〇〇六年更为特别:小泉纯一郎最后一次以总理大臣的公职身份于八月十五日参拜靖国神社,当天进行的舆论调查表明,超过半数的被调查对象认可小泉的参拜,这在战后尚属首次;同年十二月,日本政府不顾在野党和市民团体的强烈反对,强行修改了一九四七年颁布的《教育基本法》,为今后修改宪法第九条打下了基础;二〇〇七年一月,防卫厅被升格为防卫省……

在谈到有关上述诸问题的冲绳诉讼案时,大江健三郎在《来自"晚期工作"之现场》[1]的演讲里,讲述了日本保守势力把他送上法庭的经纬:

> 这是一起由图谋复活引发太平洋战争(贯穿整个近代直至战败)的超国家主义,并且强暴干涉现今中等教育的人士提起的诉讼。在持续阅读由这些人士幕后指使的原告方的材料时,我开始思考对自己而言的"时代精神"……究竟是什么?
>
> ……
>
> 当时的这种思考,影响了这五年来我持续创作的两部长篇小说。第一部是截至目前为止我的最新长篇小说《优美的安娜贝尔·李 寒彻颤栗早逝去》……为什么我要在《优美的安娜贝尔·李 寒彻颤栗早逝去》后,即刻开始创作《水死》呢?这是因为我决心思考刚才提到的两种"时代精神"的前一种,并且采用表现内心思考的根本手段——小说这一

---

[1] 二〇〇九年十月七日,中国社会科学院外国文学研究所与台湾相关研究机构在台北举办"大江健三郎文学学术研讨会",《来自"晚期工作"之现场》是大江健三郎为研讨会所做的主题演讲,全文请参阅《作家》杂志二〇一〇年八月号相关译文。

形式进行。①

从以上引文中可以看出,《优美的安娜贝尔·李　寒彻颤栗早逝去》的姐妹篇《水死》与前者一样,也是大江作为冲绳诉讼案的被告对时代精神进行思索的产物。如果说这两者有什么不同的话,那就是"《优美的安娜贝尔·李　寒彻颤栗早逝去》这部小说,表现了我所经历过的、战后的'时代精神'。而且,这是一种与权力相抗争的民众精神"②。这里所说的时代精神,是指"从我十岁那年的战败直至七十四岁的今天,这六十多年间我一直生活在其中。这种'时代精神',在我们国家的宪法里表现尤为突出的,是战败之后追求新生的时代精神"③。

《水死》则是这种思考的进一步延伸,为了表现"我十岁之前一直生活于其中的'时代精神'……",为了检验自己"还能否抵抗'天皇陛下万岁'的'时代精神'的再次来袭"④,大江借助文化人类学家詹·弗雷泽的巨著《金枝》中的"杀王"表述,在《水死》中构成多重对应关系,用以表现包括父亲/长江先生、父亲的弟子大黄和"我"在内的各种人物及其时代精神,以及这些人物面对错综复杂的时代精神进行的必然选择。

在进入文本分析之前,我们需要了解先前提及的冲绳集体自杀诉讼案的由来。日本的"自由主义史观研究会"和"新历史教科书编撰会"是分别成立于一九九五年和一九九七年的右翼团体,前者的发起人暨后者的副会长藤冈信胜将日本战后的历史教育视为"自虐史观"和"黑暗史观",于二〇〇五年四月声称要在"战败六十年之

---

① 大江健三郎著,熊淑娥译《来自"晚期工作"之现场》。
② 同上。
③ 同上。
④ 同上。

际，揭开'冲绳战集体自杀事件'的真相"①。为了达到"通过编写中学历史教科书向日本青少年灌输修正主义史观作为其战略"②的目的，这些右翼团体把"南京大屠杀、随军慰安妇（军队性暴力受害者）、冲绳战概括为'侮辱日本国家和军队的名誉'的'三件套'"③。在他们的策划和怂恿下，曾在冲绳担任守备队长的梅泽裕少佐与另一位同为守备队长的赤松嘉次大尉的弟弟于二〇〇五年八月五日提起的冲绳集体自杀诉讼案，便是这三件套中的冲绳问题之一。

此案被告大江健三郎如此介绍了那场集体自杀惨案和诉讼案的背景：

> 这起诉讼源于第二次世界大战即将结束之际，日本的两座小岛上……发生了岛民被强制集体自杀的悲惨事件，而强制岛民集体自杀的正是日本军队，我在三十九年前的文章④中如是批判。对此，惨剧发生时的守备队长以及另一位已故队长的遗属提起了诉讼。在这两座小岛上，渡嘉敷岛的三百二十九名岛民，座间味岛的一百七十七名岛民，均被强制集体自杀死亡。

> 但是，图谋复活日本超国家主义的那些人士，企图将这幕由日本军队强制造成的集体自杀惨剧美化成为国殉死的义举。在他们策划的接二连三的事件中，就包括这起诉讼案。日本的文部科学省也参与其中，从高中生的教科书中删除这一历史事实的图谋已经公开化。我正为此

---

① 陈言著《代译后记　当内心的法庭遭遇世俗的法庭》，引自《冲绳札记》，三联书店，二〇一〇年，P181。
② 董炳月著《平成时代的小森阳一》，引自《天皇的玉音放送》，三联书店，二〇〇四年，P289。
③ 胡冬竹著，引自《南风窗》杂志社官方网站文化栏，二〇〇九年三月十一日。
④ 大江健三郎曾于一九七〇年发表随笔《文学家的冲绳责任》，同年由岩波书店出版《冲绳札记》。引自熊淑娥注，《作家》，二〇一〇年第八期。

奋力抗争。①

由以上叙述中可以得知,日本文部科学省作为主管教育的政府机构也参与其中。早在二〇〇一年四月三日,文部科学省便宣布藤冈信胜等人编撰的、严重歪曲史实的《新历史教科书》"检定合格",更于二〇〇七年三月"在审查高中历史教科书时,删去有关日军在冲绳之战中强制当地居民集体自杀的表述。在遭到冲绳十一万民众于当年九月二十九日举行大规模集会抗议后,仅仅将'强制'置换为'参与'这种极其暧昧的字眼"②。这部经删改的教科书很快就被原告方作为证据出示在二审的法庭上,以表示文部科学省所代表的政府立场同样否定了集体自杀的真实性。显然,这是文部科学省在运用国家权力遮蔽那段同样是由国家权力造成的历史悲剧,以为复活国家主义排除所谓的干扰。

(二) 失败的杀王尝试——"父亲"的时代精神

在晚年六部曲之第五部长篇小说《水死》中,为少年古义人的早期世界观带来重大影响的,便是主人公"我"的父亲了。战争进入最后的惨烈阶段时,父亲以酒肉招待手持高知县一位"先生"的介绍信函来到村里的年轻军官,席间听他们说起"必须改变维新以来的历史进程"以避开即将到来的战败结局。于是,父亲带领弟子大黄越过四国山脉拜访高知的"先生",受其教诲之后得到大部头《金枝》全集中的三卷。尤其在第三卷 The Dying God (《走向衰亡的神》) 相关处,将书借给父亲的那位"先生"特意在应予重点阅读处一一画上记号。其中一页的内容是这样的:

……不管如何予以注意和给予关怀,都无法防止人神变老、衰弱以

---

① 大江健三郎著,熊淑娥译《来自"晚期工作"之现场》。
② 转引自《作家》二〇一〇年第八期 P3 熊淑娥之注。

致最终死去。他的崇拜者们不得不关心这个悲哀且必然之事,必须竭尽最好的努力进行应对。这个危难是非常可怕的……为了避开这个危难,只有一个方法。一旦人神的力量开始显现出衰弱的征兆,就必须立即杀死这个人神,在他的灵魂尚未因可怕的衰弱而导致严重损害之前,便将其转移至强健的继任者身上。如此杀死人神而不使其因年老和疾病而死的优点,在野蛮人来说确实是非常明显的……崇拜者们一旦杀死人神,首先,能够在他的灵魂逃出之际准确地捕捉到并将其转移至合适的继任者;第二,在人神的自然精力衰减之前将其杀死,能够借此确切无误地防止世界与人神的衰弱同步走向崩溃。像这样杀死人神,趁他的灵魂尚留存于全盛期之际,将其转移至强健的继任者身上,由此而使得所有目的都能够达到,一切危难全都能避免。①

弗雷泽在这篇调查报告中还表示,王/人神之所以拥有超人的力量,只是因为寄宿在他体内的灵魂/神在发挥着作用,保佑着人、畜、庄稼的繁盛和丰收。然而,任何人都会生病、衰老和死亡,寄宿于王/人神体内的神也会随着宿主/王/人神的衰弱和死亡而衰弱和死亡,因此,就像内米湖畔阿里奇亚丛林中那位守候在圣树下的森林之王那样,只要"体力或防身技巧稍微减弱一些",便会有人将其杀死后取而代之。换句话说,为了保证人畜兴旺,庄稼丰收,人们有必要在王显现出衰弱迹象后便将其杀死。

我们必须注意到四国那位"先生"非常明确的政治意图——面对不可避免的战败前景,先是把青年军官介绍给信奉国家主义的"父亲",随后耳提面命,让其重点阅读《金枝》全集中有关杀王描述的三卷,使其"向青年军官们传达'为了避免国家的危难而杀死人神!',从而一度把他们引往那个方向",探讨"会在多大程度上现实

---

① 大江健三郎著,许金龙译《水死》。

性和政治性地将贯穿三卷本的'杀死人神'并给国家带来巨大恢复的神话构想……与这个国家的天皇制直接联系在一起进行解读"①。于是,"在最后那次会议上,大家情绪激昂,认为战争好像将比此前一直议论的时间更早地以失败而告终,因而必须立即实施长江先生的一贯主张——安排特攻队的飞机飞往帝都的中心"②。这里所说帝国之都的中心正是皇宫,不言而喻,轰炸皇宫的目的当然是杀死天皇,以此防止战败以及由此引发的国运衰微。然而,当一位与会军官提出为了掩藏秘密弄来的载有炸弹的飞机,需要在森林中因陨石撞击而产生的开阔地修建临时机场并炸掉那块巨大陨石时,"长江先生"却激烈地大声反对,认为外人不可以踏入森林中那块名为"鞘"的开阔地,因为那里"从非常古远的时代起就是非常重要的场所,绝不是可以让你们为修建临时机场而大兴土木工程的地方",因而"怎么能让你们这些外人的脚踏入'鞘'呢?!"。显而易见,以森林这个边缘场域的神话和传说为核心的边缘文化的影响,远远超过国家主义思想以及杀王/杀天皇的计划对父亲/长江先生的诱惑。尽管他并非出生于此地,却仍然无法容忍因修建临时机场而破坏那座拥有暴动历史之记忆的森林,同样无法容忍青年军官们踏入森林中那片神话和传说的空间,哪怕这样做是为了杀死天皇这个现人神进而"给国家带来巨大恢复"。

父亲/长江先生的下场是悲惨的,为了在保住这座森林的同时设法杀死天皇,他只能先行为天皇殉死以明志,从而激励青年军官们起飞特攻队的飞机轰炸帝都中心。翌日晚间,他独自乘坐舢板在洪水中顺流而下,带着那三卷《金枝》和永远都不可能实现的杀王/杀天皇

---

① 大江健三郎著,许金龙译《水死》。
② 同上。

的宏愿,溺死在不远处的下游。

(三)东施效颦的"杀王"——大黄的时代精神

父亲/长江先生的思想倾向和行事风格不可避免地影响了其弟子大黄。当年,大黄目睹恩师在青年军官们的胁迫下为了自己的时代精神而殉死。其后,大黄为继承遗志而在深山里组建国家主义团体,多年以来在当地的右翼分子心目中拥有很大影响力,且与各种右翼人物有着不同程度的交往,这些人中就包括曾任日本文部省某局长要职、在日本"这个国家的教育行政领域留下了成就"的小河。

关于小河及其妻子的政治取向,其侄女髻发子说得非常清楚:伯母的"丈夫是文部省土生土长的官吏,也不知道是被丈夫所感化,还是反过来被伯母所影响,这对夫妇都是右派……"十七年前,小河的妻子带着髻发子参拜靖国神社,髻发子多年后如此回忆了当时的情形:

> 从不曾见过的那么巨大的旗帜在迎风飘扬,白布的正中央是鲜红的圆圈。虽说知道这是"太阳旗",那种巨大还是很特别,让我感到害怕……那面旗子之所以飘动,是一个将旗杆举在身前、身穿黑色服装的男人在操弄。巨大白布中央有着红色圆圈的旗子猎猎翻卷,完全占据了我的全部视野……
>
> 旗子在移动,一个穿戴着旧军队的军服、军帽(从军帽后沿垂下的帽裾披展在肩头)的男人站立于其后,拔出长长的军刀高高捧举着,然后说着像是誓言的话。那些话语虽然被缓慢地反复说着,我却不明白其意思……
>
> 然后,我就呕吐起来。伯母试图用从胸口掏出来的东西摁住我的半截脸面,可我却以冲开这东西的势头一直不停地呕吐着。伯母就脱下短外罩,包裹被呕吐物弄脏了的我的上半身,冷酷无情地将我押解出去。那个挥舞着军刀的军人于是追赶着犯下如此不敬之过的我,不仅仅是

我,伯母好像也有这种想法,我们拼命地奔逃而去……①

在伯母的逼问下,十七岁的少女说出了十四岁以来被伯父长期猥亵,最后惨遭强奸以致怀孕的隐情,随即被伯母训诫道:

> 伯父从文部省的高位上……退下来,为了努力完成他的事业刚刚调动到另一个工作岗位。这是比任何时候都重要的时刻,因此不能对任何人说起怀孕之事,也许你不明白,那将成为国家性的丑闻……②

伯母当天便将少女送到医院秘密堕胎,于堕胎后的三天内将少女独自赶回大阪老家。此后两年间,少女只在家中思考遭到强奸和堕胎这件事对自己的意义而没能去上大学,在二十二岁时参加剧团"穴居人",同时继续思考遭致强奸和被迫堕胎的经历。十多年后,磬发子为了进行自己的抵抗和批判,决定排除当地右翼势力的各种干扰和破坏,在拥有暴动历史记忆的当地女人们帮助下,编排和饰演古义人剧本里的暴动女英雄"铭助妈妈",把女英雄惨遭藩府武士们轮奸、儿子则被对方用石子活埋等受难场面,与自己遭强奸和被强迫堕胎的不幸经历连接起来,认为"由于文部科学省就是国家……",因而是国家强奸了自己,便打算将这段不堪回首的往事编入话剧,在公演的舞台上展示被强奸时留下的沾满血渍的内裤以及堕胎后经过处理的实物,用当年参加暴动的女人们吟唱的曲调,勇敢地唱出"……出来参加暴动呀/咱们女人　出来参加暴动呀/男人强奸咱们,国家强奸咱们/咱们女人　出来参加暴动呀/不要被骗呀、不要被骗呀!……"③意在警示观看节目的中学生,一百四十年以来,日本的女人们一直在遭受着男人的强奸,国家的强奸。由此可见,被任文部

---

① 大江健三郎著,许金龙译《水死》。
② 同上。
③ 同上。

省高官的亲伯父猥亵、强奸并怀孕的髫发子对惨遭藩府武士轮奸的暴动女英雄"铭助妈妈"的苦难感同身受,一百四十年的漫长时间也因为国家权力施加在她们身上的苦难而停止流动,髫发子打算将这两者的梦魇般苦难用戏剧艺术形式再现出来,从而使得这些苦难在具有社会性的同时产生意义。

作者大江健三郎借此向我们喻示,在这条浸染着女人们和儿子们鲜血的连线的暗影里,还有一条极为隐秘的、与此平行的连线——用绝对天皇制、靖国神社、皇国史观,甚或各种右翼组织混糅而成的平行线。这里说到的绝对天皇制也可以称之近代天皇制,东京大学教授小森阳一指出:"'天皇制'实质上指的是明治维新之后成立的、经《大日本帝国宪法》以法律方式予以确立的绝对主义性质的政权机构。"[1]那位"神权天授"的明治天皇除了身为陆军和海军的最高统帅并总揽统治权,还是国家神道的绝对权威,代表皇家和国家进行祭祀,把为天皇而战死的士兵升格为国家的英灵,普通士兵完全可以通过为天皇战死来获得神格并受到天皇和国家的祭祀。于是,国家神道因这种忠君爱国的思想而成为政教合一的绝对天皇制思想体系的重要支柱。小森就这个问题回答记者时表示:"支撑象征天皇制之情感结构的其实就是靖国神社。一九四五年十一月,日本宣布投降不久,当时尚未发表《人间宣言》,也就是依然号称具有神格的昭和天皇裕仁……参拜了靖国神社。正是在这次参拜中,天皇裕仁把从'满洲事变'开始到日本投降为止的十五年中战死的二百五十万日本人一起作为'英灵'加以祭祀……。这确实是一个用意深远的政治谋略,用另一位日本学者高桥哲哉的话说就是'情感的炼金

---

[1] 小森阳一著,陈多友译《天皇的玉音放送》中文版序言,三联书店,二〇〇四年八月,P5。

术',通过号称具有'神格'的天皇对靖国神社的参拜,把二百五十万死者的遗属的悲哀转化成似乎沐浴着'神'的光辉的欣悦。"①

另一方面,右翼学者中西辉政则从"忧国之士"的角度做了这样的表述:要"将靖国神社作为为国家献出生命的、即阵亡者慰灵的核心设施,今后也永远守护下去,这也是国家安全保障政策上占首位的重大课题"。"对于发挥为国家的存在而奉献生命这种无与伦比的、高尚的自我牺牲精神的人们,国家必须全力予以表彰,使之传诸后世。否则,此精神作为国家对道义心即告崩溃,在将来的危机中挺身而出的日本人当然也就不可期待。"②从而"用赤裸裸的语言印证了子安宣邦阐述的'祭祀之国即战争之国'的逻辑,并且使小泉纯一郎参拜靖国神社这一行为的政治神学意义再次显现出来"③。正是在中西辉政们的这种政治神学、更是在绝对天皇制社会伦理的影响下,穿着各种制服的右翼人员、穿着日军军服的旧军人、穿着笔挺西服的政府阁僚、当然,也包括《水死》中穿着和服的小河夫人等等便络绎不绝地走进靖国神社"沐浴着'神'的光辉"并感受着这种"欣悦"……

至于第二条连线中的皇国史观,《广辞苑》的相关词条是这样表述的:"基于国家神道,将日本历史描绘为万世一系的、由现人神天皇永远君临之万邦无比的神国的历史观。"如果以这一表述为参照系,日本文部省于一九八九年四月对《学习指导要领》进行战后最大规模的修改,规定小学、初中和高中在举行入学、毕业等重要仪式时,

---

① 小森阳一著,赵京华译《靖国神社问题与现时代的语言运动》,《博览群书》,二〇〇六年第十期,P6。
② 中西辉政著《靖国神社与日本人的精神》,引自《国家与祭祀》,三联书店,二〇〇七年,P166—167。
③ 董炳月《子安宣邦的政治神学批判》,引自《国家与祭祀》,三联书店,二〇〇七年,P189。

要像战前和战争时期那样升太阳旗和唱国歌《君之代》之行政命令应该是这种皇国史观的体现;小渊惠三内阁于一九九九年八月通过的《国旗国歌法》法案体现了这种皇国史观;翌年五月,继任首相森喜朗声称"日本是以天皇为中心的神国"等言论体现了这种皇国史观;自一九八〇年铃木善幸首相率内阁成员参拜靖国神社以来,多届继任首相及其阁僚以及诸多右翼政客相继正式参拜靖国神社体现了这种皇国史观;鬈发子的伯母对靖国神社的虔诚参拜,无疑同样体现了这种皇国史观。由此可以看出,战后的日本保守势力继承了皇国史观,在《水死》文本内外制造了无以计数的各种事件,其共同特点便是企图恢复皇统,以绝对天皇制社会伦理为中心并奉为至高无上的价值观。由此我们可以确定,处于这第二条连线末端和外缘的战后国家主义组织以及《水死》中形形色色的右翼组织和人物,便是构成这条连线的基本材料。

让我们回到文本中并继续此前的叙述。通过当地右翼势力打探到公演内容后,同为右翼分子的伯父和伯母带着律师和保镖等人马很快赶到当地,先由伯母出面阻止,失败后再由伯父小河出面,干脆动用当地右翼势力以暴力将鬈发子连同古义人等人一同绑架到右翼分子位于深山老林里的巢穴,威逼不成后,在雷电交加、风雨大作的长夜里再次彻夜强奸鬈发子,以摧残她的身体,摧毁她的意志,使得她无法参加翌日的公演……如果说,十八年前对亲侄女儿的强奸只是出于兽欲的话,那么十八年后的强奸就是兽欲加政治迫害了,这一切确切无误地印证了鬈发子所要唱出的"男人强奸咱们,国家强奸咱们"。更加令人惊悚的是,"曾是这个国家的教育界拥有实权的人物、获得过很多勋章"的这位文部省前官员在自传里自诩"在这个国家的教育领域里构建了目前的支柱"。换句话说,这个代表自己和国家多次强奸亲侄女的实权人物,通过构建这个国家教育领域的支柱,确切无疑地在教育领域里强奸了和将继续强奸日本的一代代大中小学的学生！不难想见，那杆"支柱"倘若继续耸立在日本这个国家的话，无疑会以越来越快的速度侵蚀战后民主主义的教育体制及其成果。

彻夜未眠的大黄见证了小河再度强奸亲侄女謦发子，终于用两声枪响结束了小河的可耻生命。在潜入森林之前，大黄表示这样做是为了追随恩师而去，因为"长江先生最得意的弟子，还是俺大黄啊！"当然，我们不会因此而忽视森林中的边缘文化在大黄的潜意识里发挥的重要作用。就像他对小河以及古义人和謦发子所清晰表明的那样，"俺认为这台戏剧是应该上演的"，因为这能让当地人回想起历史上的暴动以及暴动者们遭受的种种苦难。如同他的恩师"长江先生"一般，当他发现小河的所作所为只能给复活国家主义之大业的教育带来灾难时，便模仿恩师开始了自己的"杀王"行动并以此为恩师殉死。意味深长的是，杀死小河所用的武器是他于六十年前从美国军官皮特手中抢夺来的手枪。联想到历史和当下的日美关系，作者的这种安排便有了颇为深刻的内涵和广泛的外延。同样意味深长的是，"杀王"成功后，大黄没有像恩师那样在暴风雨中顺流而下，而是带着那把手枪潜入曾多次发生暴动的森林深处，潜入追捕的警察队伍无法进入的场所……

大黄的所为给我们留下了思考的若干空间：首先，大黄在恩师死后继承其遗志，数十年间一直发展坚持皇国史观的国家主义团体，甚至与身处日本文部省某局局长高位的小河多有合作，并且协助小河将謦发子、恩师的儿子长江古义人、女儿亚沙、孙子阿亮等多人绑架至自己位于深山中的巢穴，胁迫謦发子按照小河的意愿修改剧本。在所谓"调和"不成并目睹小河彻夜强奸謦发子后，或许是觉察到依靠这种人更有可能给复活国家主义之大业带来消极影响，同样是"为了避免国家的危难"，大黄只能像他的恩师一样杀死这个已不能发挥"王"之作用的"王"。其次,大黄是少年时代被恩师从中国带到那片森林里去的。然而,数十年间在森林中的生活,使得他像恩师那样深深接受了当地边缘文化的影响,正是在这种影响之下,他才明确地表示"俺认为这台戏是应该演的",在那个风雨交加的夜晚,这个认识终于超越了他的国家主义史观,促使他用两颗子弹结束了小河的生命。再其次,杀死小河后,大黄并未像恩师那样乘坐小船死于风雨之夜的洪水中,而是在暴风雨中携带手枪潜入曾多次发生暴动的森林深处,潜入追捕的警察队伍无法进入的场所……在作者的写作预期中,大黄可能会"将面孔埋入树木里最繁茂的枝叶上积攒的雨水中,站立着溺水而死吧"。与此同时,我们或许无法否定另一种可能,那就是仿效森林中历代暴动的先民,以手中的美制手枪为武器,将再次暴动的枪口指向愈发右倾化的权力中心甚或政府的盟友美国……或许,这也是作者的一种写作预期?

(四)与绝对天皇制社会伦理的对决——"古义人"的时代精神

皇国史观的一个重要特征,就是围绕针对天皇的立场和态度来评判相关人物或事件之于天皇是忠诚或是叛逆。有关长江古义人的评判当然也不可能例外,右翼人物大黄是如此界定古义人这个人物的:"古义人,十五年前,据说你表示自己是战后民主主义者,因而不能接受天皇陛下的褒奖,所以你就成了俺的修炼道场那些年轻人不共戴天的仇敌……"[1]这里所说的修炼道场,是古义人的父亲长江先生初创、其大弟

---

[1] 大江健三郎著,许金龙译《水死》。文本外的大江健三郎于一九九四年十月获得诺贝尔文学奖后,文部科学省依循惯例,建议向尚未获得文化勋章的大江健三郎颁发这一勋章。每年的授勋仪式应于十一月三日在皇宫"松之间"举行,由天皇颁发文化勋章。在此前的一九九四年十月十五日,大江便表示自己作为"战后的一位民主主义者",他无法接受天皇授予的"国家荣誉"——文化勋章。他还表示,天皇坐在从第二次世界大战前遗留下来的社会等级制度的顶端,他接受这项奖就等于接受他所拒绝的日本等级制度。

子大黄继承的国家主义分子的巢穴。数十年来,一代代右翼分子从这里长大成人、走向社会,形成一股不容忽视的保守政治势力。由于获得国际文学大奖后竟然"不接受天皇陛下的褒奖"之"大逆不道",在《被偷换的孩子》和《愁容童子》等诸多前文本里,无论是在参加国际文学大奖颁奖仪式前的斯德哥尔摩、在从东京飞回故乡的机舱里,还是在东京自家的宅院中、在故乡的菜馆里等诸多地方,古义人这个右翼人物眼中的叛逆者一直遭到"家乡人"如附骨之疽般的盯梢(包括长途甚或跨国盯梢)、各种直接和间接的威胁以及式样翻新的殴打,即便回到家乡,古义人仍然会是各种右翼势力围堵和挑衅的头号对象。面对这一切公开的和隐蔽的威胁,长江古义人这位曾获得国际文学大奖的著名作家认为,对于自己来说最重要的,便是表现具有积极价值的时代精神,即便因此而失去所有读者也在所不惜,如果由于这个原因而死去的话,那就是在为时代精神而殉死了。

然而,即便是如此追求民主主义时代精神且不惜为之殉死的长江古义人,在他来到故乡的森林中,观看"穴居人"演员们彩排的、由自己的同名小说改编的话剧《请亲自拭去我的泪水之日》时,当演员们演唱《请亲自拭去我的泪水之日》之际,古义人被战争时期改自于巴赫"康塔塔"作品第六十五号中四、五两节的歌词①所打动,开始情不自禁地在内心里附和着歌曲,及至演唱发展为合唱时,"原本在观众席上的我",也开始用德语怀着激情大声歌唱起来:"天皇陛下,请您亲自用手,拭去我的泪水。死亡呀,快点儿到来!永眠了的兄弟之

---

① 巴赫"康塔塔"作品第六十五号四、五两节内容如下:第四节:我已经准备好/带着向往和渴念/从耶稣的手中/接受我至乐的遗产。/如果我能看见宁静的港口,/我会多么地幸福。/那时我将忧愁埋入坟墓,/救世主会拭去我的泪水。第五节:来吧,啊死亡,你睡眠的兄弟,/来吧,只带我离去。/请解开我的船桨,/带我去往安全的港湾!/可能有谁会害怕你,/而你却让我快乐,/因为通过你,我来到/最漂亮的小耶稣的身旁。(李永平译)

死呀,快点儿到来!天皇陛下,请您亲自用手,拭去我的泪水。他们正在唱着的是,盼望天皇陛下亲自用手指擦去他们的泪水。"①

显然,古义人这个民主主义作家的儿时记忆被激活了!儿时所接受的皇国史观教育的影响被激活了!以"天皇陛下万岁"为象征的绝对天皇制之遗传基因被激活了!这使得古义人意识到,绝对天皇制的幽灵仍然存活于包括自己在内的诸多日本人的精神底层。换句话说,诸多日本人的精神底层都不同程度地存留着以"天皇陛下万岁"为象征的时代精神,这是连接着战争、死亡和毁灭的时代精神。令人担忧的是,一旦外部环境出现所谓的消极变化时,包括文本内外的长江古义人和大江健三郎在内的诸多日本人"还能否抵抗'天皇陛下万岁'的'时代精神'的再次来袭"?一如大黄指出的那样,古义人身上确实存在着两种时代精神,第一种是直至一九四五年战败,作为军国少年而接受的、以皇国史观教育为主体的时代精神。大江曾如此表述这种时代精神:

……村长高声三呼"天皇陛下万岁",聚集的村民也随声附和。手榴弹引爆后仍然活着的人,则由家人代为绞首断头,一共死亡三百二十九人。此番强制集体自杀的行动,是由"天皇陛下万岁"这句话引发的,这种情形令我感到异常恐惧。

因为,这句话当时也曾支配着我这个年仅十岁的日本山村少年的国家观、社会观和人类观。如果我所在的村子也被强制集体自杀的话,它无疑将成为鼓动我走向死亡的话语。这句象征性话语,对遭受侵略或殖民的亚洲人民来说,是为自身带来死亡威胁的呼喊声。这句象征性话语,我在人生的最初十年间也曾呼喊过,如今是否依旧在我的内心深处具有操控力呢?②

---

① 大江健三郎著,许金龙译《水死》。
② 大江健三郎著,熊淑娥译《来自"晚期工作"之现场》。

由此可见，至少在十岁之前，以"天皇陛下万岁"为象征的时代精神"曾支配着我这个年仅十岁的日本山村少年"，而且六十余年来一直积极提倡民主主义之时代精神的大江本人现今仍在怀疑，"天皇陛下万岁……这句象征性话语……如今是否依旧在我的内心深处具有操控力呢？"进而反省："在不远的将来……我还能否抵抗'天皇陛下万岁'之'时代精神'的再次来袭呢？或者，它将成为撼动老年的我内心世界的、复活的'时代精神'？"

令人感到惊悚的是，无论在少年大江健三郎本人的实际生活经历中，还是在作家大江健三郎创作的诸多小说里，我们都可以发现皇国史观教育留下的痕迹——以"天皇陛下万岁"为象征的时代精神。

促使大江意识到潜隐在自己精神底层的这种时代精神的，无疑是冲绳集体自杀诉讼案，引发其"也在思考，如果让出现在我小说中且热烈拥护'天皇陛下万岁'的角色们在此法庭上作证的话，反方询问将会如何进行？如果作者被要求提供相关证言，那么我小说中隐藏的部分将会揭露出什么？"显然，揭露出的真相让所有人为之震惊和颤栗——林林总总的右翼团体和人物自不必说，他们极力提倡的皇国史观和绝对天皇制社会伦理，不仅存活于渡嘉敷岛的纪念碑上刻下"一家人，或围坐一圈拉响手榴弹，或由身体强健的父亲以及兄长，中断柔弱无力的母亲以及妹妹的生命……存在于其中的，则是爱"①这段文字的女作家曾野绫子的心中；存活于冲绳集体自杀诉讼案的法庭上为原告方作证的、表示"毋宁说，我所感到不可思议的是，以那般为国捐躯的美好心灵赴死的那些人的事迹，为什么到了战后，却被说成是在命令之下受到了强制？这样的说法，是自己在玷污

---

① 大江健三郎著，许金龙译《面向"作为意志行为的乐观主义"》，《作家》，二〇〇八年第七期，P3。

慨然赴死的清纯之心。对于这种说法,我无法理解"的、在渡嘉敷岛之战中幸存下来的前日军军官的心中;存活于《水死》里曾获得国际文学大奖的民主主义作家长江古义人的精神底层;存活于这个文本外的诺贝尔文学奖获得者、民主主义作家大江健三郎的精神底层;存活于无以计数的普普通通的日本人的精神底层!

至于大江健三郎及其《水死》中的分身长江古义人的第二种时代精神,大江本人是这样界定的:

> 一九四五年夏天之前,倘若身处冲绳强制集体自杀的现场,毫无疑问,我将成为奋起响应"天皇陛下万岁"的号召并引爆手榴弹自决的少年。此后,日本战败,在被占领两年后,我成为一名热情支持民主主义宪法的年轻人,站在与主张绝对天皇制的超国家主义截然相反的另一端。现在,我是由全国近八千个市民团体组成的宪法"九条会"的一员,坚持和平宪法中的反战、非武装思想。
>
> 说起我所经历的"时代精神",即《优美的安娜贝尔·李 寒彻颤栗早逝去》中描绘的"时代精神",对我来说,从我十岁那年的战败直至七十四岁的今天,在这六十多年间,我一直生活在其中。这种"时代精神"在我们国家的宪法里表现得尤为突出,是一种战败之后追求新生的时代精神。①

在这种追求新生之时代精神的影响下,大江意识到"至高无上的天皇制社会伦理,也如同一根棒子般从上往下地扎了下来。……儿时所感惧怕的那种具有沉重压力的社会伦理的纵向大棒,现在仍然扎在这个国家的每一处。战争期间,我们的精神和肉体都被扎着那个纵向的棒子。从那时到现在,我们真的获得了解放吗?"②这里

---

① 大江健三郎著,熊淑娥译《来自"晚期工作"之现场》。
② 大江健三郎著,李均洋译《致君特·格拉斯》,引自《小说的方法》,二〇〇一年,P253。

表述得已经非常清楚了,绝对天皇制社会伦理这根大棒子至今"仍然扎在这个国家的每一处",也不可避免地扎在《水死》的作者大江健三郎的"精神和肉体"里,扎在《水死》的诸多主人公——大江在文本内的分身古义人、謦发子和律子等青年演员、文部省前高官小河夫妇、大黄及其培养出来的一代代国家主义弟子——的"精神和肉体"里。

被"从上往下地扎了"绝对天皇制社会伦理这根大棒子的大江早在青少年时代便开始痛苦地思考和反省"日本人是什么?能不能变成不是那样的日本人的日本人?"①等问题。这种思考和反省是他从导师渡边一夫那里继承、坚守并内化了的道德和伦理——"保持具有人性的反省……因为我们已经决定将这种反省置于正面而去思考。"②在长期的思考和反省中,大江在文本内外不断通过创作和走上街头以强调自己的主张——斩杀绝对天皇制社会伦理这个庞大无比、无处不在的王,迎接一定会给日本带来和平与安详的民主主义这个新王!在大江的认知中,其文学文本周围的社会存在与文学文本中的社会存在显然是同质的,故而大江的文学创作和社会抗议活动从来都是并行的,在创作晚年六部曲之后三部曲的同时,与加藤周一、井上厦、小田实、泽地久枝等贤达结成"九条会",在东京、在北京、在首尔等地到处演讲,以呼吁更多人共同维护放弃战争的宪法第九条。大江的这些文学活动和社会活动不可避免地接连冲撞绝对天皇制社会伦理的禁忌。于是,长江古义人因为"蔑视故乡,重写自虐般的近现代史",更是因为竟然"不接受天皇陛下的褒奖"而越发成为故乡各种右翼势力的攻击对象,现实生活中的大江健三郎同样不

---

① 大江健三郎著,陈言译《冲绳札记》,三联书店,二〇一〇年,P45。
② 大江健三郎著《解读日本当代的人文主义者渡边一夫》,岩波书店,一九八四年,P79—80。

可避免地遭致各种右翼分子长期的攻击和迫害,前面提及的冲绳集体自杀诉讼案,便是这形形色色的攻击和迫害中最具代表性的案例。

不过,也正是因为这起诉讼案,使得大江更清晰地意识到,如果任由绝对天皇制社会伦理在日本列岛上肆意蔓延,"倘若这个国家的文化朝向复活大规模的、超国家主义的方向扭曲,朝向我们的祖先,甚至孩童时代的我们自己都曾经历过其悲惨的大规模的、超国家主义的方向扭曲,我们的下一代,以及下一代的下一代,都将不会再有希望"①。

二〇〇七年一月十二日,大江在给笔者发来的传真中曾这样写着他内心里的苦楚和担忧:"祝愿中国和日本的文化交流在这个新年里取得进展。去年,我访问了中国,以此为中心,我还访问了法兰克福和弗洛伦萨,确实是收获丰盛的一年。在国内却在围绕教育基本法的较量上吃了败仗,是痛苦和辛酸的一年。"②

这里说的是日本政府依仗执政优势,于二〇〇六年十二月强行修改战后基于和平宪法而制定、实施了将近六十年的《教育基本法》,重新提出战争期间曾灌输的"爱国心"。大江之所以如此感到"苦涩和痛苦",是因为他"已经预见到,很快就将通过全国的教育委员会的全力运作,使得这个国家的初中等教育出现异常显著的巨大变化……这与面向修改宪法而开始实施的具体手续相连相接"③,因而"无论怎么说,现在这种修改教育基本法的意见,都是有百害而无

---

① 大江健三郎著,许金龙译《面向"作为意志行为的乐观主义"》,《作家》,二〇〇八年第七期。
② 大江健三郎著,许金龙译《优美的安娜贝尔·李 寒彻颤栗早逝去》,人民文学出版社,二〇〇九年一月,P7,译者序《我无法从头再活一遍,可是我们却能够从头再活一遍》。
③ 大江健三郎著「教育力にまつべきものである」,『なぜ変えるか? 教育基本法』,岩波书店,二〇〇六年,P24。

一利的"①。大江没在这份传真里说出的另一件令他为之苦涩和痛苦的事,则是在修改《教育基本法》的同时,防卫厅被升格为防卫省,由此一举完成了"事实改宪","和平宪法"随之成为一纸空文。而在此前四个月,"日本的政治领导人不愿意重新认识侵略中国和对中国人民干下极为残暴之事的历史并毫无谢罪之意。岂止如此,他们的行为还显示出与承认历史和进行谢罪完全相悖的思维。小泉首相在八月十五日进行的参拜,就显示出了这种思维。其实,较之于小泉首相本人一意孤行的行为,我觉得更可怕的,是在小泉首相参拜靖国神社之后,由日本几家大报所做的舆论调查报告显示,认为小泉首相参拜靖国神社挺好的声音竟占了将近百分之五十"②,"这是战后最大的历史转折点"!③

面对这种令人绝望的严峻局面,为了抵御"'天皇陛下万岁'之'时代精神'的再次来袭",为了避免"我们的下一代,以及下一代的下一代,都将不会再有希望"的、野蛮的穴居人社会的恐怖景象成为现实,大江首先抓住了"在那危险的时刻闪现在心头的某种记忆"④——祖辈代代相传,却被强势者改写(或正在改写)抑或抹杀的传说,并对这些故事进行叙述或重述,以唤醒在更多人内心底里沉睡不醒的相关传统和记忆,从而重构"故乡"的边缘性特征,在黑暗中发出些微的光亮。之所以选择叙述或重述,是因为"与叙述恰当的故事比较起来,没有什么哲学、没有什么分析、没有什么格言在寓

---

① 辻井喬著「ほんとうの伝統とは何か」、『なぜ変えるか？教育基本法』,岩波书店,二〇〇六年,P11。
② 大江健三郎著,许金龙译《走的人多了,也便成了路!》。
③ 大江健三郎著,李薇译《北京讲演二〇〇六》。
④ 本雅明著,《历史哲学论纲》。

言的强度和丰厚上能够如此地意味深长"①。

为此,长江古义人和大江健三郎这两个虚拟和实在的人物都把希望放在了远离文化中心的边缘之地以及拥有暴动历史之记忆的边缘人物身上。面对小河的恶行"不屈不挠"的妹妹亚沙是这种边缘人物,再度遭到亲伯父彻夜强奸的鬈发子当然也是这种边缘人物。如果说,"父亲"是"为了回避国家的危难,向青年军官们传达杀死人神的指令并将他们引往那个方向"的话,长江古义人则是为了避免"我们的下一代,以及下一代的下一代,都将不会再有希望"的恐怖景象成为现实,而向那些边缘人物乃至更多被唤醒的日本人"传达杀死人神的指令并将他们引往那个方向",而且同样"将贯穿三卷本的'杀死人神'并给国家带来巨大恢复的神话构想,……与这个国家的天皇制直接联系在一起进行解读"。当然,与"父亲"所不同的是,古义人宁死与之对决进而试图杀死的,是存留于诸多日本人精神底层的、以"天皇陛下万岁"为象征的绝对天皇制社会伦理这个庞大无比、无处不在的王。这应该是"杀王"意象在《水死》中的最大隐喻,也应该是《水死》的互文性叙事策略的意义之所在,还应该是大江在当下的绝望中寻求新的时代精神的最大之希望!

三、幽暗意识的肯定性转向——大江在《晚年样式集》中与鲁迅的对话

"奇怪的二人配"六部曲之最后一部长篇小说《晚年样式集》中文版问世的二〇二一年,恰逢鲁迅先生诞辰一百四十周年。如同毛泽东主席于一九三七年在延安发表讲演时对鲁迅在新文化运动中作

---

① 《法律现代主义》,中国政法大学出版社,P246。

出的重大贡献所评价的那样:"鲁迅的方向,就是中华民族新文化的方向。"当然,这位新文化运动健将还是伟大的文学家和思想家,其留下的巨大文化遗产和精神资源不仅为一代代中国人所继承,也为包括日本作家大江健三郎在内的亚洲乃至全世界的诸多作家、诗人、政治家甚或普通民众所继承和珍惜。

在大江的整个创作生涯中,鲁迅不仅是其文学创作的重要参照系,更是其重要的精神资源,正如其本人于二〇〇九年一月十九日在北京大学讲演时所言:"我这一生都在思考鲁迅,换言之,在我思考文学的时候我总是会想到鲁迅。"①从其不见希望的处女作《奇妙的工作》(1957),直到在末日景象中寻找希望并展开反本质叙事的封笔之作《晚年样式集》(2013),从他早年间为反对日美安全保障条约而走上街头示威游行,直到晚年间为反对日本试图构建"潜在核威慑力"而四处组织大规模群众集会……从这些文学创作以及社会活动,大江的行动主义(activism)无不彰显其对鲁迅"勇敢战斗的人文主义、果敢前行的悲观主义"精神的继承和呈现。聚焦大江的晚期作品群,尤其可见这两者间的张力,譬如大江的晚期集大成之作"奇怪的二人配"六部曲之第六部长篇小说《晚年样式集》,就处处充溢着这种"勇敢战斗"与"悲观主义"之间的巨大张力。我们不妨以大江书写日本福岛核电站泄漏灾难及其可怕前景的这部《晚年样式集》为例,分析大江在日本的末日景象中与鲁迅"幽暗意识"的对话,并阐释其从绝望出发转而寻求肯定性(affirmative)力量的精神机制。
(一)后灾难语境中,大江与鲁迅"幽暗意识"的互文性

"幽暗意识"的提法源自学者张灏对于中西宗教、哲学中怀疑精

---

① 大江健三郎著,翁家慧译《真正的小说是写给我们的亲密的信》,《文汇报》,二〇〇九年一月二十二日。

神之比较研究①。在高歌猛进的五四新文化乐观主义思潮之中,在文化现代化进程的昂扬话语中,鲁迅的绝望气质形成了一股逆流,这种冷峻的孤独处境,使其得以在深刻洞察现实的过程中,"直面乱世中逃无可逃的现实,……表现出对于人性恶的潜能以及虚妄的敏锐感知"②。至于其在五四新文化革命高亢进程中对于现代性的失败之体认,亦为对文学革命之未完成性的体认。在五四精英的理想主义进步话语和令人绝望的国民文化现状的错位之间,鲁迅的幽暗意识当然不能被片面理解为单一的消极主义或西方虚无主义,它在与一种向上的肯定性力量间发生着复杂的纠葛。这种纠葛体现为鲁迅在文学创作和言论批判上的行动主义,以摩罗诗力的反叛性想象和现代哲学的批判性质疑来介入现实,王德威将这两者形象地阐释为"神思"和"悬想":

> 在鲁迅的视野里,"神思"神游物外,以匪夷之所思引领叛逆想象;"悬想"则出虚入实,搁置视为当然的成见,重新发掘事物的真相。这两者都强调历史当下的无明与因循,无法以理所当然的科学启蒙来解脱,而必须涉及想象力的介入,以辩证否定的方式演绎人与世界的密切关系。这一介入的方法付诸实践,就是"文学"。③

如上所述,鲁迅将文学作为幽暗意识在绝望凝视与行动主义间的辩证媒介,他的这一文艺思想亦暗合了大江在日本战后复杂社会生态中以想象性、批判性的写作介入现实的姿态。大江早在少年时期阅读"孔乙己"时,鲁迅的幽暗意识就已深深触动和刺激着他的想

---

① 张灏著《幽暗意识与时代探索》,广东人民出版社,二〇一六年。
② 应磊著《鲁迅与批判性的佛教:佛乘的怪兽》,引自《中国文学与文化》,杜克大学出版社,二〇一六年,P420。
③ 王德威著《鲁迅,韩松与未完成的文学革命》,《探索与争鸣》,二〇一九年五月号。

象。从早年的创作实践一直贯穿到《被偷换的孩子》《愁容童子》《别了,我的书!》《优美的安娜贝尔·李 寒彻颤栗早逝去》《水死》和《晚年样式集》这"晚年六部曲"之中,社会批判与文学诗思的辩证已显著地表现为绝望与希望并行的主线。然而,正如鲁迅的幽暗意识中亦潜藏着行动主义的动因,大江的文学世界亦构筑于对光明愿景的向往至上。

在后灾难时代的末日景象中,黑暗中的绝望感愈发使大江的创作契近鲁迅文学中暗境前行的意味。大江将其与鲁迅的互文作为肯定性精神支柱,正如弗兰兹·卡夫卡在黑暗中传达出对光明的展望那般:"在黑暗中苏醒着的,终将获得更灿烂的生活。"然而,经历了创作生涯中的万般艰辛后,在"深不见底的、黑暗的绝望之海上",大江寻找到的这束光亮,在历史的风暴中却是那般微弱,仿佛随时都可能被无尽黑暗所吞噬。就在《优美的安娜贝尔·李 寒彻颤栗早逝去》(2007)问世大约三年半后的二〇一一年三月十一日,日本东部发生九级强震并引发特大海啸,导致福岛第一核电站发生极为严重的核泄漏事故,在福岛以及周边地区造成后患无穷的次生灾害。这次巨大的灾难直接导致二点二万余人遇难、失踪,以及在避难过程中去世。在其后的漫长岁月中,核泄漏事故造成的次生灾害则不断夺去因此而罹患各种疾病的儿童、青年和老年人的生命,因这次核泄漏事故而造成的动植物和海产品那些光怪陆离的各种变异更是触目惊心,如果联想到日本政府拟将严重污染的大量核废水直接排入大海以及因此必将产生的严重后果,那就越发令人不寒而栗了。

这种惨淡的末日景象几乎立即就遮蔽了大江刚刚在《优美的安娜贝尔·李 寒彻颤栗早逝去》和《水死》等晚期作品群中为孩子们寻找到的那束微弱光亮,无可避免地使得大江再度螺旋形地陷入不安、恐惧和绝望。当然,也同样无可避免地使得大江越发振作起来,继续"为了光和全世界的孩子们寻找希望,用创作小说这种方式在那些绝望中寻找希望……"①。在这部继续"寻找希望"的自传体长篇小说《晚年样式集》里,大江这样讲述了他在那些艰难时日留下的记述:

> 从三·一一当天深夜开始,我不分昼夜坐在电视机前持续观看东日本大地震和大海啸以及核电站大事故的各种画面……这一天也是如此,直至深夜仍在观看追踪报道因福岛核电站扩散的放射性物质而造成的污染实况的电视特辑。结束以后……再次去往二楼途中,我停步于楼梯中段用于转弯的小平台处,像孩童时代借助译文记住的鲁迅短篇小说中那样,"发出呜呜的声音哭了起来"。②

这里所说的"鲁迅短篇小说",正是鲁迅创作于一九二五年十月十七日的《孤独者》,而"发出呜呜的声音哭了起来"这句译文,则是大江本人亲自翻译的"地下忽然有人发出呜呜的声音哭了起来"那句话语。对鲁迅文学有着深刻解读的大江当然知道,《孤独者》与此前和此后创作的《在酒楼上》和《伤逝》等作品一样,讲述了以魏连殳为象征的旧中国知识分子在那个令人绝望的社会里左冲右突、走投无路的窘境乃至绝境。凝视黑暗现实却无法寻见光明进路的挫败与孤独,通过《孤独者》和《在酒楼上》中的叙事勾勒出鲁迅本人系缚于时代暗潮的精神困境。这种知识分子的低潮感,在鲁迅的文本中联结为"幽暗意识"的脉络。魏连殳所象征的乐观主义改革者在最终的碰壁后发出的"呜呜的声音",正是这种"幽暗意识"的孤独呜咽。在大江与鲁迅的互文性叙事中,这一呜咽当然是大江对于鲁迅文学之幽暗意识在日本灾难语境中的复现。那么,使得这位老作家竟至

---

① 许金龙著《大江健三郎与中国》,《传记文学》,二〇二〇年第八期,P67。
② 大江健三郎著,许金龙译《晚年样式集》。

"像孩童时代借助译文记住的鲁迅短篇小说中那样,'发出呜呜的声音哭了起来'"的,究竟是何等可怕的电视画面呢?

在小说里,作者大江健三郎及其小说里的分身长江古义人如此讲述了他和他的亲人以及所有日本人在当下所面临的窘境乃至绝境:

> 翌日黄昏,结束了摄制团队的工作后,节目制片人再次登上陡坡,听说马驹已经产了下来。在黑暗的屋内紧挨在一起的母马和马驹浮现而出且一闪而过,紧接着,竖长画面里显露出饲养马匹的主人的侧脸,他一面眺望着屋外一面说着话,其对面是看似正在下雨的牧场。由于照明被调至狭窄区域内,这或许只是傍晚时分的昏暗而已。可是,当马匹主人阴郁的声音说起"无法让刚出生的马驹在那片草原上奔跑,因为那里已经被放射性雨水给污染了"时,便让人切实感受到那就是正在下个不停的霏霏细雨。
>
> 人们(至少在咱们存活期间……实际上远不是那种轻松的用语,而是较其极为久远的漫长期间)无法让遭受这些放射性物质污染了的地面恢复到原先状态。了解到这一切的那个表情直接震撼着我,我凝视着显露在并不充分的照明下的马匹主人那上半身、扛着摄像机的节目制片人那肩头。倘若能够用咱们的来加以概括的话,那就是咱们的同时代人干下了这一切。无法在咱们存活期间使其恢复……由于被这个想法所压倒,我,发出了衰弱的哭声。①

在持续观看灾区实况转播的情景和人们的姿容表情时,大江及其分身古义人突然理解了多年来一直无法读懂的《神曲》中的一段诗句——"所以,你就可以想见,未来之门一旦关闭,我们的知识就完全灭绝了"②。这位老作家之所以在楼梯中段的平台上"发出呜呜

---

① 大江健三郎著,许金龙译《晚年样式集》。
② 但丁著,田德望译《神曲·地狱篇》,人民文学出版社,二〇〇二年,P58。

的声音哭了起来"，正因福岛核电站的大泄漏，使得"咱们的'未来之门'已被关闭，而且我们的知识（尤其是我的知识也将不值一提）将尽皆死去……"[1]在这个可怕的阴影下，儿子大江光在小说里的分身阿亮的动作越发迟缓，话语也越来越少，记忆力更是每况愈下，甚至使得阿亮的妹妹真木为之担心：

> 在爸爸的头脑里，从那段诗句，从那段当城市呀国家的未来一旦丧失，我们自己积累的知识也将如同死物一般的诗句中，他联想到了阿亮的记忆，难道不是这样吗?! 很快，记忆就将从阿亮身上丧失殆尽，他会随着一片黑暗的头脑机能逐渐变老，并在这种状态中走向死亡……在爸爸看来，都市和国家的未来将不复存在，我们积累的知识也将如同死物一般，在爸爸的头脑中，这段诗句或许与阿亮的记忆联系在了一起。不久之后，阿亮将丧失记忆，头脑里一片黑暗，上了年岁后就在这种状态中走向死亡……如果整个国家的所有核电站都因地震而爆炸的话，那么这座城市、这个国家的未来之门就将被关闭。我们大家的知识都将成为死物，该说是国民呢？还是该说为市民呢？所有人的头脑里都将一片黑暗并走向毁灭。在这些人中，就有将远比任何人都浑噩无知的阿亮。爸爸大概是联想到这种前景，这才发出呜呜的哭声的吧。[2]

放射性雨水污染了牧场，以致刚刚出生的小马驹将永远无法"在那片草原上奔跑""咱们的'未来之门'已被关闭，而且我们的知识（尤其是我的知识也将不值一提）将尽皆死去……""不久之后，阿亮将丧失记忆，头脑里一片黑暗，上了年岁后就在这种状态中走向死亡""如果整个国家的所有核电站都因地震而爆炸的话，那么这座城市、这个国家的未来之门就将被关闭。我们大家的知识都将成为死物……所有人的头脑里都将一片黑暗并走向毁灭"……以上这些文

---

[1] 大江健三郎著，许金龙译《晚年样式集》。
[2] 同上。

字勾勒出一幅极为可怕的末日景象,这幅末日景象无疑为作者及其在文本内的分身带来了无尽恐惧和巨大绝望。尤其令人恐惧和绝望的是,包括智障儿阿亮等亲人在内的所有人并不是立即就灭亡,而是在肉体毁灭之前,所有人的头脑里都将一片黑暗,然后便在这无尽的黑暗和恐怖以及绝望中缓慢滑向死亡和毁灭。面对这幅末日景象,大江立即联想到《孤独者》主人公魏连殳的悲惨境况——为了"还想活几天",从而"这半年来,我几乎求乞了,实际,也可以算得已经求乞。然而我还有所为,我愿意为此求乞,为此冻馁,为此寂寞,为此辛苦。但灭亡是不愿意的……"①。然而,魏连殳终究还是"失败了。先前,我自以为是失败者,现在知道那并不,现在才真是失败了"②。当然,看清了自己在乱世之中逃无可逃的残酷现实后,在逐渐滑向毁灭深渊的过程中,魏连殳是不甘心的,也曾"流下泪来了,接着就失声,立刻又变成长嚎,像一匹受伤的狼,当深夜在旷野中嗥叫,惨伤里夹杂着愤怒和悲哀"③。即便在即将毁灭的前夕,还在挣扎着"偏要为不愿意我活下去的人们而活下去"……然而,魏连殳终究还是于沉默中在"惨伤里夹杂着愤怒和悲哀"被黑暗所吞噬。好在鲁迅在文本中的分身"我"被这死亡所催发,"仿佛要从一种沉重的东西中冲出,但是不能够。耳朵中有什么挣扎着,久之,久之,终于挣扎出来了,隐约像是长嚎,像一匹受伤的狼,当深夜在旷野中嗥叫,惨伤里夹杂着愤怒和悲哀。我的心地就轻松起来,坦然地在潮湿的石路上走,月光底下"④。由此可见,鲁迅及其分身此时已经选择了要在沉默中爆发而非死亡的求生道路,从而越过终结性临界点并感到"我的心

---

① 鲁迅著《孤独者》,《鲁迅全集》第二卷,人民文学出版社,二〇一九年,P103。
② 同上。
③ 同上,P90—91。
④ 同上,P110。

地就轻松起来"。

显然,魏连殳的悲惨际遇引发了大江的共情,电视特辑里的可怕景象叠加了这种共情——福岛核电站大泄漏事故将使阿亮在浑噩无知中逐渐走向死亡,"而且我们的知识(尤其是我的知识也将不值一提)将尽皆死去",日本的未来之门将被关闭,日本这个国家及其所有民众将逐渐向着死亡和毁灭这个临界点沉沦下去。面对这种末日景象,大江没有过多沉溺于恐惧和绝望之中,或者说,他没有时间沉溺于恐惧和绝望之中,因为他需要借助鲁迅的力量,从眼前这幅颓败和绝望的末日图景中,凝练出超越个体生命的巨大能量,正如托马斯·曼借助《死于威尼斯》这部小说所言:"那座城市的秘密、绝望、灾难、毁灭,就是我的希望。"①这就体现出大江借助与鲁迅的互文,以"幽暗意识"为共情的起点,从而延伸出他所理解的鲁迅对于绝望中置之死地而后生的状态,并以此为日本后灾难时代的寓言赋予肯定性的正面力量。

(二) 绝望中的希望:大江文学中肯定性力量的转向

由幽暗意识通往肯定性力量的途中,大江与鲁迅对于时代的批判性思索的互文,正如尼采在否定性的"重新评估"后通往"肯定性道德"(affirmative morality)的思想机制②,这也是大江在其文学生涯中,从早期虚无主义的否定性思考和欧洲人文主义的乐观主义情怀的纠葛中,以"孤独者"中的临界点为元点,在黑暗时刻坚守文学创作和政治活动的积极行动主义的"大肯定"③。一如他的前行者鲁

---

① 爱德华·萨义德著,阎嘉译《论晚期风格》,三联书店,二〇〇九年,P160。
② 克莉丝汀·戴格尔著,韩王韦译《尼采:德性伦理学……德性政治学?》,《现代外国哲学》,上海:三联书店,二〇一八年春季号(总第十四辑)。
③ 宋灏《落实在身体运动上的质:讨论尼采的"大肯定"》,《国立政治大学哲学学报》,二〇一七年一月,第三十七期。

迅和萨义德那样，大江在这"未来之门将要关闭"的危急时刻，通过《晚年样式集》开始了他的反本质叙事，针对日本社会既有的主流价值观和貌似符合逻辑的官方话语以及日本现代性叙事提出质疑和驳斥。这里将要提及的，甚至使大江为之"因恐惧而发怔"的官方话语，指涉的是在福岛核电站大泄漏之后，面对全国民众强烈要求废除核电站的巨大呼声，日本诸多政治家和主流媒体相继表现出的近似歇斯底里般的疯狂思路——为了保持"潜在核威慑力"乃至实行核武装，决不可以废除核电站！福岛核电站大泄漏七个月后，大江在"所谓核电站是'潜在性核威慑力'"的文章里引用了日本主流媒体和政治家的如下文字并表达了自己的愤怒：

　　日本……利用可成为核武器原材料的钚这一权利已被承认。在外交方面，这种现状作为潜在核威慑力而发挥着效用也是事实。

《读卖新闻》社论
二〇一一年九月七日

　　维持核电站，可转换为想要制造核武器就能在一定期间内制造出来的那种"核的潜在威慑力"……去除核电站则会使我们放弃这种"核的潜在威慑力"……

——石破茂①《SAP IO》
二〇一一年十月五日②

　　面对主流媒体主张继续维持"潜在核威慑力"的社论以及政府高官坚持借助民用核电站持续保有"核的潜在威慑力"之言论，大江恐惧且愤怒地表示：

---

① 石破茂（1957— ），曾任日本防卫厅长官、防卫大臣、自民党干事长、地方创生担当大臣等职，主张扩充日本军备，突破二战后对日本自卫队规模的限制。
② 大江健三郎著，许金龙译《定义集》，贵州人民出版社，二〇〇九年，P390。

我正是为以上两者间所共有的"潜在核威慑力"和"核的潜在威慑力"这种表述方式(虽然使用了貌似极为寻常的措辞方式,却仍然让我)而恐惧而发怔的。

……威慑,即 deterrence,用己方的攻击能力进行恐吓,以吓阻对手的攻击意图。就此事的性质而言,其态势可即刻逆转,这极其危险且巨大的永无结局的游戏就这样没完没了。所谓"核的潜在威慑力"假如是一种炫耀,是利用日本这个国家的核电站可随时制造出原子弹的那种炫耀,……东亚的紧张情势不也在朝着那个方向不断高涨吗?前面提到的那些论客,在怎么考虑何时、如何使他们信奉那个效力的"潜在性"力量"显在化"之战略,就不得而知了。

因这次大事故而回溯建设核电站时的情景,我们深切醒悟到直至今日的东京电力公司和政府的信息开示方法多么缺乏民主主义精神啊。然而,如这个威慑般对民主主义的彻底无视,不更是未曾有过先例吗?

极为赤裸裸地表示去除核电站则会使我们放弃那种潜在威慑力的那位以熟识的低眉顺眼的忧愁面容进行威胁的政治家,他以为自己何时获得了国民的同意,这才手握这柄致命的双刃剑的呢?①

更有甚者,日本外务省外交政策计划委员会早在一九六九年就在《我国外交政策大纲》中如此表示:

关于核武器,无论是否参加 NPT(核不扩散条约),虽然当前采取不保有核武器的政策,却须经常保持制造核武器之经济与技术的潜力。②

由此可见,石破茂等日本诸多政治家之所以违背民意、居心叵测地坚持紧握"潜在核威慑力""这柄致命的双刃剑",也只是日本政府既定核政策的延续而已,他们"试图在目前五十四座核电站基础上

---

① 大江健三郎著,许金龙译《定义集》,贵州人民出版社,二〇〇九年,P390—391。
② 同上,P392—393。

再增加十四座以上核电站"①,进而"将残存的铀和生成于核反应堆中的钚从核废料中提取出来"②进行乏燃料后处理,进而"即便在作为民用设施而建造的铀浓缩工厂里,也能够制造出用于核武器的高浓缩铀。核燃料后处理工厂的制成品钚则可以直接用于核武器"③。大江在这里已经说得非常清楚了——半个世纪以来,在日本政府"须经常保持制造核武器之经济与技术的潜力"这一政策指导下,日本目前所拥有的五十四座核电站和计划在此基础上再予增加的十四座核电站,显然已不是单纯用作民用发电那么简单,长年来从这些核电站已经提取和将继续提取并囤积起来的大量乏燃料以及早已建好的后处理工厂,更不可能是为了民用发电,而只能是打着民用幌子的"潜在核威慑力",更可能是大规模进行核武装而作的精心准备。大江为此担心被称为"和平宪法"的《日本国宪法》第九条被修改之日,便是日本全面复活国家主义之时。当然,也会是日本大规模进行核武装之时,大江同样在担心,日本复活国家主义并大规模进行核武装之日,将会是日本重走战争之路之日,重走死亡之路和毁灭之路之始。大概正是因为想到这个令人绝望的可怕前景,大江在《晚年样式集》中的分身长江古义人这才"停步于楼梯中段用于转弯的小平台处,像孩童时代借助译文记住的鲁迅短篇小说中那样,'发出呜呜的声音哭了起来'"的吧。因为在他的认知中,这一天的到来不啻于日本的未来之门被不可挽回且沉重地关上。

为了文本内外的阿亮和大江光这对永远的孩子的未来之门不被关闭,为了全世界所有孩子的未来之门不被关闭,大江在通过小说于

---

① 大江健三郎著,许金龙译《定义集》,贵州人民出版社,二〇〇九年,P357。
② 同上,P392。
③ 同上。

绝望中挣扎着往来寻找希望的同时,也在频繁走上街头大声疾呼,呼吁人们认识到核泄漏的巨大危害,呼吁人们警惕日本政府借核电民用之名为核武装创造条件,呼吁一千万人共同署名以阻止日本政府不顾这种可怕的现实而重启核电站,呼吁人们"救救孩子"。如果说,《洪水淹没我的灵魂》中的勇鱼对大木靖的关爱,是这部灰色调小说中最有温度的光亮的话,那么在《晚年样式集》这部令人几近绝望的深灰色调小说里,大江在文本中的分身长江古义人于黑暗的绝望之海上寻找到的那一丝光亮及其些微暖意,无疑是投向阿亮、投向亚洲和全世界孩子们的希望。正如弗兰兹·卡夫卡所言:"在黑暗中苏醒着的,终将获得更灿烂的生活。"无论是文本中的阿亮,还是亚洲乃至全世界的孩子们,都将因着"在黑暗中苏醒着的"大江而"获得更灿烂的生活"。因为,大江在《晚年样式集》结尾处向他的所有读者们保证:"我无法重新活上一遍。可是/咱们却能重新活上一遍。"毫无疑问,这正是其复杂的"幽暗意识"被日本后灾难的文化、政治和生态绝境所激发的行动主义之"大肯定"。